Arno Mieth

Das Amulett der Ketzerin

Der Untergang des Klosters Rotaha

Ein Roman voller Geheimnisse

Impressum
Verlag: BoD · Books on Demand GmbH, In de Tarpen 42, 22848 Norderstedt
Druck: Libri Plureos GmbH, Friedensallee 273, 22763 Hamburg

Cover: Sonja Jochem / Arno Mieth
Kontakt: arno.mieth@googlemail.com
Layout: A. Mieth, Rödermark

ISBN: 978-3-7693-0503-6

Aus dem Buch

Tief unter der Oberfläche im Kirchgarten des Rodgaudoms St. Nazarius in Rödermark/Ober-Roden werden die Ruinen des untergegangenen Klosters Rotaha vermutet.

Bauarbeiter finden beim Verlegen von Drainagen im Untergrund des Kirchgartens ein Skelett. In dessen Brustkorb ist ein Amulett verborgen, mit kryptischen Texten auf den Oberflächen.

Die Hessische Landesarchäologin Dr. Eleonore Stallmeister untersucht das Amulett in ihrem Büro im „Jägerhaus". Sie erhält Besuch eines mysteriösen Fremden, der schließlich das Amulett raubt und dabei die Landesarchäologin schwer verletzt. Eine internationale kriminelle Vereinigung der Gegenwart und ein Nachkomme eines Tempelritter-Ordens ringen um den Fund in Rödermark/Ober-Roden, zuletzt in der kleinen Ortschaft Cattolica Eraclea, in den Bergen Südsiziliens.

Warum ist der Fund so wertvoll? Wer steckt hinter der kriminellen Vereinigung? Welche mysteriöse Verbindung besteht zwischen Amulett, Tempelrittern und Urchristentum?

Handelnde Personen

In diesem Buch wird der komplette Name meist nur einmal erwähnt. Nach der Ersterwähnung wird oft nur noch der Vorname verwendet. Folgende Namensliste gibt eine Übersicht und hilft bei der schnellen Zuordnung der Personen.

Aaron Silberstein, Prof. Dr. phil.
Hebräische Universität Jerusalem, Spezialist für aramäische Sprachen und frühe Geschichte in der Zeit der römischen Besatzung Palästinas

Alfredo Arte
„Agent für Kunsthandel"

Azrael
der Engel des Todes

Bonifacio
Chef der Organisation Sizilien

Cecilia Monti
italienische Ermittlerin, Kulturraub

Christine Füller
Lokalreporterin der Offenbach Post

Eleonore, Rufname Elo, Stallmeister, Prof. Dr. phil.
Hessische Landesarchäologin in Pension

Erik Zalivani
Chef des Eiscafes „Zalivani" in Rödermark

Horst Adler
Hauptkommissar der Kripo Offenbach

Hubert Stein, Prof. Dr. phil.
Fachbereichsleiter Archäologie,
Goethe Universität Frankfurt

Jörg Rotter
Bürgermeister von Rödermark

Christina, Dagny, Greta, Stefanie
„Kräuterfrauen Rödermarks"

Louis Zelinsky, Dr. med.
Oberarzt der Neurologie, Klinikum Langen

Louisa Sauer
Doktorandin im Fachbereich Archäologie,
Goethe Universität Frankfurt

Magdalena
Äbtissin und Heilerin des Klosters Rotaha um 1230

Marco Agosti
Major der GIS, Gruppo di Intervento Speciale

Mario
Geschäftsführer Kulturtransfer der Organisation Sizilien

Miriam Jordan
kräuterkundige Frau und Heilerin aus Rödermark, Mitglied
der „Kräuterfrauen"

Nino Lombardo
italienischer Ermittler, Kulturraub

Nirved Kumar, Prof. Dr. phil.
Archäologe, University of Delhi,
Spezialist für Brahmi-Sprachen

Paul Sinclair, Dr. phil.
Kundschafter der schottischen Templer

Rita und Peter
Manager des Weinstandes, Rodau-Markt Rödermark

Siegfried von Eppstein
Erzbischof von Mainz um 1230,
aus dem Adelsgeschlecht der **Herren von Eppstein**
aus Hainhausen im Rodgau. Sie wurden auch Herren von
Haginhusen genannt, 1107 erstmals erwähnt

Thea Müller
Kommissarin, BKA Wiesbaden

Tom Beckmann, Dr. phil.
Historiker des Dom- und Diözesanarchivs des Bistums Mainz

Vini, Vinzenz Schrod
Wirt des Gasthauses „Zum Löwen" in Rödermark

Aus der Urkundensammlung (1170-1175 n. Chr.) des Klosters Lorsch, dem Codex Laureshamensis, Text aus der Schenkungsurkunde der Äbtissin Aba vom 25. Februar 786

...hoc est monasterium quod est constructum in honore sancta Marie vel ceterorum sanctorum in pago Moynecgowe, in fine ut marcha Raodora in loco nuncupato Niwenhof, super fluvium Rodaha...

...Dieses Kloster ist zu Ehren der heiligen Maria und auch der übrigen Heiligen im Maingau, im Gebiet der Gemarkung Roden, beim Niwenhof (Neuenhof), über dem Flusse Rodau errichtet...

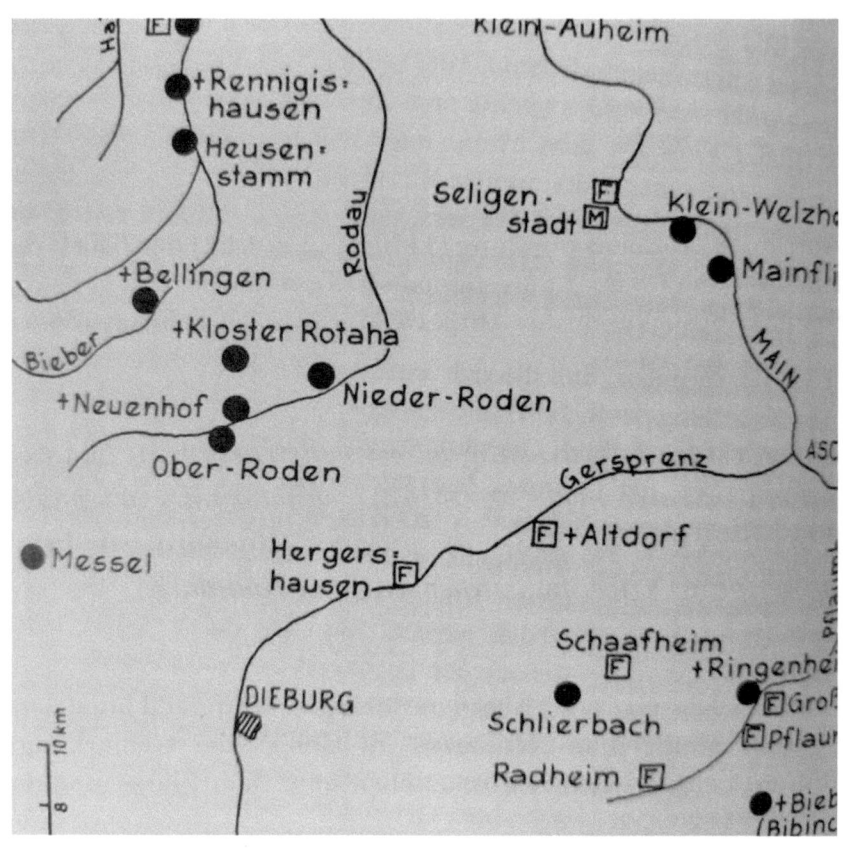

Vermutlicher Standort des Klosters Rotaha in der Rödermark
Auszug aus der Dokumentation „1200 Jahre Ober-Roden in
der Rödermark, Chronik 786 - 1986"; Jörg Leuschner, Egon
Schallmayer. Mit freundlicher Genehmigung der
Stadtverwaltung Rödermark und von Professor Egon
Schallmayer. Bildnachweis G. Hoch, „Der Maingau 1973"

8

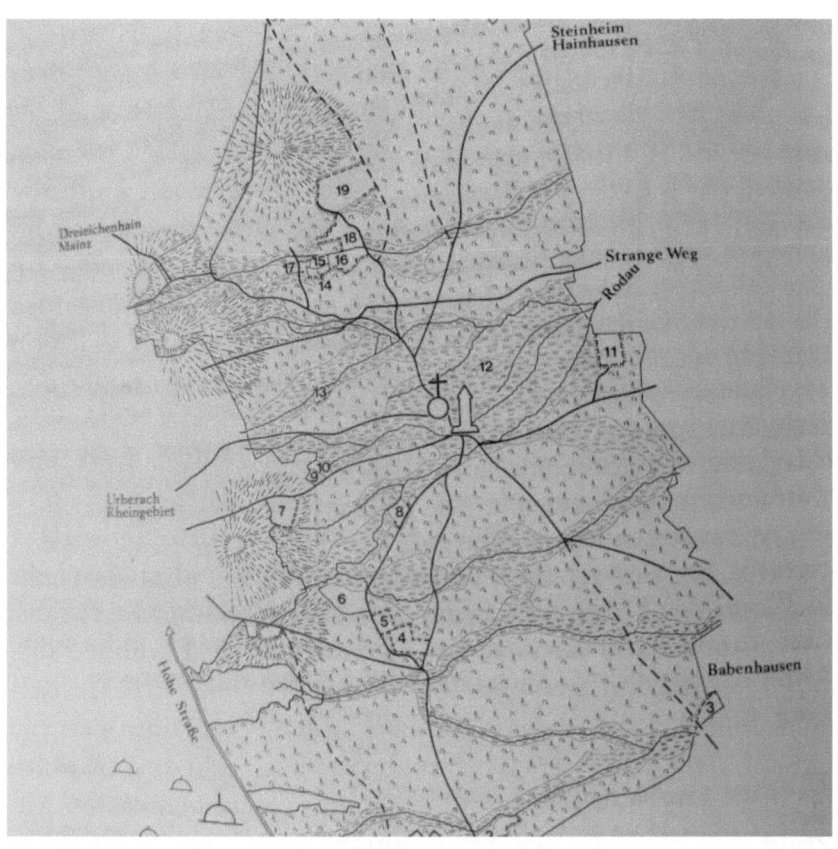

Vermutlicher Standort des Klosters Rotaha und des Niwenhofs
Auszug aus der Dokumentation „1200 Jahre Ober-Roden in
der Rödermark, Chronik 786 - 1986“; Jörg Leuschner, Egon
Schallmayer. Mit freundlicher Genehmigung der
Stadtverwaltung Rödermark und von Professor Egon
Schallmayer. Bildnachweis H. Eigenbrodt, S. Huther,
E. Schallmayer, 1986

1.   Ober-Roden um 1232 n. Chr.

Dunkle, dichte Rauchschwaden schweben über dem Kirchenhügel, der Holzkirche und den rauchenden Ruinen des angrenzenden Klosters Rotaha, eine trügerische, gespenstische Atmosphäre. Die Abenddämmerung kann die Szene nicht in gnädige Dunkelheit hüllen, denn das „Feuer der Reinigung", das der Mainzer Erzbischof Siegfried von Eppstein aus dem Adelsgeschlecht derer von Haginhusen im Rohtgau, einem Nachbarort des Klosters, befohlen und von seinen Schergen hat entfachen lassen, wütet noch immer auf dem Areal.

Eine Krähe scheint das Ende des Klosters mit lautem und andauerndem Krächzen zu bejammern. Krachend und Funken sprühend stürzen einige verbliebene Hütten aus Holz und die wenigen gemauerten und teilweise mit alten Kacheln ausgekleideten Kammern der Nonnen zusammen. In der Mitte des Klostergartens züngeln immer noch Flammen aus dem Scheiterhaufen und der Geruch von verbranntem menschlichen Fleisch lässt erahnen, welch Martyrium sich vor kurzem hier zugetragen haben muss. Eine verkohlte Frauenleiche hängt zusammengesackt und angekettet am Pfahl, der brennend, wie ein Mahnmal, zum Firmament zeigt. Der Mund des gequälten Opfers ist weit geöffnet. Anklagend schaut der Kopf in Richtung Holzkirche, die der Bischof auf Anordnung des Kaisers per Dekret verschont hat.

Am Fuße des Kirchenhügels, nicht weit entfernt, in südöstlicher Richtung, schaut der Verwalter der Güter Rotahas aus dem Fenster des alten Niwenhofs hinüber zur Hinrichtungsstätte. Tränen rinnen über seine Wangen, denn er achtete das Opfer, Äbtissin Magdalena, und hat mit ihr gut zusammengearbeitet. Schwester Magdalena hatte sich neben ihren geistlichen Pflichten aufopferungsvoll um die Kranken der armen ländlichen Bevölkerung gekümmert. Ängstlich schaut er sich um, ob er beobachtet wird. Er schüttelt den Kopf und fragt sich leise, anklagend zum Himmel schauend: *Ein Fluch liegt wohl schon seit der Schenkung des Klosters an das Hauptkloster Lorsch durch die Äbtissin Aba vor rund 400 Jahren über Rotaha. Rächt sich jetzt die wahrscheinliche Verwicklung von Abas Familie in einen Putsch gegen Karl den Großen? Ist die Anklage „Ketzerei" nur ein Vorwand, um das Frauenkloster endgültig zu vernichten und verschwinden zu lassen? Statt mit dem Kreuz heilte Magdalena mit einem Amulett! Ist das schon Ketzerei?*

*

Der Henker und die Schergen des Bischofs haben sich nach der grausigen Tat, laut johlend in die große Empfangshalle des Niwenhofes zurückgezogen. Unbeholfenes Gegröle schallt aus den Fenstern des Gehöftes und lässt erahnen, wieviel Bier mittlerweile schon durch die Kehlen geflossen sein muss. Der Offizier dieser bischöflichen Schergengarde schaut hinüber zur 500 Meter entfernten Richtstätte, als ob er sicher gehen will, dass das Opfer auch wirklich tot ist. Der grobschlächtige Henker gesellt sich zu ihm:
„Komm, lass uns weiter feiern, eine Ketzerin weniger. Die steht nicht mehr auf und im Jenseits wirst du sie auch nicht mehr sehen, dafür haben schon unser Bischof und seine Lakaien, die Hurenböcke, gesorgt."
Der Offizier verachtet den Henker und auch den Bischof. Er hasst aber auch alle Ketzerinnen und Ketzer. Trotzdem lehnt er Quälen, Folter und Vergewaltigung ab, um den weiblichen

Opfern den Zugang zum Paradies zu verwehren.

*

Lange nach Mitternacht senkt sich Stille über die Klosterruinen. Nur vereinzelt knacken die noch glimmenden Holzreste im Klostergarten. Langsam öffnet sich das Tor der Holzkirche, in die alle Nonnen und die wenigen männlichen Arbeitskräfte des Klosters kurz vor der Hinrichtung geflüchtet waren. Bedächtig und leise wehklagend nähern sie sich ihrem ehemaligen, jetzt in Schutt und Asche liegenden Klostergarten. Bleich und entsetzt bleibt die Priorin Rotahas vor dem Scheiterhaufen stehen. Sie weiß, dass sie ihr Leben der hingerichteten Schwester Magdalena verdankt, die im Folterkeller immer wieder standhaft und tapfer im Beisein des Bischofs Siegfried von Eppstein alle Schuld auf sich alleine genommen hat. Sie faltet die Hände, aber kein Gebet kommt ihr über die Lippen. Im Gegenteil, sie hegt Zweifel:
Oh mein Gott, warum hast du es zugelassen, dass dieser Bischof Magdalena der Ketzerei angeklagt, gefoltert, gequält und vergewaltigt hat? Hilf mir wenigstens, ihren geschundenen und verkohlten Leichnam so zu verbergen, dass ihn niemand finden kann. Keiner dieser Halunken drüben im Niwenhof soll sie nochmals berühren können.
Ihre rechte Hand wandert unter ihre graue Schwesterntracht. Sie streicht mit ihren Fingern über die Konturen des Amuletts, das der Bischof vergeblich suchte.
Selbst unter größten Folterqualen hat Magdalena nichts über den Verbleib des Amuletts verraten. Und mit einem verächtlichen Blick in Richtung Niwenhof fasst sie einen Entschluss. *Magdalena, das Amulett wird für immer und ewig mit dir*

verschwinden. Das Kloster Rotaha wird nach dem Willen und den Urteilen des Bischofs und Kaisers aufgelöst und dem Erdboden gleichgemacht werden. Alle Grabplatten unserer Vorgängerinnen sollen zertrümmert und die Steine an die Bauern der umliegenden Gemarkungen verschenkt oder in Flüsse und Seen versenkt werden. Nichts soll mehr an Rotaha hier erinnern, selbst in tausend Jahren nicht. Deinen Leichnam werden sie nicht finden und zur Abschreckung aufhängen, den Krähen zum Fraß servieren.

Sie gibt den anderen Schwestern und zwei Arbeitern des Klosters die Anweisung, den verkohlten Körper Magdalenas vom Scheiterhaufen-Pfahl zu nehmen.

Im Kirchgarten wird dich niemand suchen, dort sollst du ruhen bis zum Jüngsten Tag.

Während die zwei Männer eiligst ein tiefes Grab ausheben, legen die Schwestern Magdalenas Leichnam sanft in der Nähe ab und versuchen die verkohlten Fleischfetzen des Körpers mit einer Schwesterntracht zu verhüllen. Fast andächtig legt die Priorin das gerettete Amulett auf Magdalenas Brust. Die Schwestern stehen mit gesenkten Häuptern um ihre tote Äbtissin und beten für sie. Dann betten sie Magdalena in eine Decke und lassen sie mit Hilfe der zwei Arbeiter ins Grab hinab.

Noch vor dem Morgengrauen ist das Grab zugeschüttet. Ein aufkommender starker Regen hat bis Sonnenaufgang alle Spuren im Kirchgarten beseitigt, nichts weist auf die Ruhestätte der letzten Äbtissin Rotahas hin.

*

Schlaftrunken und verkatert wanken die Soldaten und der

Henker am Morgen aus der Empfangshalle des Niwenhofs zum Wassertrog, der sonst nur von den Pferden als Tränke benutzt wird. Der Henker ist der erste, der seinen Kopf tief ins kühle Nass eintaucht und prustend wieder auftaucht. Mit rauer, trunksüchtiger Stimme ermahnt er die Soldaten in seiner Nähe.

„Wir müssen heute unseren Auftrag noch zu Ende bringen. Aufhängen der toten Ketzerin und anschließend sollen wir das ganze Klosterareal, die Gebäude aus Holz und die paar Häuser aus Stein, einschließlich deren Grundmauern, schleifen."

„Immer mit der Ruhe! Die Tote wird ja wohl nicht mehr auferstehen und die paar Schwestern, die sich gestern in die Kirche geflüchtet haben, vertreiben wir später oder vielleicht sind sie ja auch schon freiwillig abgehauen", mutmaßt einer der Soldaten.

Nachdem die Essensreste vom Vorabend vertilgt sind, machen sie sich auf zur Richtstätte im Klostergarten und in die Ruinen Rotahas.

*

„Verdammt, alle weg. Die Ketzerin, die Schwestern. Kein Grab. Nichts. Was sollen wir dem Bischof berichten?", klagt der Henker.

Der Offizier der Truppe sitzt auf seinem Pferd und beurteilt die Situation lässig.

„Mein Gott, gestern hast du mir noch im Suff großkotzig vom Bischof und seinen Hurenböcken erzählt und heute scheißt du dir in dein Henkershemd. Denk nach, wenn das überhaupt noch geht, mit deinem versoffenen Schädel. Wenn die tote

Ketzerin nicht mehr da ist, können nur wilde Tiere sie geholt haben. Ich vermute, dass die Überreste der Ketzerin von Füchsen gefressen wurden, ihre Knochen irgendwo im Sumpf verrotten und alle Schwestern über Nacht geflohen sind. Ganz einfach. Zerstört jetzt den Rest des Klosterareals und dann machen wir uns zurück nach Mainz. Dieses Dorf hier und die sumpfige Gegend um den mickrigen Fluss, den die Bauern „Rodaha" nennen, öden mich an."

*

2. Rödermark/Ober-Roden, St. Nazarius und Umgebung, Frühling 2025

Die 70 Jahre alte pensionierte Hessische Landesarchäologin Professor Dr. Eleonore Stallmeister saß gegenüber der Pfarrkirche St. Nazarius im Café Eifler und schaute hinüber auf ihr erneutes, zukünftiges archäologisches Arbeitsfeld, den Kirchgarten von St. Nazarius. Irgendwie passte ihr Erscheinungsbild nicht so recht zur biederen Kundschaft des Cafés. Sie trug ihre grauen Haare lang und gepflegt. Ein Stirnband hielt die Haarpracht zusammen und verlieh ihr den Hauch der Jägerin eines verlorenen Schatzes. Ein khakigraues Hemd und ein keltisches Amulett um ihren Hals sowie ein Lederhut rundeten das abenteuerliche Erscheinungsbild ab.

Ihre Freunde riefen sie gern mit dem Kosenamen „Elo", der ihr sogar besser gefiel. Elo Stallmeister war ein Kind Ober-Rodens, sogar hier geboren. Nach dem Studium der Geschichte an der Universität Frankfurt am Main widmete sie ihr Leben der provinzialrömischen Archäologie. Saalburgmuseum, Deutsche Limeskommission, Limeserforschung und der Neubau des Museums „Keltenwelt" am Glauberg waren, neben vielen weiteren, interessante und prägende Stationen in ihrem akademischen Leben. Ihr Herzblut gehörte aber noch heute der archäologischen hessischen Heimaterforschung, speziell der Erforschung der Ursprünge des im Lorscher Codex erwähnten Klosters Rotaha.

Elo holte sich noch einen Cappuccino an der Theke des Cafés. Ihre Gedanken gingen zurück in die Zeit der ersten großen Ausgrabung innerhalb der Kirche St. Nazarius und auch außerhalb im Kirchgarten.

Vielleicht gelingt mir diesmal der Durchbruch und ich finde es endlich, das Kloster Rotaha, mein Troja, Traum meiner archäologischen Jugend. Damals, 1985 bis 1991, bei der großen Renovierung des Rodgaudoms St. Nazarius hatte mein Team und ich Spuren gefunden, die unserer Meinung nach auf eine Klosteranlage hindeuteten. Spuren einer Holzkirche und der zeitlich versetzte Bau einer Steinkirche, beide in der typischen Ost-West-Ausrichtung, und jede Menge Keramiken, wie man sie in Klosteranlagen aus der Gründungszeit Rotahas verbaut hatte, bestärkten mich in der Vermutung, dass hier das Kloster gestanden haben muss. Zwar kommt immer wieder Kritik Rodgauer Heimatkundler, die den Klosterstandort in der Gemarkung Rodgau vermuten. Aber gefunden haben sie dort auch noch nichts.

Elo nahm einen Schluck Cappuccino und schaute sich danach den Umbauplan im Areal Vorplatz St. Nazarius und Kirchgarten St. Nazarius an, den sie sich über den Magistrat der Stadt Rödermark besorgt hatte. Für sie war es wichtig, dass ein Teil der Kirchgartenmauer abgerissen und die Grundrisse der allerersten Holzkirche im Boden abgebildet werden sollten. Noch wichtiger für Elo waren allerdings kleine unscheinbare gestrichelte Linien im Plan. Sie stellten Drainagen dar, die zwei bis drei Meter unter der Oberfläche verlaufen sollten.
Die Drainagen laufen durch den jetzigen Kirchgarten. Ein Bagger wird sie anlegen müssen und tiefer graben, als es mein Team 1985 durfte. Interessant. Ich bin gespannt, ob er wichtige Funde zum Vorschein bringen wird, sinnierte sie.

Elo konnte es kaum erwarten, bis die Baumaßnahmen soweit fortgeschritten waren, dass der Bagger zum Einsatz kommen konnte. In ihr brannte noch immer das Feuer einer Entdeckerin. Sie versuchte sich zu beruhigen.

Gemäß Terminplanung sollen diese Woche noch die Abbrucharbeiten im Kirchgarten beginnen. Aber was ist hier schon die Terminplanung wert? Erst gehen fünf Jahre ins Land, bis das Bauamt sich durch alle administrativen Formalien der Hessischen Landesregierung gekämpft hat, und dann ist nochmal eine Verzögerung wegen der Renovierung des Kirchendaches dazugekommen. Am besten besuche ich mal meine Freunde in der Stadtverwaltung. Vielleicht können die mir sagen, wann es losgeht.

*

Und die Abbrucharbeiten begannen wirklich noch in derselben Woche. Elo konnte es kaum erwarten, den Geruch frisch ausgegrabener Erde und damit den Geruch längst vergangener Jahrhunderte einzuatmen. Diese Luft war für sie wie ein Lebenselixier. Der Kirchgarten und der Vorplatz von St. Nazarius waren innerhalb eines Tages von allem Bewuchs und der spärlichen Pflasterung befreit. Elo hatte es sich angewöhnt, vor jeder archäologischen Grabung im Geiste die wichtigsten praktischen Punkte durchzugehen:

Voruntersuchung des Geländes durch Suchgräben
Habe ich 1985 – 1991 schon gemacht und dokumentiert. Im Laufe der jetzigen Grabungen und Anlegen der Drainagen müssten wir wieder auf die durchgängige Brandschicht stoßen.

18

Beachtung der Schichtenfolge

Klar, mache ich dauernd. Deswegen stehe ich ja den Arbeitern, die graben oder Bagger führen, so auf den Füßen. Schließlich muss ich jede Erdschicht dokumentieren.

Suche nach der Leitkeramik für die einzelnen Schichten

Ja, Keramiken habe ich schon immer gern gefunden und analysieren lassen. Keramiken aus der Zeit Karls des Großen und späterer Jahrhunderte haben wir bei der ersten Grabung massenhaft gefunden.

Zusammenarbeit mit anderen Wissenschaften

Wenn ich etwas gefunden habe, werde ich sofort die notwendigen Kontakte knüpfen. Wie sagte noch mein Doktorvater vor langer Zeit: Kommunikation und Kooperation mit den richtigen Fachleuten sind der Schlüssel zum Erfolg!

Die Pyramiden-Eiche auf dem Vorplatz, die unter Naturschutz stand, sollte später versetzt werden, wenn der Bagger für die Tiefbaumaßnahmen zum Einsatz bereitstehen würde. Die eigentlichen Abbrucharbeiten begannen mit dem Abriss der westlichen, neueren Einfriedigungsmauer. Sie wurde innerhalb von Minuten durch einen kleinen Abbruchbagger zertrümmert. Nur ein geringer Teil der Ende des 19. Jahrhunderts errichteten historischen Mauer blieb erhalten. Dann wurden etwa 50 cm Mutterboden des Kirchgartens abgetragen. Bevor der Boden in bereitgestellte Lastwagen abgekippt werden durfte, wurde er aufwändig gesiebt, da sich Elo auch durch diese Arbeit neue Erkenntnisse erhoffte. Sie begleitete die Arbeiten mit den wachen Augen einer Archäologin. Nichts wollte sie sich entgehen lassen. Mehr als einmal nervte sie die Bauarbeiter mit in deren Augen sinnlosen kleinen Baustopps, um Keramikscherben oder auch kleine Knochen zu bergen. So endete der erste Tag der Umgestaltung des St. Nazarius-Areals für alle etwas frustrierend. Für die Bauarbeiter, die durch Elo behindert wurden, und für Elo, weil sie auf der Suche nach Rotaha keinen Schritt weitergekommen war.

*

Langsam bog der Tieflader rückwärts in die Pfarrer-Heitkämper-Straße ein. Auf der Ladefläche befand sich ein Caterpillar-Bagger. Eine nicht geringe Menge Schaulustiger verharrte auf Höhe des Cafés Eifler und verfolgte das Entladen des Baggers. Langsam senkte sich die Rampe und mit rasselnden Ketten fuhr der Bagger vom Tieflader. Der Baggerführer steuerte den Koloss auf den Vorplatz von St. Nazarius. „Die Eiche da steht mir im Weg", rief er aus der Steuerkanzel.

„Klar, deswegen sollst du sie ja auch vorsichtig ausgraben. Ich habe mal gehört, dass ihr Profi-Baggerführer sogar Bierflaschen mit der Baggerschaufel öffnen könnt, ohne sie zu zerbrechen. Also dürfte ja das Ausbuddeln der Eiche kein Problem sein! Bis du sie ausgegraben hast steht ein Lastwagen zum Abtransport der Eiche in eine Zwischenlagerstätte bereit", klärte der Bauleiter den besorgten Baggerführer auf.

„Okay, danke für die Blumen. Dann will ich dich mal nicht enttäuschen!"

Langsam senkte sich die Baggerschaufel, brach die Erde auf und legte Meter für Meter die Wurzeln frei. Sie ragte wie ein Pfahl etwa drei Meter in die Erde. Elo stand ganz nahe dabei und beobachtete jede Bewegung. Mit dem Bordlautsprecher fuhr sie der Baggerführer an, da er um ihre Sicherheit besorgt war. Niemand hatte ihn vorher über die Position Elos aufgeklärt und so musste sie sich zunächst die raue Sprache auf Baustellen anhören.

„Die Oma da am Baum, mit dem urigen Lederhut! Aufpassen und zurücktreten. Da gibt es nichts zum Glotzen. Du willst doch sicher noch paar Jahre mit deinen Enkeln spielen."

Jetzt verschlug es Elo die Sprache, aber sie steckte den Seitenhieb wortlos schnell weg. Fast zeitgleich klingelte das Handy des Baggerführers.

„Also mein Lieber, lass mal die Oma da vorne schön in Ruhe gucken. Sie ist hier der Chef. Wenn sie „Stopp" sagt, dann steht dein Bagger sofort still. Sie sucht hier unter der Erdoberfläche schon seit Jahren nach den Spuren eines Klosters, nämlich das für Ober-Rodener sakrosankte Kloster Rotaha."

„Okay, dann haben wir hier eine Frau als Chef. Ist mir auch egal, Hauptsache, sie stört nicht und läuft mir nicht dauernd vor die Schaufel", murrte der Baggerführer.

*

Das Ausgraben der Eiche dauerte schließlich doch etwas länger, da es schwierig war, den Bagger auf dem engen Terrain zu manövrieren, ohne die historischen Mauern, die die Kirche und den Kirchgarten umgaben, zu beschädigen. Aber noch vor dem Angelus-Geläut von St. Nazarius war es geschafft. Langsam war die Eiche zur Seite gekippt und wurde vom Baggerführer behutsam auf den mittlerweile eingetroffenen Transportwagen gehoben und in Sicherheit gebracht. Sie sollte im nächsten Frühjahr nach dem Ende der

Umbauarbeiten an geeigneter Stelle, die der Pfarrgemeinderat noch bestimmen musste, wieder eingepflanzt werden.

*

Die seitliche Luke der Baggerkanzel schwang auf und der Baggerführer kletterte heraus. Sein Weg führte schnurgerade zu Elo, die ins kraterähnliche Loch starrte, den die Eiche hinterlassen hatte, als ob sie dort etwas suche.

„Entschuldigung, wenn ich Sie vorhin so angeblafft habe. Aber es ist halt sehr gefährlich, so nahe bei der sich bewegenden Schaufel zu stehen. Selbst wenn Sie statt des Lederhuts einen Helm auf Ihrem Kopf tragen würden, könnte ein Stoß mit der Schaufel tödlich enden."

Elo verstand natürlich sofort den sicherheitstechnischen Rüffel.

„Da haben Sie mich jetzt aber nett auf meinen fehlenden Helm hingewiesen. Und, Sie haben recht, Unbefugte haben hier nichts verloren und ein Helm kann nicht schaden. Ich bin raue Worte auf Baustellen und Grabungsstätten gewohnt, da machen Sie sich mal keine Vorwürfe."

Elo schaute auf ihre Armbanduhr, die keine schlichte Uhr, sondern ein hochmodernes Smartphone mit Uhr war.

„Jetzt ist sowieso Mittagspause, junger Mann. Wenn Sie mögen, lade ich Sie zu einem Cappuccino oder Kaffee ein. Und, jetzt bin ich mal zuerst am Zug mit einer Ansprache. Ich möchte Sie gerne auf Verschiedenes hinweisen, wie zum Beispiel die Drainagen, unter denen ich doch so einiges an antiken Schätzen vermute."

„Gerne, ich finde es total spannend. Ich war noch nie bei einer archäologischen Grabung dabei."

Elo lächelte als sie jetzt das Interesse des Baggerführers bemerkte. Im Laufe ihrer Berufspraxis hatte sie es gelernt, Menschen für die praktische Archäologie zu begeistern.

*

Elo und der Baggerführer schienen während der Mittagspause Freundschaft geschlossen zu haben. Laut lachend verließen beide das Cafe Eifler. Und das auf Baustellen oft obligatorische „Du" hatten sie auch gleich vereinbart.
„Also, immer gut aufpassen, da vorne an der Schaufelfront, und zieh deinen Helm auf! Ich bugsiere jetzt mein Arbeitsgerät durch die enge Einfahrt in den Kirchgarten und fange hinten, am nördlichen Ende an, die Gräben für die Drainagen zu ziehen. Du gibst mir Handzeichen, wenn du glaubst, eine Spur deines „Trojas" entdeckt zu haben."
Langsam schob sich der Bagger durch die enge Einfahrt des Kirchgartens. Links und rechts passte höchstens noch je eine Fingerbreite zwischen Bagger und Sandsteinpfosten der Einfahrt. Schließlich war es aber geschafft und es ging zügig weiter in den hinteren Teil des Gartens zum Graben der ersten Drainage. Wieder senkte sich die Schaufel ins Erdreich, Meter für Meter, bis zu einer Tiefe von etwa drei Metern. Der erste Graben war schnell gezogen. Elo brauchte die Grabung nicht zu stoppen. Sie konnte keinerlei antike Spuren erkennen. Die zweite Drainage wurde in Angriff genommen. Langsam senkte sich die Schaufel immer wieder vorsichtig ins Erdreich. Da, plötzlich ein Schrei und ein Handzeichen Elos. Sofort stoppte der Bagger. Elo starrte in den Graben hinunter.
„Da ist etwas. Sieht aus wie Knochen. Bringt mir bitte eine Leiter."

Mit archäologischem Werkzeug stieg Elo hinunter zur Fundstelle. Feine Besen und Pinsel genügten, um die ersten Knochen freizulegen. Kleine Stofffetzen klebten noch teilweise auf den Knochen.

„Das sieht aus wie ein menschlicher Brustkorb. Der ganze Körper liegt aber quer im Graben. Füße, Becken und auch Kopf liegen noch unter zwei Metern Erde. Wir müssen die Grabungsstelle also vergrößern."

„Okay, kann ich machen, kein Problem. Aber erst mal alles raus aus dem Graben", gab der mehr als interessiert zuschauende Baggerführer Anweisung. Elo war zunächst sehr skeptisch. Aber, nachdem der Graben geräumt war, senkte sich die Schaufel ganz langsam hinab. Und in der Tat, filigran, nur Zentimeter für Zentimeter vergrößerte Elos neuer Mitarbeiter nach ihren Anweisungen die Grabungsstelle, bis das Skelett in voller Länge sichtbar wurde, jedoch noch immer größtenteils von Sand und Lehm umgeben.

„Mehr kann ich nicht helfen", beendete der Baggerführer fast entschuldigend seine Arbeit.

„Danke, den Rest lege ich mit meinem Team frei. Die kennen sich aus und wissen, worauf es beim Bergen historischer Skelette ankommt. Für die anderen Mitarbeiter ist jetzt erst mal Schluss, zumindest für heute. Aber bevor wir weitermachen können, muss die Kriminalpolizei mit KTU und Forensikern her. Nur die können uns das Okay zum Bergen des Leichnams geben. Ich glaube zwar nicht, dass wir hier einen Mordfall aus der jüngeren Vergangenheit haben, aber wir müssen die Regularien einhalten." Kurz nachdem Elo die Kriminalpolizei benachrichtigt hatte, warf sie einen vorerst letzten Blick hinunter zum Skelett und erstarrte mitten in einer Bewegung.

„Nochmal die Leiter, schnell! Da ist etwas."

*

Elo beugte sich über den eingefallenen Brustkorb. Die Rippenknochen waren teilweise eingebrochen. Ob sie durch Gewalteinwirkung vor dem Tod oder nach dem Tod durch Nagetiere gebrochen worden waren, konnte Elo nicht ermitteln, das wollte sie den Forensikern überlassen. Etwas anderes alarmierte sie. Langsam entfernte sie mit dem feinen Pinsel eine kleine Sandschicht.

Habe ich mich doch nicht getäuscht!

Mit einer Pinzette holte sie zunächst eine Metallkette aus dem Inneren des Brustkorbes. Mit einer weiteren Pinzette konnte sie jetzt mit der linken Hand ein mit Lehm, Sand und kleinen Steinen verklebtes Anhängsel aus dem Brustkorb heben. Triumphierend zeigte sie das Artefakt den Umstehenden. „Sieht auf den ersten Blick wie ein fischähnliches Amulett aus."

Elos Laune besserte sich schlagartig. Ihre Gedanken überschlugen sich, bildeten schließlich aber eine logische Verknüpfung.

Kette, Amulett, Fisch, Menschenfischer, Kloster. Aber warum ein Fisch und kein Kreuz? Ist das der Durchbruch? Bin ich kurz vorm Ziel?

Der „Fischkörper" war an der längsten Stelle gemessen rund zwanzig Zentimeter lang, an der breitesten Stelle ebenfalls. Elo machte schnell ein Foto und legte das Amulett wieder auf den Brustkorb der Leiche.

Warten wir ab, was die Forensiker zu sagen haben. Danach werden sie mir hoffentlich das Amulett zur Säuberung überlassen.

Vielleicht binden sie mich sogar zur Beurteilung der Leiche ein.

*

Die Kriminalpolizei war innerhalb kürzester Zeit vor Ort. Die riesigen Scheinwerfer der KTU tauchten den Kirchgarten bereits in grelles, weißes Licht, als Kriminalhauptkommissar Horst Adler auftauchte. Horst Adler war 50 Jahre alt, graue Strähnen durchzogen sein schwarzes Haar. Er war schlank und wirkte durchtrainiert. Mit seiner Körpergröße von fast zwei Metern hätte er fast noch aus dem Drainagegraben schauen können. Er beugte sich über das Skelett und fragte die danebenstehende Forensikerin mit nur vier Wörtern:
„Mord, Totschlag, natürlicher Tod?"
„Noch ist es zu früh sich festzulegen", war die ausweichende Antwort.
„Aber der Verwesungsgrad und die Stofffetzen aus einem sehr grob gewebten Stoff, wie er im Mittelalter getragen wurde, lassen auf ein sehr altes Skelett schließen. Außerdem hat mich die anwesende Archäologin auf ein Amulett hingewiesen. Man kann noch nichts auf dem Amulett erkennen, aber es soll sehr wahrscheinlich einen Fisch darstellen, was ihrer Ansicht nach auf einen religiösen Hintergrund schließen lässt. Mord oder Totschlag fragst du? Das Skelett, wahrscheinlich von einer Frau, weist starke Brandspuren auf, die Finger beider Hände sind gequetscht. Also wurde das Opfer vor der Verbrennung gefoltert. Mein erster Eindruck: Wir haben es hier mit einem religiös motivierten Mord zu tun, der wahrscheinlich vor Hunderten von Jahren geschah. Den Brand- und Folterspuren nach zu urteilen, könnte es sich hier um einen Tod auf dem Scheiterhaufen handeln. Das genaue Alter der Knochen kann ich aber nur im Institut mit Hilfe der Radiokarbonmethode

feststellen.“

Elo stand oberhalb des Drainagegrabens und verfolgte die Unterhaltung.

„Ich wage es kaum zu fragen, aber könnte ich das Amulett zur Säuberung in mein kleines Labor hier vor Ort mitnehmen? Sobald es gesäubert ist, schieße ich Fotos und sende sie Ihnen. Für meine Forschung wäre es auch gut, wenn Sie mir Ihre Untersuchungsdaten des Skelettes mitteilen könnten. Ich habe da so ein Gefühl, dass wir hier zwar einen Mord aufklären können, der aber schon sehr lange zurückliegt, noch in der Zeit des Klosters Rotaha, das wir hier vermuten. Wenn Sie bei der Untersuchung des Skeletts Unterstützung meinerseits benötigen, kann ich das gerne einrichten“, mischte Elo sich ein. Die Forensikerin schüttelte den Kopf.

„Der Untersuchung mit der Radiokarbonmethode geht eine chemische Vorbehandlung voraus. Das ist alles sehr komplex. Ich danke Ihnen für das Angebot, aber ich schlage vor, Sie analysieren das Amulett und sobald ich etwas vorzeigen kann, informiere ich Sie sofort, umgekehrt machen Sie dasselbe.“

Elo nickte zufrieden. Für sie war das Amulett wichtiger als das Skelett. Diese Untersuchungsdaten würde sie irgendwann sowieso bekommen. Die Daten des Amuletts aber brauchte sie sofort zur Befriedigung ihrer archäologischen Neugier.

*

Das Skelett und auch die teilweise einhüllenden Lehm- und Sandklumpen, die einen Großteil der Knochen umschlossen, wurden noch im Drainagegraben vorsichtig auf eine Bahre gelegt und langsam von einem an einem großen Dreibein hängenden Seilzug an die Oberfläche gehievt. Auch die Lehm-

27

und Sandklumpen sollten später zur Altersbestimmung des Skelettes herangezogen werden. Die Bahre wurde in ein im Kirchgarten parkendes Auto der KTU geschoben und abtransportiert. Schon kurze Zeit später war der „Tatort" geräumt. Nur ein Flatterband der Polizei machte seinem Namen im Wind alle Ehre und sperrte das Grabungsareal bis auf weiteres ab.

Obwohl es mittlerweile später Abend war, hatte sich vor dem Kirchgarten eine große Menge Schaulustiger versammelt. Auch der Bürgermeister lehnte neugierig am Eingangstor zum Kirchgarten. Es ging in Ober-Roden herum, wie ein Lauffeuer. Dabei wurde aber so manches voreilig verbreitet: „Im Kirchgarten haben sie die Überreste der Äbtissin Aba gefunden!"

Der Bürgermeister war skeptisch. Er kannte Elo gut, beide waren seit langem befreundet und ins persönliche Du gewechselt.

„Wurde wirklich Aba gefunden?", war seine erste Frage, als er Elo in der Menge sah.

„Mein Gott, wie kommst du denn darauf? Wir haben ein Skelett gefunden, wahrscheinlich hunderte Jahre alt. Genaueres können die Forensiker noch nicht sagen. Ein Amulett, das im Brustkorb lag, deutet auf einen religiösen Hintergrund hin." Erheitert fuhr sie fort.

„Also nochmal, auch für die Kommunalpolitik und den Magistrat, die sich alle das Kloster hierher wünschen: Ein altes Skelett wurde gefunden! Ob es Äbtissin Aba sein könnte, drei große Fragezeichen!

Ich werde jetzt die Historiker des Bistums Mainz informieren, schließlich graben wir ja auf kirchlichem Grund und Boden. Vielleicht können die mir Hinweise aus ihren historischen

Archiven bezüglich der Verbrennung von Hexen oder Ketzerinnen in Ober-Roden und Umgebung geben. Das würde mich und auch die Kripo schon mal weiterbringen.

Das Amulett nehme ich mit in mein Labor im Jägerhaus, ich säubere es und beginne mit den archäologischen Standarduntersuchungen. Ich vermute, dass das Amulett aus Keramik besteht. Wenn ich die Eingangsuntersuchungen beendet habe, werde ich das Amulett der „Forschungsstelle Keramik" der Goethe-Universität Frankfurt zur Bestimmung seines Alters übergeben. Also, du siehst, Archäologie ist ein richtig spannendes Arbeitsfeld."

Der Bürgermeister war im ersten Moment etwas frustriert. Zu gerne hätte auch er dem Magistrat und der Presse die Botschaft überbracht, dass das Kloster oder auch Aba gefunden worden sei.

*

3. Das Jägerhaus

Das sogenannte „Jägerhaus" lag etwa 300 Meter entlang der Dieburger Straße in Richtung Eppertshausen, Ecke Trinkbrunnenstraße am Rathausplatz, und war im Besitz der Stadt Rödermark. Sie hatte das Anwesen vom letzten Besitzer gekauft, um es vor dem Abriss zu bewahren. Es war ein identitätsstiftendes Gebäude mit einer schmucken Klinkersteinfassade und einem imponierenden Dachstuhl. Leider konnte es nicht als Museum ausgebaut werden, da eine Nachrüstung mit einem modernen Brandschutzkonzept sich als nicht wirtschaftlich erwiesen hatte. So vegetierte das gesamte Gebäude nun schon Jahre dahin. Es hatte seinen Namen nicht etwa einem Jäger zu verdanken, sondern einer Familie namens Jäger. Seit einigen Jahren stellte der Magistrat Elo Stallmeister in diesem Haus Räumlichkeiten und ein kleines Büro zur Verfügung, um die bei der ersten Ausgrabung gefundenen Keramiken zu untersuchen, zu katalogisieren und einzulagern. Das Haus wurde vielseitig genutzt, so beherbergte es auch jeden Donnerstag im Rahmen des kleinen Marktes vor dem Rathaus einen Weinausschank, bei dem die Rödermärker Originale Rita und Peter die immer stark vertretene Altersklasse „Rentner" entspannt und gut gelaunt bedienten.

Elo brachte das Amulett sofort ins Jägerhaus, nachdem die Kriminalpolizei abgerückt war. Sie konnte es kaum erwarten, mit der Untersuchung des Amuletts zu beginnen. In ihr war die Forscherin und archäologische Jägerin jetzt vollends erwacht. An Schlaf dachte sie jetzt nicht, obwohl es schon kurz vor Mitternacht war.

4.   Das Amulett

Da lag es nun auf dem Labortisch, verschmutzt und wenig ansehnlich. Elo berührte fast ehrfürchtig die Oberfläche des Amuletts und schloss dabei die Augen. War es der Schlüssel zum verschollenen Kloster Rotaha? Welche Geschichte könnte das Amulett erzählen? Vor Elos innerem Auge erschienen martialische Bilder. Auf einem Scheiterhaufen krümmte sich eine Frau in den Flammen, an ihrem Hals hing ein Amulett. Aber das konnte nicht sein.

Die Kette wies starke Korrosionsspuren auf, aber keine Brandspuren. Auch machte sie immer noch einen stabilen Eindruck. Durch den Sand und den Lehm erschien das fischähnliche Amulett etwas dickbäuchig und Elo konnte so noch nicht erkennen, ob es sich um ein ebenes oder gekrümmtes Objekt handelte. Brandspuren waren auch hier nicht zu erkennen.

Dann legen wir es erst einmal in einem Sieb unter warmes fließendes Wasser. Mal sehen, wieviel Schmutz ins Sieb gespült wird. Auch das kann ja später Hinweise liefern.

Elo beobachtete, wie der warme Wasserstrahl immer größere Flächen des Amuletts freilegte. Es deutete sich an, dass es eben sowie zwei Zentimeter dick sein musste, also nicht gekrümmt. Auch kamen ganz langsam erste Spuren einer Schrift hervor.

Das wäre es ja jetzt. Es müsste nur noch irgendetwas von „Rotaha" vermerkt sein. Aber so viel Glück werden ich und ganz Ober-Roden wahrscheinlich nicht haben.

Fünf Minuten vergingen und das Amulett war fast vollständig von Sand und Lehm befreit. Elo holte für die erste genauere Analyse der Oberfläche eine Lupe und eine sehr starke Lampe. Sie sprach ihre ersten genauen Eindrücke in ihr

31

elektronisches Notizbuch. Neben Datum, Grabungsort mit GPS-Koordinaten, Tiefe der Fundstelle, Schilderung der Umgebung und Objekt-Geometrie, bezog sie sich auf die Ober- und Unterseite des Amuletts:

„Beide Seiten lassen Schriftzüge erkennen. Eine Seite kann ich als aramäische Schrift identifizieren. Die andere Seite könnte aus dem Aramäischen hervorgegangen sein. Ich kann sie nicht eindeutig zuordnen, werde aber sofort mit einem Foto ein Schrifterkennungs-KI-Programm starten. Unterbrechung der Notiz."

Elo speiste das KI-Programm mit dem Foto und ließ es arbeiten. Innerhalb von Sekunden erschien ein Ergebnis auf ihrem Bildschirm. Es war eine „Hypothetische Herleitung" der frühindischen Brahmi-Schrift aus dem phönizischen Alphabet. Weiter wurde erklärt, dass Brahmi in der Sprachentwicklung eng mit Griechisch, Phönizisch und Aramäisch verbunden war.

Elo übertrug dieses Ergebnis in ihre Notizen mit dem zusätzlichen Hinweis, dass sie etwas Aramäisch beherrsche und zwei Worte bereits mit „... Gnade Gottes ..." entziffern konnte.

Sie schaute müde auf ihre Uhr. Es war kurz vor 1 Uhr. Sie wollte noch eine kurze Information mit Fotos des Skeletts und des Amuletts zu ihrem Kollegen Dr. phil. Tom Beckmann, Historiker des Dom und Diözesanarchivs des Bistums Mainz schicken.

Elo schloss ihre Mitteilung mit der Frage nach Unterlagen über Hexen- und Ketzerverbrennungen und dass sie sich am Vormittag telefonisch melden werde.

Kurz nachdem diese Mail gesendet war, fiel Elo ein, dass es sinnvoll sei, das Suchfenster zeitlich einzuschränken, und schob eine zweite Mail hinterher.

„Lieber Tom, bezüglich Ketzerverbrennungen, suche bitte im kirchenhistorischen Dom- und Diözesanarchiv in der Zeitspanne 750 bis 1350 n. Chr., evtl. mit dem Begriff Rotaha verbunden."

*

5.   Gedankenspiele

Elo liebte es, ungestört bis spät in die Nacht hinein zu arbeiten. Um ein zeitraubendes Hin- und Herpendeln zwischen Hotelzimmer und Labor zu vermeiden, hatte sie sich in ihrem Labor eine Schlafgelegenheit eingerichtet. Diese Nacht war wieder eine solche Nacht, in der sie so aufgewühlt war, dass sie keine Ruhe fand und am liebsten durchgearbeitet hätte. Sie untersuchte das Amulett und wurde magisch angezogen.

Wie kam das Amulett wohl nach Ober-Roden? Falls es einen Zusammenhang mit dem Kloster Rotaha geben sollte, könnte der Ursprung sogar im Kloster Lorsch liegen?

Elo nahm das Amulett in ihre Hände. Sie glaubte, eine leichte Schwingung zu spüren.

Jetzt fängst du an zu spinnen! Vielleicht solltest du doch besser schlafen gehen.

Schnell bekämpfte sie jedoch diesen Anflug von sich ankündigender Erschöpfung. Sie betrachtete die aramäische und die Brahmi-Schrift auf den Oberflächen des Amuletts.

Aramäisch, die Sprache Jesu. Jesu wirkte hauptsächlich im heutigen Israel. Ein Teil seiner Kindheit verbrachte er gemäß Bibel auch in Ägypten. Ich habe zwar schon gelesen, dass er auch nach Indien aufgebrochen sei, habe aber diese Schriften immer nur als abgedreht abgehakt. Was soll also die Brahmi-Abhandlung auf der anderen Seite des Amuletts? Mir ist nichts über Verbindungen des Klosters Lorsch zum damaligen Palästina bekannt. Auf der anderen Seite, das Kloster Lorsch existierte von 764 bis 1564. Sieben Kreuzzüge ins Stammland der Juden, Christen und Moslems fielen in diese Zeit, angefangen mit dem ersten Kreuzzug 1069 und dem Ende des letzten 1270. Kreuzritterkolonnen durchzogen damals ganz Europa. Templer-

34

Komtureien wurden entlang der Hauptkolonnenstraßen gegründet. *Vielleicht kamen Templer auf dem Rückweg von Jerusalem im Kloster Lorsch vorbei und bezahlten mit Mitbringseln oder Beutegut aus dem Heiligen Land? Vielleicht wurde das Amulett sogar bei den Grabungen der Templer unter den Palastruinen König Salomons gefunden?*
Ihr Blick wanderte zu den Fotos des Skeletts, die sie kurz vorher auf ihren PC kopiert hatte.
Die Kripo nimmt mir in diesem speziellen Fall die Altersbestimmung ab, da sie ja einen Mord in der jüngeren Zeit ausschließen muss. Sie wird das exakte Alter sogar schneller bestimmen, als ich das tun könnte. Wenn es in den Zeitraum der Existenz Rotahas fiele, ergäbe es Sinn, diese Verbindung

„Kloster Rotaha - Amulett - Skelett"

weiter zu verfolgen. Nur so können wir valide Zusammenhänge konstruieren. Wenn es aber lediglich zwei oder drei Jahrhunderte alt sein sollte, sind meine Gedankenspiele nichts wert. Auch ist es wichtig, so schnell wie möglich die Schriften zu entziffern.

Elo erinnerte sich an die erste Ausgrabungsperiode 1985 bis 1991.
Wir fanden eigentlich keinerlei Grundmauern des Klosters Rotaha. Sehr zum Verdruss der damaligen Kommunalpolitiker. Zu gerne hätten sie Rödermark mit den ehrwürdigen Ruinen eines Klosters geschmückt. Wir fanden nur Hinweise in Form von Keramiken aus der Zeit Karls des Großen. Und selbst diese Keramiken waren nicht exklusiv. Man fand sie überall im Großraum Rhein-Main, mal mehr, mal weniger. Glücklicherweise hier in Ober-Roden gehäuft, was die Überlegungen zum Standort des Klosters stützte. Das Kloster war

35

ab Mitte des 13. Jahrhunderts auch nach schriftlichen Unterlagen erloschen, wie vom Erdboden hinweggefegt. Warum wurde die neue Kirche St. Nazarius nicht an der Stelle der alten Kirche, die im 14. Jahrhundert gebaut wurde, errichtet? Diese alte Kirche war noch in der traditionellen Ost-West Ausrichtung gebaut. Das Skelett mit dem Amulett wurde nur wenige Meter entfernt vom Standort der alten ehemaligen mittelalterlichen Kirche gefunden. Das Dombauamt des Bistums Mainz legte Ende des 19. Jahrhunderts die Nord-Süd-Ausrichtung von St. Nazarius fest. Wollten die damaligen Entscheider in Mainz, beeinflusst oder auch angewiesen von wem auch immer, verhindern, dass Spuren Rotahas bei der Tiefgründung hätten gefunden werden können? Das wäre eine sehr, sehr gewagte Verschwörungstheorie! Aber zeigt nicht auch die neuere Geschichte, wie schnell aus Verschwörungstheorien Fakten werden können?

Elo schaute jetzt wieder auf ihre Uhr. Sie erschrak, wie schnell die Zeit verronnen war. Es war jetzt schon drei Uhr morgens und sie musste morgen fit sein für die nächsten Runden der Suche nach Rotaha und der Lösung des Geheimnisses um das Amulett. Müde legte sie sich auf ihre Schlafpritsche und schlief sofort ein. Aber ihr Unterbewusstsein ließ sie in dieser Nacht unruhig träumen.

*

6.   Dom- und Diözesanarchiv des Bistums Mainz

Dr. Tom Beckmann war Frühaufsteher. Gemäß seiner Devise: „Der frühe Vogel fängt den Wurm" bog er schon gegen 6 Uhr in den Hof des Diözesanarchivs ein. Er fühlte sich privilegiert, da er in der autounfreundlichen Stadt Mainz einen Parkplatz am Arbeitsplatz hatte.

Es war ein regnerischer, kalter Morgen und Tom beeilte sich, das Gebäude zu betreten. Dynamisch nahm er die paar Stufen zu seinem Büro im ersten Stock. Sein erster Gang war ein Besuch der kleinen Teeküche, wie an jedem Morgen. Nach wenigen, schnellen Tastendrücken auf der Bedienkonsole der Kaffeemaschine und einem kurzen Hochheizen des Wassers, konnte sich Tom den ersten Kaffee des Tages zubereiten. Mit dem aromatisch duftenden Getränk schlenderte er in sein Büro, startete seinen PC und kurze Zeit später das E-Mail-Programm. Sofort stach ihm Elos E-Mail ins Auge.

E-Mail von Elo. Stallmeister@googlemail.com:
Betr.: Grabungen im Kirchhof von St. Nazarius, Rödermark

Tom überflog schnell den Inhalt und machte sich Notizen.
Sie gibt nicht auf. Immer noch auf der Suche nach diesem Rotaha. Wenn das mal nur nicht ein frommer Wunsch der Rödermärker Kommunalpolitiker ist, um Rödermark bekannter zu machen! Nun ja, ich will sie mal nicht enttäuschen und gehe runter in die Katakomben.
Tom sichtete aber vorher die restlichen E-Mails. Sportvereine wie DJK Münster und DJK Ober-Roden baten um Termine für das Einlagern ihrer Vereinsdokumentationen. Katholische Frauenverbände wollten sich ein paar schöne Stunden in Mainz gönnen und vorher kurz das Diözesanarchiv

kennenlernen, eine Führung inklusive. Nach Meinung eines Historikers belanglose bis langweilige Anfragen, die manchmal auch die Tagesroutine störten.

Okay, das hat jetzt wirklich nicht oberste Priorität. Elo, du hast Glück. Ich kümmere mich mal gleich um deine Bitte. Aber zuerst schaue ich mal, ob das elektronische Archiv etwas gespeichert hat.

Mit ein paar Klicks öffnete Tom das elektronische Archiv. Es war von seinen Vorgängern in 12 Bestände gegliedert worden:

- Urkunden
- Ältere Kästen
- Pfarrakten
- Generalakten
- Domkapitel
- Dotation
- Pfarrarchive
- Dekanatsarchive
- Nachlässe
- Kirchenbücher
- Vereine, Organisationen, Einrichtungen
- Sammlungen

Tom öffnete gezielt den Bestands-Ordner „Ältere Kästen" mit dem Unterbestand

„Inhalt: Geistliche Verwaltung aus dem Erzbistum Mainz und dem Bistum Worms, Zeit: Mittelalter bis ca. 1800."

Er überlegte und ordnete den Inhalt dem von Elo vorgeschlagenen Zeitfenster zu.

Na also, da könnte etwas verborgen sein. Das Bistum Mainz wurde ja im Frühmittelalter 782 noch unter Karl dem Großen gegründet, ging aus der frühchristlichen römischen Gemeinde Magontiacum um 368 hervor.

Schnell huschten Toms Finger über die Tastatur seines PCs und er fand die Dateien: **„Klöster und Schenkungen"**

Tom verließ sich auf sein Glück. Er gab drei Suchbefehle innerhalb dieser Dateien ein: **„Rotaha", „Rodaha"** und **„Raodora"** Sofort erschienen Ergebnisse auf dem Bildschirm:

- Dokumente Kloster Lorsch
- Abschrift: Schenkungen ans Kloster Lorsch durch eine Äbtissin Aba
- Verwaltung durch die Adligen von Eppstein
- Erzbischof Siegfried von Eppstein

Okay, da gibt es also etwas! Tom notierte sich die Archivkoordinaten. Bevor er sich auf den Weg in die, wie er sich immer ausdrückte, „staubigen Katakomben des Mittelalters" machte, schrieb er Elo eine E-Mail:
„Liebe Elo,
du hast Glück. Ich ziehe deine Anfrage vor. Glaube auch, aufschlussreiche Unterlagen zu finden. Schlage eine Videokonferenz für heute Nachmittag vor, um eventuelle erste Ergebnisse mitzuteilen. In diesem Sinne schlafe dich aus.
Bis nachher!
Tom"

*

Tom betrat die Klimaschleuse des Archivs, wie immer mit einem Anflug von Klaustrophobie. Vereinzelte Schweißperlen traten auf seine Stirn. Jedes Mal, wenn er alleine das Archiv aufgesucht hatte, hoffte er mit einem gewissen Bangen, dass sich die Eingangstür zum Archiv auch wirklich öffnen würde. Natürlich hatte die Schleuse einen Notöffnungsmechanismus, aber Tom traute auch diesem nicht. Die Schleuse war notwendig, damit in den Archivräumen Temperatur und Feuchtigkeit in definierten Bandbreiten gehalten werden konnten. Da sich die Mitarbeiter in der Regel nur kurz in diesen Räumen aufhielten, spielte der Behaglichkeitsbereich keine Rolle, was eine niedrige Luftwechselrate und Außenluftanteile möglich machten. Aktuell waren ein Raumklima von 17 Grad und 48% relative Feuchte eingestellt. Minimale temporäre Schwankungen konnten so noch toleriert werden.

Tom bog in den Gang, in dem die handschriftlichen Abschriften aus der Gründungszeit des Klosters Rotaha und später gelagert wurden. Vor Tom lag ein Regal mit mehreren Fächern, jedes 2 Meter x 0,50 Meter x 0,50 Meter mit Unterlagen, losen Blattsammlungen und starren, mit dicken Einbänden umschlossenen Büchern.

Tja, wie fange ich am besten an? Eine Nadel im Heuhaufen zu finden ist wahrscheinlich leichter. Was hat Elo vorgeschlagen? Hexen- und Ketzerverbrennungen. Mal schauen, ob es eine kirchenjuristische, gebundene Sammlung dieser Prozesse gibt.

Tom zog ein gebundenes Exemplar aus dem Regal. Auf dem Buchrücken standen nur zwei Wörter. „Katharos" und direkt darunter „Katharoi". Er wusste, dass der Begriff „Ketzer" aus der mittelalterlichen christlichen Sekte der Katharer abgeleitet war und „Häretiker" und „Ketzer" ein und dasselbe bezeichneten. Er schlug das Buch auf und gleich auf der zweiten Seite wurde in geschwungenen Buchstaben in Mittelhochdeutsch zitiert:

„Wir verwerfen und verurteilen jede Häresie, die sich gegen den heiligen, rechten und katholischen Glauben erhebt. Wir verurteilen alle Häretiker, wie immer man sie bezeichnen mag. Die verurteilten Häretiker aber sollen den weltlichen Obrigkeiten zur gebührenden Bestrafung übergeben werden."-Konzil der heiligen katholischen Kirche im Jahre des Herrn 1215-

Und Kaiser Friedrich folgte zu dieser Zeit dem Vatikan mit politischem Kalkül:

„Wir bestimmen daher, dass Ketzern, welchen Namens auch immer, wo sie innerhalb des Reiches von der Kirche verdammt und dem weltlichen Gericht überwiesen sind, mit der gebührenden Strafe belegt werden. Wenn aber welche von ihnen nach der Verhaftung aus Furcht vor dem Tod zur Einheit des Glaubens zurückkehren wollen, so sollen sie lebenslänglich in den Kerker geworfen werden."-Kaiser Friedrich II 1194 – 1250 a. D.-

Tom blätterte vorsichtig in dem Buch, das schon einige Jahrhunderte alt sein musste. Er erkannte, dass die ersten Ketzerprozesse schon im 8. Jahrhundert begannen. Auf einer Akte blieb sein geschulter Blick hängen. Es war auch in Mittelhochdeutsch verfasst und Tom übersetzte es für sich simultan ins Hochdeutsche:

„Prozess der Ketzerei, im Jahr des Herrn 1232, gegen die Äbtissin Magdalena, des Klosters, das zu Ehren der heiligen Maria und der übrigen Heiligen im Maingau, im Gebiet der Gemarkung Roden, beim Niwenhof, über dem Flusse Raodora errichtet worden war."

Tom packte die Neugier, nahm das Buch mit zu einem Stehpult und las weiter. Schon nach einigen Seiten war ihm klar, dass er dieses Buch zur weiteren Untersuchung in sein Büro mitnehmen musste.

*

In Toms Büro gab es einen separaten Arbeitsplatz, um solche alten Dokumente einer weiteren Untersuchung zu unterziehen. Im Gegensatz zu seinem Schreibtisch verstand es sich an diesem Platz von selbst, dass Kaffeetassen oder Aschenbecher absolut tabu waren. Tom zog seine Archivhandschuhe an und schlug das alte Exponat wieder auf. Es wurde beschrieben, dass man eine Äbtissin namens Magdalena zur „hochnotpeinlichen Befragung" an Folterknechte übergab. Es wurde sogar ironischerweise erklärt, dass diese „Befragung" heftiges körperliches und seelisches Unbehagen auslösen sollte, um zu einem Geständnis zu kommen. Fast entschuldigend wurde erläutert, dass vor der „Befragung" kein Geständnis über die Lippen Magdalenas kam und auch die „Beweislage" nicht eindeutig sei.
Magdalena war der Ketzerei beschuldigt, weil sie als Nonne

offen ein Amulett trug, das fischähnlich aussah, die Schwanzflosse mit dem Fischleib durch ein kleines Kreuz verbunden. Es wurde allerdings betont, dass der Fisch nicht den Anklagepunkt der Ketzerei ausgelöst habe, da der Fisch an die ersten Apostel Jesu erinnerte, die Fischer waren. Außerdem war der skizzierte Fisch das geheime Erkennungszeichen und die Abkürzung des Glaubensbekenntnisses unter den Urchristen, abgeleitet aus dem griechischen **I Ch Th Y S** – der Fisch.

Glaubensbekenntnis:

Iesous-Jesus

Christos-der Gesalbte

Theou-Gottes

Hyios-Sohn

Soter-Retter/Erlöser

„Jesus, der Gesalbte, Gottes Sohn, Retter und Erlöser"

Den Vorwurf der Ketzerei hatte eine Inschrift auf dem Fisch ausgelöst. Die „Beweislage" war aber schwach, da das Amulett spurlos verschwunden war.
Tom, der in seinem Grundstudium vor langer Zeit das Nebenfach Althochdeutsch und Mittelhochdeutsch studiert hatte, fand sich immer besser im Text des alten Dokuments zurecht. So übersetzte er eindeutig, dass Magdalena auch unter der Folter nicht gestand und trotzdem zum Tode durch

Verbrennen verurteilt wurde. Das überraschte Tom, denn auch schon vor Jahrhunderten war ein Geständnis, wie auch immer es zustande kam, Voraussetzung für eine Verurteilung.

Obwohl Tom glaubte, dass mit dem Urteilsspruch diese Dokumentation abgeschlossen war, begann er die Folgeseite zu lesen. Tom las immer schneller, so gebannt war er vom mittelhochdeutschen Text, den sein Gehirn simultan übersetzte. Auf dieser Seite begründeten die Vertreter der Heiligen Inquisition den Urteilsspruch:

„... zum Tode auf dem Scheiterhaufen verurteilt, weil Magdalena eine ketzerische Zusammenarbeit mit Tempelrittern und dem Teufel vorgeworfen wird..."

Es wurde ferner berichtet, dass diese Templer unter anderem ein fischähnliches Amulett mit einer ketzerischen Inschrift aus dem Heiligen Land, aus muslimischen Besitzungen, nach Europa geschmuggelt hätten.

„...Für alle Zeiten, bis zum Jüngsten Tag, wird gefordert, dass jeder gute Christ dieses Amulett, falls es je gefunden wird, sofort der Heiligen Inquisition übergeben muss, um Unheil und Zweifel abzuwenden ... und um das Fundament des christlichen Glaubens nicht zu erschüttern..."
Damit war der Fall „Magdalena" dokumentiert und abgeschlossen.

Tom lehnte sich zurück. Seine Gedanken überschlugen sich.

Er hatte Fragen!

Jetzt sah er sich erstmals die Fotos des Skeletts und die des Amuletts genauer an. Puls- und auch Atemfrequenz erhöhten sich. Waren das die Knochen Magdalenas? Hatte Elo das gesuchte fischähnliche Amulett gefunden? Er beherrschte weder Brahmi noch Aramäisch. Trotzdem verharrte sein Blick lange auf den Fotos.

Es wird zwar von einem ketzerischen Inhalt gesprochen, aber nirgends wird er übersetzt. Verstößt der Inhalt so stark gegen die kirchlichen Dogmen, dass selbst die Inquisition ihn nicht dokumentieren will? Diese Schriften müssen unbedingt Experten übersetzen.

Er fotografierte die Seiten der Ketzerdokumentation, die er gerade studiert hatte, und griff dann zum Telefon, wählte Elos Handy-Nummer.

*

7.   Jägerhaus und Kirchgarten St. Nazarius

Durch die lange Forschungsarbeit in der letzten Nacht noch stark mitgenommen, quälte sich Elo erst kurz vor Mittag aus dem Bett. Sie schlafwandelte fast ins benachbarte kleine Duschbad, das eher einer praktischen Duschzelle gleichkam. Gerade als sie unter die Dusche gehen wollte, klingelte ihr Handy. Zuerst wollte sie den nervenden Klingelton ignorieren, aber nachdem sie auf das Display geschaut hatte, erkannte sie Toms Nummer.

„Guten Morgen Tom, sag bloß, du hättest schon Neuigkeiten aufgrund der Recherchen im Archiv!

Tom konnte es gar nicht erwarten, etwas zu sagen.

„Natürlich, wenn eine motivierte Kollegin mich um etwas bittet, lasse ich alles stehen und liegen und ziehe diese Anfragen vor, das habe ich dir ja schon per E-Mail geschrieben. Warum ich jetzt schon anrufe? Du scheinst einer großen Sache auf der Spur zu sein. Die Videokonferenz sollten wir um 14 Uhr halten. Komm jetzt erst mal zu dir und dann legen wir los!"

*

Elo stand fast wie gelähmt fünf Minuten unter der warmen Dusche. Ihre Gedanken überschlugen sich ... *einer großen Sache auf der Spur* ... Der massive Duschstrahl brachte ihre Lebensgeister zurück. Wieder voller Elan schwang sie ein großes Duschtuch um ihren Körper und lief zu ihrem Laptop. Sie war neugierig, ob auch schon Ergebnisse der KTU vorlagen. Jedoch - keine Meldung!

46

Aber eine andere E-Mail lag vor:

Ah, die Lokalreporterin der Offenbach Post will mit mir einen Interviewtermin ausmachen. Okay, ich schlage mal vorsichtshalber erst Übermorgen vor. Da habe ich dann die nötigsten Neuigkeiten aus Mainz, von der KTU und eventuell auch schon eine erste Altersbestimmung des Amuletts durch die Forschungsstelle Keramik.

Da die Konferenz erst in zwei Stunden stattfinden sollte, machte sich Elo auf den kurzen Weg zur Nazarius-Kirche. Der Rathausvorplatz mit der markanten weißen Steinskulptur im Zentrum, im Volksmund dem „Knochen", war verwaist, die meisten Menschen eilten hektisch ihren Zielen entgegen. Im Hintergrund nahm Elo Kindertoben aus der nahen Grundschule wahr. Elo hatte an diesem Spätvormittag aber keinen Sinn für die Umgebung. Obwohl sie noch nichts gefrühstückt hatte, ließ sie das Café „Süße Ecke" links liegen. Auch Eriks Eiscafé besuchte sie nicht. Sie nickte dem Seniorchef Bruno, der hinter dem Tresen arbeitete, kurz zu und eilte weiter. Schon von weitem bemerkte sie, dass die Baustelle rund um St. Nazarius stillstand. Als sie um die Ecke der Pfarrer-Heitkämper-Straße/Dieburger Straße bog, wurde sie bereits von ihrem neuen Freund, dem Baggerfahrer begrüßt.

„Gut, dass du kommst. Wann können wir hier weitermachen? Die Kripo war auch noch nicht da."

Elo war etwas überfragt und wollte auch der Kripo nicht vorgreifen. „Warte, ich rufe mal den Hauptkommissar von gestern an. Vielleicht gibt der schon Entwarnung!"

Elo hatte die Telefonnummer Horst Adlers gestern sofort auf ihrem Handy gespeichert.

Sie tippte zweimal auf die Oberfläche ihres Handys und schon stand die Verbindung. Ohne große Umschweife begrüßte sie den Hauptkommissar.

„Mahlzeit Herr Adler, Elo Stallmeister hier, wie sieht es aus? Meine Kolonne will weiter ausgraben. Geben Sie die Grabungsstelle schon frei?"

Horst antwortete, ohne lange zu zögern.

„Wir haben gerade zusammengesessen. Die Analyse der Knochen läuft noch, aber die KTU hat schon erklärt, dass Sie weiter graben können. Haben Sie schon das Amulett soweit gesäubert, dass Sie uns ein Foto zur Vervollständigung der Akten schicken können?"

„Ja, erledige ich heute Mittag, wenn ich wieder im Büro bin." Elo bedankte sich und schob gleich noch eine Frage nach.

„Sind Ihr Einsatz und die Ermittlungen jetzt schon beendet oder laufen sie weiter?"

Horst antwortete nonchalant, andeutend, dass es wichtigere Fälle gäbe, als die sehr wahrscheinlich uralte Leiche im Kirchgarten von St. Nazarius.

„Mein Einsatz ist praktisch vorhin mit der Besprechung beendet worden. Der Staatsanwalt will den Fall so schnell wie möglich zu den Akten legen. Er ist der Meinung, dass das Alter des Skeletts so hoch ist, dass eine Verfolgung des oder der Täter sinnlos sei. Also, ich bin raus. Sobald das Alter des Skeletts feststeht, hakt auch die Gerichtsmedizin den Fall ab. File closed."

„Okay, was schätzen Sie, wann kommt die Nachricht der KTU?", bohrte Elo weiter.

„Ich schätze mal, in ein oder zwei Tagen."

*

Pünktlich um 14 Uhr war Elo wieder zurück in ihrem Büro. Sie konnte ihre Nervosität und Neugierde kaum unterdrücken. Die Videokonferenz mit Tom musste jeden Moment beginnen. Noch war von Tom auf dem Bildschirm nichts zu sehen und zu hören. Dann ein leises Knacken und zuerst ein Flüstern, aber noch kein Bild, die üblichen Startschwierigkeiten. Schließlich war es geschafft, und die Verbindung stand stabil. Nach einer kurzen Begrüßung eröffnete Tom mit einer Aufzählung der Fakten.

„Also Elo, was hast du gefunden:

- Grabungsort Kirchgarten, St. Nazarius, Rödermark
- ein verkohltes Skelett
- wahrscheinlich ein Frauenskelett
- Alter noch unbekannt
- ein Amulett, das man im Brustkorb der Toten fand
- das Amulett ähnelt einem Fisch
- auf den Oberflächen Inschriften in Brahmi und Aramäisch

Was habe ich im Archiv gefunden:
- ein Buch der Ketzeranklagen
- frühes Mittelalter
- Anklage der Ketzerei gegen eine Äbtissin Magdalena
- die Äbtissin stammt aus der Gegend der Ausgrabung"

Elo nickte anerkennend.
„Die Ausgangslage hast du professionell zusammengefasst. Die Verbindung zwischen Fundort und Archiv ist also das Alter des Skelettes und die Bestätigung, dass es sich um eine

Frau gehandelt hat. Falls das Skelett mindestens 800 bis 900 Jahre alt sein sollte, reden wir mit signifikanter Sicherheit von ein und demselben Ereignis. Da eine Äbtissin angeklagt ist, kann man davon ausgehen, dass hier am Beerdigungsort auch ihr Kloster gestanden hat, aber nur dann, wenn sie von ihren Mitschwestern oder Anhängern, die die Anklage der Ketzerei ablehnten, beerdigt worden ist. Was fehlt, wäre jetzt nur noch ein Stück Ruine. Wir könnten ganz nah dran sein! Endlich!"
Tom unterbrach Elos Euphorie nur ungern.
„Ja, du bist ganz nah dran dein Rotaha zu finden. Aber das Alter muss unbedingt stimmen. Und dann müssen wir herausfinden, was auf dem Amulett steht. Ist es ein Ketzertext? Verstößt es gegen irgendwelche kirchlichen Dogmen? Wenn alles mit einem klaren „Ja" beantwortet ist, dann würde ich sagen, dass mit an Sicherheit grenzender Wahrscheinlichkeit dort auch das Kloster Rotaha oder zumindest eine kleine Nonnenbehausung stand, selbst wenn du keine Ruinen finden solltest."

Elo nickte.
„Ja, ich werde der KTU solange auf den Nerv gehen, bis ich das Alter der Knochen schwarz auf weiß auf dem Tisch liegen habe. Und bezüglich der Schriften weiß ich schon, wen ich einschalte. Ich kenne einen Professor der Hebräischen Universität Jerusalem für Geschichte in der Zeit der römischen Besatzung Palästinas. Der beherrscht das Mittelaramäische, speziell das biblische Aramäisch. Die Brahmi-Inschrift lasse ich in New Delhi übersetzen. Ich habe da noch gute Beziehungen hin, da der Geschichts-Dekan der Universität zusammen mit mir in Frankfurt studierte.
Das Alter des Amuletts lasse ich dann von der Uni Frankfurt bestimmen und glaube mir, ich werde diesen Vorgang

persönlich begleiten!

Parallel dazu können wir die Universität Gregoriana in Rom einschalten. Die haben auch Sprachwissenschaftler. Ja, es wäre sogar interessant, ob es Unterschiede in der Übersetzung gäbe."

Tom wurde unruhig.

„Die Gregoriana übernehme ich und zwar schicke ich zunächst nur Fotos der Inschriften, die du mir gestern geschickt hast, nach Rom. Ohne meinen Kollegen in Rom zu nahe zu treten, aber in den Kellern des Vatikans sind schon viele Artefakte verschwunden. Besonders nach dem ultimativen Hinweis aus der Dokumentation, die ich heute Morgen gefunden habe. … Jeder gute Christ solle das Amulett übergeben ….. Diese Passage werde ich gar nicht erst erwähnen."

Elo fing an sich zu amüsieren.

„Und das empfiehlt der Leiter des Dom- und Diözesanarchivs des Bistums Mainz?"

„Ja, Elo. Ich habe da so ein ungutes Gefühl in der Magengegend", betonte Tom.

Für Elo war nun klar, wie sie vorzugehen hatte. Die Skepsis Toms gegenüber seinen kirchlichen Hierarchien schien vielleicht geboten zu sein.

*

Elo schickte alle Fotos des gesäuberten Amuletts per E-Mail zur Kripo nach Offenbach zur Vervollständigung der dortigen Unterlagen. Um die Sache zu beschleunigen, fragte sie erneut nach dem Stand der Analyse des Skeletts mit der

Radiokarbonmethode.

Danach schrieb sie lange freundschaftliche E-Mails an die Kollegen Professor Nirved Kumar nach New Delhi und Professor Aaron Silberstein, Jerusalem. Beiden schickte sie die Anhänge, die sie auch der Kripo Offenbach hatte zukommen lassen. Elos Bitte war eindeutig:

„… Lieber Kollege, als Experte der Inschrift, bitte übersetze sie mir … Ich weiß, du hast viel zu tun! Aber du kennst mich ja, ohne dich drängen zu wollen, es wäre ganz toll, wenn du meine Bitte bevorzugen könntest. Bei einem der nächsten Kongresse in Indien, Israel oder auch hier in Deutschland hast du etwas gut. Melde dich bitte bald", beendete sie freundschaftlich und schelmisch zugleich.

Bevor Elo Kontakt zur Forschungsstelle Keramik der Universität Frankfurt aufnahm, verschaffte sie sich einen Überblick über die neuesten Forschungsergebnisse und auch Dienstleistungen des Instituts, da ihre eigenen Erfahrungen schon länger zurücklagen. Sie wusste, dass dieser archäologische Forschungszweig sich enorm schnell durch neue Methoden weiterentwickelt hatte.
Dann will ich doch mal schauen, was ihr in den letzten Jahren so erforscht und erreicht habt, überlegte sie, während sie nach den Informationen im Internet suchte. Schnell erhielt sie profunde Ergebnisse:

- **Dissertationen** um vorderasiatische, vor- und frühgeschichtliche, griechische, römische und mittelalterliche Keramiken

- **Apparatives Potential für die Keramikanalyse:**
- Portabler Röntgenfluoreszenz-Spektrometer
- Totalreflexions-Röntgenfluoreszenz-Spektrometer

- **Mechanisch/Thermische Geräte:**
- Schwingmühle, Sandstrahlgerät, Gesteinspresse, Schleif- und Poliermaschine
- Brennofen

- **Optische Geräte:**
- Binokular
- Streifenlichtscanner

- **Lehre:**
  Ziel ist es, eine umfassende Sichtweise auf Keramik als Werkstoff und Artefakt-Kategorien in ihrem archäologischen Kontext zu vermitteln

- **Übernahme von Aufträgen Dritter:**
- chemische Keramikanalysen
- zerstörungsfreie Analysen von Keramiken durch energiedispersive Röntgenfluoreszenzanalyse und Rehydroxylationsdatierung

Elo war beeindruckt vom wissenschaftlichen und analytischen Portfolio des Instituts.

Na also, das klingt doch schon mal gut. Altersdatierung mit der Rehydroxylationsdatierung. Vereinfacht, Erhitzen des Amuletts auf ungefähr 500 Grad Celsius und Messen der abgegebenen Feuchtigkeitsmenge. Die abgegebene Menge ist ein Maßstab für

53

das Alter. Perfekt.

Sie kannte noch den mittlerweile pensionierten Fachbereichsleiter Archäologie, aber der Neue war ihr unbekannt. Sie fand seinen Namen und die Telefonnummer auf den Internetseiten des Instituts und rief ihn kurzerhand an.

Sie erklärte ihm die Geschehnisse der letzten Tage und dass sie unbedingt eine Altersbestimmung des Amuletts benötige und zwar möglichst schnell. Elo hatte Glück, das Labor war zurzeit zwar ausgelastet, doch der Fachbereichsleiter sah eine weitere Chance, den guten Ruf zu vergrößern. Auch wollte er die Hessische Landesarchäologin a. D. nicht mit einer Absage enttäuschen. Entsprechend niedrig veranschlagte er auch die Kosten zur Nutzung der notwendigen Apparate und der Labortechniker. Sie verabredeten sich persönlich für den nächsten Tag zur Übergabe des Amuletts, denn Elo wollte den Versand über einen Dienstleister vermeiden, da ihr das Amulett zu wertvoll war.

Als Elo gerade das Amulett für den Transport nach Frankfurt einpacken wollte, bekam sie einen Anruf aus New Delhi.

*

Professor Nirved Kumar war so sehr erfreut, seit langer Zeit etwas von seiner Kollegin zu lesen, dass er sofort ihre Nummer wählte. Er hatte Glück, Elo war sofort am Handy.

„Hallo Elo, ich bin wirklich hocherfreut, mal wieder etwas von meiner Lieblingskollegin aus Deutschland zu hören. Wie ich aus deiner Mail lesen konnte, suchst du immer noch nach diesem Kloster Rotaha. Ich kann Motivation zwischen den Zeilen lesen."

Nirved sprudelte wie ein Wasserfall, so dass Elo manchmal Probleme hatte seinem Englisch mit dem typischen indischen Slang zu folgen.

„Sorry Nirved, mein Englisch ist etwas eingerostet. Du sprichst so schnell. Kannst du etwas langsamer reden und, du weißt ja, ich muss dir ins Gesicht schauen können, um dich auch wirklich gut zu verstehen. Lass uns zur Videokommunikation wechseln."

Ein paar Klicks später unterhielten sie sich weiter, jetzt von Angesicht zu Angesicht. Nirved schmeichelte.

„Wie machst du das nur, du scheinst gar nicht zu altern? Wir haben uns doch einige Jahre nicht gesehen."

„Immer noch der große Charmeur, das hast du in all den Jahren nicht verlernt."

„Ah, du erinnerst dich an meine Annäherungsversuche, damals, als dich jeder Archäologiestudent anhimmelte! Bist du schon emeritiert oder noch voll an der Uni engagiert?"

„Du weißt doch, wie alt ich bin. Ich bin natürlich nicht mehr in den Lehrbetrieb eingebunden, habe jetzt viel Zeit, meinen Passionen nachzugehen, Römer und der Limeswall in Deutschland und, du hast es schon erwähnt, der Suche nach Rotaha."

Dieser Hinweis brachte Nirved wieder zum Kern seines Anrufes.

„Also Elo, ich habe schon einen ersten Blick auf die Brahmi Inschrift geworfen. Es ist selbst für mich schwierig, es schnell zu lesen und genau zu übersetzen. Das geht so gar nicht. Ich brauche dazu schon ein paar Tage bis eine Woche. Was ich sofort erkannt habe, ist der Name Jesus und eine Ortsbezeichnung in Indien, es könnte sich um Srinagar handeln. Ich muss das aber genauer untersuchen. Das Brahmi auf diesem Amulett ist sehr alt, ich schätze mal so mindestens

2000 Jahre. Hast du schon eine Altersbestimmung des Amuletts machen lassen?"

„Demnächst kümmert sich die Forschungsstelle Keramik der Uni Frankfurt darum", antwortete Elo schnell.

„Gut, wenn das Amulett so um die 2000 Jahre alt ist, wäre das eine Sensation, denn alle Schriften und Hinweise bezüglich eines Aufenthaltes Jesu in Indien sind enorm jüngeren Datums und werden deshalb von der historischen Fachgesellschaft nicht ernst genommen."

Elo hielt die Luft an. Sie vermutete einen Zusammenhang mit der Forderung der Inquisition des Mittelalters, das Amulett zu übergeben. Ein brisanter Inhalt und ein Entstehungsalter um die Zeit Jesu könnte die Forderung erklären.

„Okay, da kann sich etwas anbahnen. Bitte unterrichte mich sofort, wenn du den Text vollständig übersetzt hast. Irgendwie beunruhigt mich die Entwicklung!"

*

Kurz nachdem Elo das Gespräch beendet hatte und noch bevor sie das Amulett zum Transport nach Frankfurt verpacken konnte, meldete sich per Video-Call Professor Aaron Silberstein aus Jerusalem.

„Shalom Elo, lange nichts von dir gehört. Wie ich deiner Mail entnehme, muss es dir gut gehen. Du bist ja stark beschäftigt mit deinem Lieblingsprojekt „Rotaha". Du hast es also immer noch nicht aufgegeben!"

„Shalom Aaron, wie ich sehe, geht es dir auch gut. Du siehst zumindest blendend aus!"

„Ich will nicht klagen. Jeden Morgen merke ich aber trotzdem mein Alter. Aber zurück zum Grund meines Rückrufs."

Seine Stimme und sein Gesichtsausdruck veränderten sich.

„Also Elo, lass mich mal berichten. Die Inschrift in aramäisch scheint sehr alt zu sein, wenn ich die Syntax als Maßstab nehme. Ich habe aber noch keine Detailübersetzung gemacht. So einige Schwerpunkte habe ich übersetzt. Es ist die Rede von „..... einer Gnade Gottes ..... Rettung Jesu ..... Pflege der Wunden ... Auferstehung ....“ Und dann taucht da der Name Josef von Arimathäa auf. Wie gesagt, den Zusammenhang muss ich erst noch durch eine schwierige Detailübersetzung herstellen. Das kann ein paar Tage dauern. Dann müsste ich das noch Kollegen für ein Peer Review zur finalen Verifikation vorlegen. Aber ich glaube, für deine Zwecke können wir uns das zunächst sparen. Erst wenn du eine Veröffentlichung anstoßen willst, würde ich das dringend empfehlen. Noch etwas, du musst dringend ...“ Elo unterbrach ihn.

„Ja, das hat mir unser gemeinsamer Freund Nirved auch gesagt, die Altersbestimmung. Alle Hypothesen, die wir aufstellen werden, basieren auf einer verlässlichen Altersbestimmung.“

Jetzt fiel Aaron Elo ins Wort.

„Ohne jetzt weitere Details zu kennen. Falls das Amulett wirklich 2000 Jahre alt ist, wirst du mit der Katholischen Kirche in Konflikt geraten. Die werden das Amulett untersuchen wollen.“ Dann stockte Aaron. „Und es vielleicht verschwinden lassen.“

„Du hast Recht“, gab Elo zu. „Immer mehr Warnungen erreichen mich. Ich muss vorsichtig sein. Morgen bin ich in Frankfurt an der Uni zur Altersbestimmung und dann sehen wir weiter.“

8. Labor der Forschungsstelle Keramik, Universität Frankfurt

Elo fuhr am frühen Morgen des nächsten Tages mit der S1-Bahn nach Frankfurt.

An der Station „Hauptwache" wechselte sie in die gerade ankommende U1. Das Amulett hatte sie in ihrem Rucksack so gesichert, dass leichte Stöße es nicht gefährden konnten. Sie verschwendete keinen Gedanken daran, dass es fahrlässig sei, ein eventuell 2000 Jahre altes Amulett in einem Rucksack zu transportieren. An der Station „Holzhausenstraße" verließ sie die U-Bahn und ging das letzte Stück zu Fuß zum Campus.

Elo hatte es an diesem Morgen nicht so eilig. Unterwegs trank sie noch einen Kaffee in einem nahen Café, das von jungen Leuten geführt wurde. Sie setzte sich etwas abseits des studentischen Trubels und checkte ihre E-Mails.

Eine E-Mail ließ ihr Herz sofort schneller schlagen. Sie überflog den Text. Die wichtigsten Aussagen waren sowieso fett hervorgehoben.

Kriminalpolizei Offenbach, KTU:
Vorabergebnis der Alters- und Geschlechtsbestimmung des Skeletts, gefunden im Kirchgarten von Sankt Nazarius Ober-Roden/Rödermark:

„... vorab teilen wir Ihnen mit, dass die radiologische Untersuchung des Skeletts durch die C14-Methode ein **Alter von 830 Jahren** ergeben hat. ... Ein absoluter **Fehler** ist bei dieser Messung verschwindend **gering,** da es sich um relativ junge organische Überreste handelt und die C14-Konzentration kurz nach dem Tod steil abfällt .... Wie schon vermutet, handelt es sich um ein **weibliches Skelett** .... Details

58

der Untersuchung teilen wir Ihnen in einem separaten Untersuchungsbericht mit. Dieser geht Ihnen in den nächsten Tagen zu. ....."

Elo freute diese Nachricht. Der erste Puzzlestein der Ausgrabung passte zu ihren Recherchen.

*

Elo wurde vom Fachbereichsleiter Archäologie, Prof. Dr. Hubert Stein, persönlich empfangen. Es war eine Ehrerbietung, die der junge Leiter der emeritierten Professorin und ehemaligen Landesarchäologin entgegenbrachte. Bei einer Tasse Kaffee plauderten sie über die letzten Ausgrabungen des Fachbereichs in Nordafrika und Vorderasien und natürlich über die Schwierigkeiten, Fördermittel vom Staat über die Deutsche Forschungsgemeinschaft DFG, das Bundesministerium für Bildung und Forschung BMBF oder die Europäische Union zu erhalten. Elo war froh, dass ihre kleine Ausgrabung im Rahmen des Stadtumbaus Rödermarks praktisch mitfinanziert wurde und lobte dafür ausdrücklich den Magistrat Rödermarks für diese Geste. Sie informierte Hubert Stein ausführlich über den momentanen Stand der Suche nach dem Kloster Rotaha und zeigte auch das Amulett mit den beiden Inschriften. Hubert Stein hielt es, so wie alle anderen archäologischen Artefakte auch, fast ehrfürchtig in den Händen.
„Es ist schon erstaunlich, wie filigran die Verfasser gearbeitet haben. Die ersten Worte, die der Kollege aus Jerusalem übersetzt hat, lassen darauf schließen, dass Sie da einer kleinen Sensation auf der Spur sind. Jetzt wird mir auch klar,

warum Sie eine möglichst genaue Altersanalyse mit unseren Geräten anstoßen."

„Ja, genau. Wissen Sie, ich habe in den letzten Tagen so viel Glück gehabt, dass ich vermute, dass das Amulett so etwa 2000 Jahre alt ist, und wenn ja, werden die Hypothesen nur so aus dem Boden schießen."

Gerade als Hubert Stein weiter spekulieren wollte, klopfte es an die Tür und eine junge Kollegin trat ein.

„Darf ich vorstellen, Louisa Sauer. Sie schreibt gerade an ihrer Doktorarbeit über moderne Altersbestimmung von Keramiken. Sie kennt sich natürlich gut aus mit unseren Apparaten und was ganz wichtig ist, sie kann sie auch sehr gut bedienen, kennt alle Tricks und Vorsichtsmaßnahmen, wie man keramische Artefakte zerstörungsfrei prüfen kann. Im Gegensatz zu mir."

„Ja, dann sind wir -ich und das Amulett- doch in besten Händen!"

*

Elo und Louisa betraten das Labor, das an diesem Tag nahezu voll ausgelastet war, denn neue Keramikfunde weltweiter Ausgrabungen mussten analysiert werden. Es herrschte rege Betriebsamkeit.

Studenten, Labortechniker und Doktoranden diskutierten in einem babylonischen Sprachengewirr gleich über Analysereihen, Versuchsaufbauten und dem Aufbau der zugehörigen Datenbanken.

Die Apparate, die Elo im Internet einen ersten Eindruck vermittelt hatten, beeindruckten sie weniger. Was sie faszinierte, waren die Dimensionen der Geräte, denn sie waren kompakter konstruiert, als diejenigen, die sie noch aus ihrer aktiven Zeit kannte.

Louisa sah es Elo an, dass diese es gar nicht länger erwarten konnte, das Amulett zu testen.

„Professor Stein erklärte mir, dass Sie schnell das Alter des Amuletts bestimmt haben wollen. Sie benötigen kein „Paperwork", auch keine Beschreibung des Analyseaufbaus, also im Prinzip nur vorab eine Jahreszahl?"

„Ja, Sie haben es richtig zusammengefasst. Es soll nur eine Jahreszahl ermittelt werden. Um alles andere kümmere ich mich später. Vielleicht spendiert dazu die Stadt Rödermark später ein Stipendium, mit dem ein junger Archäologe alles im Detail beschreiben und seine Masterarbeit vorantreiben kann."

„Sie deuteten an, dass Sie das Alter des Amuletts mit der Rehydroxylationsdatierung RHD bestimmen wollen."

„Ja, es sei denn, Sie können eine schnellere Methode empfehlen", meinte Elo.

„Nein, Sie haben das schon richtig erfasst. Die RHD geht schnell. Der Nachteil dabei ist, dass man bisher nur gesicherte Ergebnisse bis in die Zeit Jesu, also 2000 Jahre, zurückerhält."

Louisa nahm das Amulett vorsichtig in die Hand. Sie rief einen Labortechniker hinzu und erklärte ihm, was er machen solle.

„Ich schlage vor, wir beide beobachten den Messvorgang, machen Fotos und Notizen. Mein Kollege hier ist mit der RHD sehr vertraut, halten wir uns also mehr im Hintergrund auf.

*

Der gesamte Messvorgang dauerte inklusive Hochheizen der Messkammer auf ungefähr 500 Grad Celsius, dem Austreiben des in der Keramik gespeicherten Wassers, der Auswertung der Messdaten und dem finalen Abkühlen nicht mehr als drei Stunden. Louisa nutzte die Zeit und führte Elo durch das gesamte Labor, an die verschiedensten Arbeitsplätze und Messstellen. Sie hatten sogar Zeit für ein gemeinsames Mittagessen in der Kantine. Elo fühlte sich sichtlich gut betreut. Sie genoss, seit langer Zeit wieder einmal, „Campusluft und die Atmosphäre von Forschung und Wissenschaft" zu schnuppern. Sie war wie in einer anderen Welt. Die Gesprächsfetzen der jungen Menschen in der Kantine waren so erfrischend, angefangen von zwischenmenschlichen Problemen junger Beziehungen, bis hin zu komplexen wissenschaftlichen Zusammenhängen aus Physik, Chemie, Mathematik und natürlich auch der geisteswissenschaftlichen Fakultäten.

Am frühen Nachmittag kehrten sie zurück. Der Labortechniker war längst mit einer anderen Arbeit beschäftigt. Er hatte nur eine Notiz zurückgelassen, dass das Amulett noch zum gesteuerten Abkühlen in der Messkammer läge. Eine zweite Notiz überflogen Elo und Louisa gemeinsam:

Altersbestimmung Amulett Kirchgarten Rödermark, Prof. Eleonore Stallmeister, gefunden, 02/2025:

… inklusive eines eventuellen absoluten Fehlers von plus oder minus 20 Jahren können wir aufgrund der Menge des durch RHD ausgetriebenen Wassers ein Alter von 2000 Jahren bestätigen.

Louisa bemerkte, dass Elo zwar erleichtert, aber auch nachdenklich wirkte.

„Ein Kollege aus New Delhi hat mir bestätigt, dass das Brahmi sehr alt sein müsse, er schätzte vorab so um die 2000 Jahre. Das scheint sich ja nun mit dem ermittelten Alter zu decken. Fast alle bisher in den tieferen Schichten des Rödermärker Kirchgartens gefundene Keramiken stammen aus der Zeitspanne Karls des Großen bis 1300. Dieses Amulett war also ein Geschenk an die Tote oder wurde von Äbtissin zu Äbtissin vererbt. Unsere Leiche nahm es schließlich mit in den Tod. Wir scheinen da jetzt einer Sensation ganz nahe zu sein, denn die Heilige Inquisition fahndete schon zu Lebzeiten des Opfers nach diesem geheimnisvollen Artefakt.“

Louisa wusste schon seit dem ersten Semester, dass Archäologie ein Abenteuer ist und dieses Amulett bestätigte dieses Wissen erneut.

„Wenn ich hier nicht fest eingebunden wäre, würde ich am liebsten mit nach Rödermark kommen und mitsuchen.“

Louisa nahm das Amulett vorsichtig aus der RHD Messkammer und überreichte es Elo. Diese verpackte es sorgfältig und ließ es gut gepolstert im Rucksack verschwinden.

Bevor sich Elo wieder auf den Rückweg nach Rödermark machte, hatte sie sich noch von Professor Stein verabschiedet. Man merkte ihm an, dass er stolz auf seinen Lehrstuhl war, und der geschätzten Kollegin helfen konnte.

*

9. Elo Stallmeister im Interview mit der Offenbach Post

Elo wollte sich mit der Lokalreporterin Christine Füller von der Offenbach Post gegenüber ihrem temporären Domizil in der „Süßen Ecke" treffen. Sie nahm im hinteren Teil des Cafés Platz. Sie saß gerne in diesem Café, denn hier konnte sie entspannen und außerdem liebte sie es, Menschen zu beobachten und vielleicht die eine oder andere Neuigkeit zu hören.

Christine Füller war etwa gleich alt mit Elo und auch genauso aktiv. Sie war schlank, dunkelhaarig und durch ihre leichte Hornbrille schauten die geübten und neugierigen Augen einer Reporterin, einer freien Mitarbeiterin. Für sie war die Arbeit einer Lokalreporterin ein Jungbrunnen für den Geist, aber nicht nur deswegen fuhr sie von Interview zu Interview und schrieb Reportagen über die kleinen und größeren Ereignisse in Rödermark. Ihr Outfit unterschied sich gänzlich von dem Elos. Sie bevorzugte modische Jeans und diesmal, der Jahreszeit angepasst, einen beigen Pullover. Langsam trat sie ins Café und ihr Blick schweifte über jeden Tisch, bis sie Elo in den hinteren Reihen entdeckte. Beide kannten sich schon von vielen Begegnungen und Interviews. Ja, es war so sogar eine gewisse Freundschaft zwischen beiden entstanden. So stellte Christine gleich zur Begrüßung locker die laute Frage, die jeder mithören konnte. „Warum so weit hinten im Café?"

„Absicht, ich habe zwar nichts zu verbergen, aber trotzdem muss ja nicht gleich jeder, der Kuchen oder Torte an der Theke kauft mit großen Ohren und einem aufgeschnappten Halbwissen das Café verlassen." Da Christine Vegetarierin war und auch weitgehend auf Milchprodukte verzichtete, bestellte sie sich nur einen Kaffee. Selbst den Zucker rührte sie nicht an.

„Ich bewundere Menschen, die sich täglich kasteien",
provozierte Elo freundschaftlich. „Auf der anderen Seite, eine
tolle Figur ist der Lohn für die Zurückhaltung."
Christine war eine „Old School-Reporterin". Diktiergeräte
waren ihr ein Graus. Sie bevorzugte Papierblock und Bleistift,
„Du machst deinem Nachnamen alle Ehre. Immer noch mit
Block, Bleistift oder Füller unterwegs!"
„Ja, das geht so schneller und außerdem kann ich Steno nicht
diktieren", konterte Christine.
„Ach so, du kannst ja Steno, diese Würmerschrift, die ich mal
mit arabisch verwechselt hatte."
Christine amüsierte der Vergleich Steno – Arabisch. Sie
begann professionell mit ihren Fragen, die sie in den letzten
beiden Tagen vorbereitet hatte. Elo klärte mit Antworten auf,
wo man zurzeit mit der Suche nach dem Kloster Rotaha stand.
Nichts wurde verheimlicht, sogar zwei Fotos des Amuletts gab
Elo zur Berichterstattung frei. Auch gab sie den Hinweis, dass
sie Schriftexperten aus Jerusalem und New Delhi
hinzugezogen hatte, aber die Übersetzungen noch auf sich
warten ließen. Eine Bitte hatte sie allerdings.
„Bitte halte den Ball bei der Wahl der Überschrift flach."
„Wenn du magst, wir können gerne gemeinsam die
Überschrift entwickeln."
Es folgte ein munteres Brainstorming, aber beide einigten sich
letztlich auf einen „Eyecatcher", der schon am nächsten Tag
Eine breite Leserschaft in ihren Bann zog.

*

Kloster Rotaha auf Geheiß des Bistums Mainz vernichtet?

Fand eine vermeintliche Ketzerin des Klosters ihre letzte Ruhe im Kirchgarten von St. Nazarius? Welche Rolle spielte ein Amulett?

Es folgten die freigegebenen Fotografien der Vor- und Rückseite des fischförmigen Amuletts sowie eine kurze Zusammenfassung der Ereignisse der letzten Tage. Das gesamte Interview mit dem Hinweis auf das Alter des Amuletts und dass Experten noch versuchten, den Text zu entschlüsseln.

Fotos und Interview wurden auch OP-online gestellt und somit plötzlich Rödermark ins archäologische Rampenlicht gerückt.
Aber nicht nur Archäologen und Geschichtsforscher entdeckten diese Dokumentation im Netz. Im Norden Schottlands forschte eine Suchmaschine Tag und Nacht automatisiert nach neuen Informationen über fischähnliche Amulette mit Beschriftungen in Brahmi und Aramäisch.
Sofort nach Erscheinen der Dokumentation ging eine Mail an eine Adresse der „Ritter der Wahrheit" in Rosslyn in der Grafschaft Midlothian.

Auch in Mittelitalien wurde ein „Bund" auf das in Rödermark gefundene Amulett aufmerksam und entfaltete sofort

Aktivitäten.

In Rödermark/Ober-Roden war an diesem Tag die Offenbach Post in allen Kiosken und Läden innerhalb kürzester Zeit ausverkauft. Überall, auf allen Straßen und Plätzen gab es nur ein Thema ...

*

11.   Die Ritter der Wahrheit

Die Familien der „Ritter der Wahrheit" sind Nachkommen der 1307 aus Frankreich vor den Häschern Phillips IV geflohenen Tempelrittern. Nur wenigen der Templer war damals die Flucht über die Normandie und England zu den schon existierenden schottischen Templerniederlassungen gelungen.

Schottland hatte in der Geschichte der Templer immer eine wichtige Rolle gespielt. Schon 1127 erhielten sie Ländereien von David I, dem König von Schottland, im Volk „Dabid mac Mail Cholium" genannt. Seite an Seite kämpften sie gegen die Engländer. Im ersten schottischen Parlament unter Robert the Bruce in St. Andrews musste darüber entschieden werden, ob man der Forderung Phillips IV nachkommen solle, die geflohenen Templer an Frankreich auszuliefern. Die Entscheidung des Parlaments ist nicht dokumentiert, jedoch wurde nie ein Templer mit Bezug zu den Forderungen Phillips IV hingerichtet oder ausgeliefert.

Der Lebensmittelpunkt der meisten „Ritter der Wahrheit" ist die Ortschaft Rosslyn. Dort sind sie noch heute eine verschworene Gemeinschaft. Sie treffen sich mindestens einmal im Monat in Rosslyn Chapel, die auch in der Grafschaft Midlothian, einige Kilometer südlich von Edinburgh, liegt. Die Kapelle ist eine kleine gotische Kirche, deren Errichtungsdatum unbekannt ist, da die Baupläne nie gefunden wurden. Man vermutet, dass sie zwischen 1140 und 1446 erbaut wurde. Sie ist dem Evangelisten Matthäus geweiht.

Offiziell hörte der Templerorden nach 1307 auf zu existieren.
Die Ordensbrüder sollen in Freimaurerlogen und auch
Johanniterzweigen aufgegangen sein. Rosslyn Chapel wurde
etwa 100 Jahre nach dem nominellen Untergang der Templer
erbaut und obwohl die Freimaurer sich erst im frühen 18.
Jahrhundert in Großbritannien gegründet haben, sind damals
schon freimaurerische Symbole in die Struktur der Kirche
eingefügt worden.
Dies sind Hinweise, dass der Templerorden nie untergegangen
ist. Die Arbeit und das Streben nach Wahrheit wurden und
werden im Untergrund in Schottland, Malta, Zypern, Italien
und auch in Deutschland fortgesetzt.

Die nur den „Rittern" bekannten Leitlinien lauten:

- **Perfectionem per imperium**
  Nec spem nec timorem
  Dare? Numquam!

- **Vollkommenheit durch Kontrolle**
  Weder Hoffnung noch Schrecken
  Aufgeben? Niemals!

*

12.   Monatliches Treffen der Ritter in Rosslyn Chapel

Es war der 18. des Monats. Die Ritter der Wahrheit und ihre Familien trafen sich immer am 18. Tag eines Monats, einmal zum Gedenken an den letzten Großmeister der Templer, Jaques de Molay, der am 18. März 1314 in Paris auf dem Scheiterhaufen hingerichtet worden war, und sie trafen sich auch um Neuigkeiten auszutauschen.

Langsam füllte sich der nur von Kerzen erhellte Innenraum von Rosslyn Chapel. Sanfte Gregorianische Hintergrundmusik durchdrang den Raum mit mystischer Schwingung. Alle Besucher trugen dunkle Roben und als Amulett das Erkennungssymbol der Urchristen in archetypischer Fischform, zwei sich kreuzende Kreisabschnitte, das Wappen der Ritter.

Ein großes Wappen stand bei diesen Treffen immer neben dem Altar. Es war ein auf dem Kopf stehender Fisch, dessen Übergang zwischen Körper und Schwanz durch ein Kreuz, ein Andreaskreuz, stabilisiert wurde. Auf einer Seite standen die Leitlinien, auf der Rückseite ein aramäischer Text, der wie folgt lautete:

„Durch die Gnade Gottes hat er, unser Meister, überlebt. Verrat, Neid und Hinterhältigkeit bohrten sich in seinen Körper und hinterließen Wunden. Er ging ein ins Reich der Toten. Die Wunden seines irdischen Körpers aber wurden gepflegt und so konnte er zurückkehren, wieder auferstehen und gegen Osten wandern, weg von römischer Besatzung."

Es war nicht klar, ob mit dem Meister Jesus oder ein anderer Heiliger gemeint war. Seit Jahrhunderten war dieses Rätsel noch immer nicht gelöst. Auch kannten nicht alle der Anwesenden die Herkunft und Geschichte des Textes:

Kurz nach Gründung des Templerordens um 1121 erkundeten die Ritter die Umgebung und den Untergrund des ersten Salomonischen Tempels in Jerusalem. Es wurden dabei zwei fischähnliche Amulette gefunden. Auf einem Amulett standen die Worte, welche die Ritter der Wahrheit viel später in ihre Wappen übernommen haben, auf dem anderen Amulett sollen Hinweise eines heilkundigen Juden namens Josef von Arimathäa über die Kreuzigung und Auferstehung Jesu eingekerbt worden sein. Beide Texte sollen durch die Katholische Kirche kurz nach dem Auffinden verboten worden sein, ja, die Amulette sollten sogar vernichtet werden. Zwei Tempelritter verhinderten diese Vernichtungsaktion und brachten die Amulette nach Europa. Während ein Amulett ohne Schwierigkeiten bis nach Schottland gebracht werden konnte, verlor sich die Spur des zweiten Amuletts in Deutschland. Es wurde schon damals viel gerätselt, welcher Text genau verlorengegangen sei. Einige Templer, die Jahre nach dem ersten Kreuzzug nach Europa zurückgekehrt waren, vermuteten, dass das Amulett schon längst vernichtet worden, andere wiederum vermuteten, dass es noch in einem Kloster verborgen sei.
Über hundert Jahre vergingen und als sich schon fast niemand mehr an das Amulett erinnerte, tauchte einige Jahre nach dem fünften Kreuzzug erneut ein Tempelritter in Schottland auf, der berichtete, dass das zweite Amulett im Grab einer Äbtissin ruhe. Er konnte allerdings nichts über den Ort der Ruhestätte sagen. Kurz darauf verstarb auch er und nahm

alle weiteren Hinweise mit in sein Grab.

Seit dieser Zeit waren die „Ritter der Wahrheit" auf der Suche nach diesem verschollenen Amulett. Die Suche führte sie immer wieder quer durch den europäischen Kontinent. Belgien, Frankreich, Spanien, Portugal, Italien und natürlich sehr oft nach Deutschland. Die Suchmechanismen wurden mit den Jahrhunderten perfektioniert.

Derzeit, im 21. Jahrhundert, installierten pfiffige Ingenieure aus den Reihen der „Ritter" automatisierte Suchmaschinen, die Tag und Nacht das Internet nach Spuren des verschollenen Amuletts überwachten.

Und in diesem Monat schien es eine neue und vielversprechende Spur in Deutschland zu geben.

*

Der Großmeister hieb mit einem Holzhammer dreimal auf eine hölzerne Unterlage. Sofort verstummten die Hintergrundmusik und das Gemurmel der Anwesenden:

„Schwestern und Brüder, gelobt sei unser Herr, verdammt sei Phillip IV und Papst Clemens V möge mit ihm in der Hölle brennen!"

Jeder der Anwesenden wusste, dass Phillip IV und Papst Clemens V die Hauptverantwortlichen des Komplotts gegen die Templer gewesen waren. Der Hass wurde mit jeder Zusammenkunft über die Jahrhunderte hinweg jedes Mal erneuert. Wie aus einem Munde schallte es dem Großmeister entgegen:

„So sei es. Möge unser Herr über sie richten!
Vollkommenheit durch Kontrolle!
Weder Hoffnung noch Schrecken!
Aufgeben? Niemals!"

Der Beginn einer jeden Zusammenkunft war streng ritualisiert. Er erschien Außenstehenden verstaubt und elitär, wobei hier in Rosslyn Chapel die Elite der Grafschaft Midlothian versammelt war.

„Ich bitte nun um Ihre Aufmerksamkeit. Komtur Paul Sinclair möchte Sie über den Fund eines Amuletts in Deutschland informieren. Vielleicht können wir nun nach rund 800 Jahren der Suche nach der Wahrheit den Verbleib des verschwundenen Textes klären?"

Ein Komtur kam in der strengen Hierarchie der Templer oder in diesem Fall der „Ritter der Wahrheit" gleich hinter dem Großmeister und seinem Seneschall. Paul Sinclair war Komtur der Grafschaft Midlothian. Er war der Verwalter der geistigen Schätze sowie der Ordensprovinz Midlothian und für die strikte Einhaltung der Leitlinien zuständig. Paul Sinclair war trotz der konservativen Ordensstruktur ein Bürger des einundzwanzigsten Jahrhunderts. In seinem bürgerlichen Leben war er ein promovierter Historiker, der an der Universität von Edinburgh Vorlesungen über das Europa des späten Mittelalters hielt. Er war eine stattliche, schlanke Erscheinung, 45 Jahre jung, mit einer Körpergröße von 1,90 Metern, blonden Haaren und braunem Teint. Geboren und aufgewachsen in Deutschland, lebte er bis zu seinem 15. Lebensjahr in der Oldenburger Garnison der Britischen

Streitkräfte Deutschland. Dann wechselte er nach St. Andrews auf ein Internat. Er beherrschte die deutsche Sprache perfekt und so konnte er auch sehr lebhaft die von der Suchmaschine gefundenen Zeitungsberichte, auch die der Offenbach Post, übersetzen und vortragen.

Er trat an das vor dem Altar aufgebaute Rednerpult. In der linken Hand hielt er die Fernbedienung für den Beamer, der die wichtigsten Bilder und Dokumente auf eine Leinwand hinter dem Altar projizieren sollte:

„Liebe Schwestern und Brüder,
guten Abend!
Wir sind heute hier hauptsächlich versammelt, um die neuesten Erkenntnisse bezüglich des seit Jahrhunderten verschollenen zweiten Amuletts auszutauschen. Ja, ich bin sogar der Meinung, dass wir noch nie so nahe daran waren, das Geheimnis um das Amulett Nr. 2 zu lösen.“

Paul betätigte die Fernbedienung des Beamers und die Vor- und Rückseite des in Rödermark gefundenen Amuletts erschienen auf der Leinwand im Hintergrund.

„Ihr seht einen Text in Brahmi-Schrift und einen Text in aramäischer Schrift, der Zeit, als Jesus im Heiligen Land lebte, wirkte, starb und wieder auferstanden ist. Der Text wird nach dem Bericht dieser lokalen Zeitung zurzeit in New Delhi und Jerusalem von Sprachexperten übersetzt. Das Amulett ist nach Ermittlung der vor Ort zuständigen Archäologin mindestens 2000 Jahre alt, also authentisch und sehr wahrscheinlich keine Kopie von Kopien. Die meisten von euch wissen, dass unser Erzfeind, der Vatikan, vor hunderten von

Jahren versucht hat, den Text zu unterdrücken. Heute übt er sich in arroganter Zurückhaltung, tut so, als ob diese Texte allesamt aus dem Reich der Fake News stammen und nicht ernst genommen werden müssen. Aber gerade das ist es, was uns hellhörig werden lässt.

Auf dem Amulett sind wahrscheinlich die Kreuzigung Jesu und die Tage danach beschrieben. Soweit so gut. Falls sich im Inhalt der Texte Unterschiede zu den Berichten der Evangelisten Markus, Matthäus, Lukas und Johannes ergeben, wäre das ein Grund, warum die Katholische Kirche des 13. Jahrhunderts die Amulette vernichten wollte. Wenn es uns gelänge, das Original hierher nach Schottland, nach Rosslyn Chapel, zu bringen, hätten wir ein Faustpfand der Wahrheit gegenüber unseren heutigen Widersachern in Rom. Das Original wäre ein Schutzschirm für uns.“

Lautes Gemurmel erfüllte den Innenraum der Kapelle. Nach kurzer Zeit bat der Großmeister würdevoll um erneute Aufmerksamkeit, indem er wieder dreimal heftig mit dem Holzhammer auf die hölzerne Unterlage klopfte:

„Schwestern und Brüder,
Komtur Paul hat uns gerade die Aufgabe der nächsten Wochen formuliert. Geben wir niemals auf, die Wahrheit zu ergründen. Versuchen wir aus dem Verborgenen zu agieren. Lasst uns vorsichtig, und wenn möglich, unerkannt arbeiten. Schicken wir einen Kundschafter in diese deutsche Kleinstadt Rödermark. Nehmen wir Kontakt zur dortigen Stadtverwaltung auf, zur zuständigen Archäologin, versuchen wir in den Besitz des Amuletts zu gelangen. Wir müssen aber vorsichtig sein und auch damit rechnen, dass nicht nur wir auf das Amulett aufmerksam geworden sind.

Ich schlage vor, dass Paul unsere Interessen in Deutschland vertritt. Da er die deutsche Sprache perfekt beherrscht, wird er sich langsam, aber sicher, vortasten können, ohne aufzufallen. Paul, bist du dazu bereit?"

Paul hatte diesen Auftrag schon erahnt. Seit einigen Tagen war der Forscherdrang eines Historikers in ihm erwacht. Immer wieder analysierte er beide Bilder des Amuletts und auch die Dokumentation dazu. Am meisten faszinierte ihn, was man aus den Untertiteln der Überschrift ableiten konnte, nämlich, dass eine vermeintliche Ketzerin und das Amulett kurz nach dem fünften Kreuzzug im Kirchgarten von St. Nazarius begraben worden seien.
„Das Amulett ruht im Grab einer Äbtissin", ging ihm immer wieder durch den Kopf.
Das erneute dreimalige Hämmern und die erneute Frage des Großmeisters rissen Paul aus seinen Gedanken:

„Paul, bist du bereit, nach Deutschland zu gehen?"

Paul nickte, er war kein Mensch, der großen Worte. Trotzdem ließ er seinem Nicken noch die Sätze folgen:

„Ja, ich bin es und ich werde niemals aufgeben, in den Besitz des Amuletts zu gelangen. Ich werde mit dem Schutzschirm, den die Worte des Amuletts erzeugen, zurückkehren."

*

Paul war schon sehr oft im Auftrag des Großmeisters und der Gemeinschaft unterwegs gewesen, um das Geheimnis des zweiten Amuletts zu lösen. Nie hatte er Erfolg gehabt. Aber diesmal erfüllte ihn ein anderes Gefühl, als er seinen Koffer packte. Er glaubte, noch nie so nahe an der Lösung gewesen zu sein, wie dieses Mal.

Im Laufe der Jahre hatte er sich eine gewisse Suchroutine erarbeitet. Seine Regel Nr. 1 war, sich am Zielort eine Unterkunft zu suchen, in der er schnell Kontakt zur Bevölkerung aufnehmen konnte. Regel Nr. 2, Kontakt zu den Entscheidern der Ortschaft oder der Stadt aufnehmen. In diesem Fall war das der Bürgermeister und der Magistrat von Rödermark. Regel Nr. 3, intensives, aber verdecktes Erkunden der Örtlichkeiten. In diesem Fall war das der Kirchgarten von St. Nazarius, vielleicht auch Kontaktaufnahme zur Archäologin Professorin Stallmeister.

Als Unterkunft hatte er sich das Hotel Lindenhof ausgesucht, da ihm dessen Beschreibung im Internet sofort das Gefühl vermittelte, mittendrin im Ortsgeschehen zu sein. Da Paul Sinclair ledig war, fiel es ihm nicht schwer, schon am folgenden frühen Morgen in Edinburgh ins Flugzeug zu steigen, dem nächsten Abenteuer entgegen.

*

13.   Der Kräuterfrauenkreis Rödermarks

Die 40-jährige Miriam Jordan flüchtete wieder einmal aus dem hektischen Alltag einer Fremdsprachensekretärin und Übersetzerin in den Urberacher Wald, zum Sammeln von Pilzen und Kräutern und um Entspannung zu finden. Außerdem wollte sie noch nachmittags die verschiedensten Kräuter gemeinsam mit den Kräuterfrauen zum Verkauf auf dem Rödermark-Markt vorbereiten.

Sie wirkte durchtrainiert, drahtig und ihre schwarzen, langen Haare verbarg sie unter einer Schildkappe. Man merkte ihrem frischen Teint an, dass sie sich oft in der Natur bei Wind und Wetter aufhielt. Sie beherrschte fließend Englisch und Französisch. Arabisch verstand sie sehr gut. Ihr großes Hobby war keltische Geschichte, woraus sie auch ihre Skepsis gegen die politischen Statthalter auf kommunaler, Landes- und Bundesebene ableitete, denn sie machte den durchorganisierten antiken römischen Staat, als Vorläufer der heutigen Staaten, für den Niedergang der keltischen Kultur mit verantwortlich. Miriam war von den vier „Kräuterfrauen", so nannten sie sich selbst, zur Frontfrau des Kräuterfrauenkreises Rödermark gewählt worden.

Sie kam an die Stelle des Waldes, wo alles begonnen und ihrem Leben eine heftige andere Richtung gegeben hatte. Nie hätte sie gedacht, einmal die ungestüme Vorsitzende dieses, nach außen mystisch und esoterisch wirkenden Frauenkreises zu werden. Auch jetzt musste sie wieder lächelnd an die erste Begegnung mit den Kräuterfrauen denken. Sie erinnerte sich oft an die wilde Gründungszeit des Kreises, als man sich in der Corona-Krise mehr als einmal am Rande der von der Regierung verordneten Legalität bewegte, die in großen Teilen gegen das Grundgesetz verstießen, wie später

78

festgestellt werden sollte:

Es war im Frühjahr 2020, kurz nach der Ausrufung der Corona-Pandemie. Sie war zu jener Zeit alleine im Urberacher Wald in der Nähe des Kleintierzuchtvereins Urberach in Richtung Thomashütte unterwegs gewesen. Sie hatte damals, so wie heute, Pilze und Waldkräuter gesucht. Die Einsamkeit und Stille hatten ihr gutgetan und manchmal hatte sie sich sogar dabei ertappt, wie sie laut mit den Bäumen sprach, sich über die Willkür der Corona-Maßnahmen beschwerte. Miriam sah in den Bäumen beseelte Lebewesen, die sie ab und zu umarmte und lauschte, ob sie nicht doch antworteten. Es war die Zeit gewesen, als es verboten war, sich mit Freunden oder auch Fremden zu treffen. Deshalb war sie auch gewaltig erschrocken, als sie plötzlich von einer amüsiert wirkenden Stimme aus dem Unterholz angesprochen wurde:
„Da haben Sie vollkommen Recht. Corona soll man ernst nehmen, aber ganze Länder in den Hausarrest zu schicken ist übertrieben. Geschweige denn, alle Schüler von der Schule fernzuhalten."
Gerade als sie hatte antworten wollen, kamen drei weitere Frauen aus dem Unterholz hervor. Miriam wurde eingeladen, ihnen zu folgen. Nach einem kurzen Weg kamen sie zu zwei Hütten, die erst vor kurzem im Wald errichtet worden waren. Eine der Frauen hatte ihr gestanden, sie wolle nie mehr fest zurück nach Rödermark, da sie mittlerweile die dortige Gesellschaft verachtete, weil sie sich widerspruchlos hatte alles gefallen lassen. Die zwei Hütten waren ärmliche, aber praktische Unterkünfte. Je eine Kochstelle und zwei Schlafgelegenheiten aus gebundenem Stroh und rauen, aber warmen Decken waren ein minimaler Komfort zum Überleben. Die Hütten lagen sehr versteckt in diesem dichten

79

Waldgebiet, wurden aber vom Jagdpächter und Förster wider Erwarten geduldet, ja sie wurden sogar von beiden von Zeit zu Zeit mit Lebensmitteln und warmer Kleidung versorgt. Im Gegenzug spendierten sie Tee, Heilkräuter und gute Tipps zur Behandlung von Alltagskrankheiten. Es war also ein Geben und Nehmen, besonders nachdem sie den Förster innerhalb kürzester Zeit von lästigen Warzen am Knie und einer ausgeprägten Gürtelrose befreit hatten. Wer aber waren nun die vier Kräuterfrauen?

Da war einmal Christina, 30 Jahre jung, blonde Haare, Diplompsychologin, frisch geschieden, was ihren momentanen Hass auf Männer erklärte.

Die Zweite im Bunde war Stefanie, ausgebildete Kauffrau eines großen Elektrokonzerns, den sie aus Frust vor einem Maskenzwang und den, wie ein Damoklesschwert über den Mitarbeitern schwebenden Impfzwang, verlassen hatte. Sie war wie Miriam 40 Jahre jung, ledig, und fühlte sich für die nächste Zeit finanziell abgesichert, da sie Geld angespart hatte.

Nummer drei war Dagny, eine pensionierte, examinierte Krankenschwester, die immer mehr die Methoden der Schulmedizin und Pharmaindustrie hinterfragte, da sie nach ihrer Meinung den Profit und nicht das Wohl der Menschen in den Vordergrund stellten.

Nummer vier, die geheimnisvolle Stimme aus dem Unterholz, war Greta, eine pensionierte Geschichtslehrerin und Philosophin. Sie war zur „Intellektuellen", des Kräuterfrauenkreises avanciert.

*

Vorbild der Kräuterfrauen war die große Heilerin des zwölften Jahrhunderts, Äbtissin Hildegard von Bingen. Tee, Kräutermixturen und auch Kräutersalben wurden nach Hildegards Regeln und Empfehlungen zusammengestellt. Die Treffen in einer der beiden Hütten im Urberacher Wald waren nie langweilig oder von Trübsal geprägt. Im Gegenteil, die Frauen nutzten diese Arbeitstreffen zum Austausch von Neuigkeiten oder machten sich lustig über die jüngsten Aussagen und Eskapaden der politischen Klasse von kommunaler Ebene bis hinauf zur Bundesebene. Die Treffen waren von einer gewissen Respektlosigkeit geprägt.

„Vor einigen hundert Jahren hätte man uns für unsere Renitenz als Hexen oder zumindest als Ketzerinnen verbrannt! Weißt du, einmal verbrannt, immer verbrannt", spottete Greta. „Ich habe sowieso schon einmal oder mehrmals in meinen Vorleben auf Scheiterhaufen gestanden. Vielleicht erklärt das meine Hitzewallungen!"

„Dann müsstest du ja gestern ein ungutes Gefühl gehabt haben, falls du die Offenbach Post gelesen hast", meinte Christina.

„Nö, habe ich nicht gehabt, denn ich lese, höre oder sehe schon lange keine Nachrichten mehr im manipulativen Mainstream", schüttelte Greta den Kopf.

„Manipulativ hin oder her, gestern der Artikel über das Kloster Rotaha, das Amulett und die Ketzerin, die sie im Kirchgarten von St. Nazarius gefunden haben, war schon spannend", warf Dagny ein und weckte Gretas Neugierde.

Dagny fasste kurz den Artikel der Offenbach Post zusammen. Greta wurde ganz still. Verflogen war ihr Spott.

„Meine Oma, Gott hab' sie selig, erzählte mir und meinen Geschwistern oft von einem Kloster in Ober-Roden, das vor rund 800 oder 900 Jahren untergegangen sein soll. Sie deutete an, dass das Kloster wohl in Ungnade gefallen und alle Gebäude abgerissen und alles dem Erdboden gleichgemacht worden sei. Auch erzählte sie mir oft von Hexenverbrennungen, hat aber nie die zugehörigen Zeitalter genannt. Das war ihr auch nicht so wichtig. Ich hatte sie immer im Verdacht, dass es ihr genügte, wenn wir Kinder bei ihren Geschichten zur Ruhe kamen."

„Wieso wird eigentlich eine angebliche Ketzerin in geweihter Erde bestattet?", warf Christina in die Runde.

Stefanie hatte dazu eine schnelle Antwort parat. „Na ja, vielleicht ist sie nicht von der Amtskirche beerdigt worden, sondern von Anhängern des Klosters!"

Miriam, die den Artikel der Offenbach Post auch kannte, formulierte ihre Gedanken.

„Eine Ketzerin wurde verbrannt, weil sie ein Amulett trug mit einer Inschrift, die so fundamental gegen die Lehre der Kirche verstieß, dass die Inquisition des Mittelalters die Inschrift nicht einmal in der Anklageschrift zitierte. Ich kann mir aber auch nicht vorstellen, dass eine Nonne häretische Sätze auf einem Amulett öffentlich durch die Gegend trägt. Vielleicht war sie sich nicht der Tragweite der Sätze bewusst oder aber sie hat die Sätze so gedeutet, dass sie keine Anklage befürchtete. Wir müssen also warten, bis die Inschriften auf dem Amulett übersetzt worden sind. Und selbst eine Übersetzung wird nicht deutungsfrei sein, denn der Text ist ja schon 2000 Jahre alt. Man sprach damals ganz anders als heute. Nicht zu vergessen, die blumige Ausdrucksweise des Orients, die schon Generationen von Bibelübersetzern in Streit geraten ließ und sogar Kriege mit verursachten."

Greta versuchte sich abzulenken, indem sie ein Kräuterbündel schnürte. Aber die Ablenkung misslang.

„Ich bemerke in der Runde hier ein immenses Interesse an

diesem Amulett. Da man den beteiligten Institutionen nicht trauen kann, sollten wir uns Fotos aus verschiedenen Perspektiven und von den beiden Inschriften besorgen. Vielleicht finden wir sogar Experten, die die Inschriften übersetzen können."

„Okay, ich sehe schon, dass das ein Job für mich sein wird. Ich melde mich mal in den nächsten Tagen bei Professorin Elo Stallmeister an. Vielleicht darf ich mir das Amulett mal aus der Nähe anschauen und aufnehmen. Aber ich bezweifle, dass wir Experten finden. Ich wüsste nicht, an wen ich mich wenden könnte", bedauerte Miriam „Aber, kommt Zeit, kommt Rat."

*

14.   Dr. Paul Sinclair in Rödermark

Paul Sinclair war schon oft auf dem Frankfurter Flughafen gelandet und glaubte sich auszukennen. Aber jedes Mal kam es ihm vor, über immer wieder neue, weite Wege zu den Gepäckbändern geleitet zu werden. Als er schließlich nach gefühlt mehreren Kilometern an seinem Gepäckband ankam, der nächste Frust beim Blick auf die Anzeigetafel. Die Passagiere dreier Flüge vor ihm warteten schon fast eine Stunde auf ihr Gepäck. Ein scheinbar unfähiges FAG-Management hatte es wohl verpasst, nach der Corona-Krise, während der das meiste eingespielte Personal freigestellt worden war, neues Personal einzustellen und zu schulen, obwohl die Pandemie schon seit über drei Jahren vorbei war. Immerhin konnte man sich einen Kaffee an einem Café-Wagen besorgen, der zentral in der Gepäckhalle stationiert war, wenn auch zu stark überteuerten Preisen.

Eigentlich müsste der Kaffee kostenlos ausgegeben werden, ärgerte er sich.

Nach achtzig langen Minuten war es endlich soweit, sein Koffer purzelte aufs Band. Über den grünen Zollkanal verließ er die Gepäckhalle. Der Duft frischer Brötchen und Croissants stieg ihm in die Nase und da er keine Eile hatte, gönnte er sich ein kleines Frühstück. Er stellte sich an einen Stehtisch und beobachtete dabei die Scharen der glücklich ankommenden Passagiere. Ironisch fragte er sich, ob sie so glücklich wirkten, weil sie gut gelandet waren oder weil sie endlich das Gepäck erhalten hatten. Er ließ sich Zeit.

„Über 800 Jahre suchen wir nun schon nach dem Amulett, da kommt es jetzt auf die paar Minuten auch nicht mehr an."

Mit jedem Schluck Cappuccino und jedem weiteren Bissen in das noch warme Croissant besserte sich seine strapazierte

Laune, so dass er schließlich fast fröhlich in ein Taxi einstieg. In perfektem Deutsch sagte er dem Fahrer, dass er nach Rödermark in die Nieder-Röder Straße zum Hotel Lindenhof wolle. Amüsiert nahm er die weniger perfekte Antwort entgegen:

„Ich dich bringen schnell.“

„Schnell muss nicht sein, Hauptsache sicher“, quittierte er mit schottischem Humor die holprige Ankündigung.

*

Mit einem Trinkgeld für die sichere und schnelle Fahrt über die vielbefahrene Autobahn A3 verabschiedete sich Paul vom Taxifahrer. Er fand das kleine Hotel genauso vor, wie es im Internet beschrieben war. Links vom Haupteingang war eine hübsche, überdachte und jetzt noch im Frühling mit einer Schiebetür gegen die Kälte gewappnete Grillstelle eingerichtet. Man konnte sehen, dass davor ein kleiner Biergarten im Sommer abends die Kundschaft verwöhnen konnte. Die Rezeption war im Schankraum integriert und Paul konnte mit dem ersten Blick erkennen, dass er durch eine kleine Tür rechts neben der Rezeption in den Frühstücksraum gelangen konnte.

„Guten Tag, Paul Sinclair ist mein Name und ich habe ein Zimmer für die nächsten Tage gebucht. Wie lange ich bleibe, hängt davon ab, wie schnell ich erfolgreich sein werde.“ Die freundliche Dame am Empfang nahm Pauls Pass entgegen und tippte seine Daten ein.

„Ja, Paul Sinclair aus Schottland, Sie haben vorab für fünf Tage mit Frühstück bezahlt. Falls Sie früher abreisen möchten, würden wir das beim Auschecken verrechnen. Darf ich Ihnen einen kleinen Stadtführer und eine kleine Stadtkarte überreichen und Sie auf den Markt jeden Donnerstag vor dem Rathaus hinweisen? Dort können Sie Kontakte knüpfen oder auch den guten deutschen Wein genießen. Überhaupt ist der kleine Platz um das Rathaus zurzeit ein Dreh- und Angelpunkt in Rödermark."

Dann wurde ihre Stimme etwas leiser.

„Auf dem Gelände der katholischen Kirche, nicht weit vom Rathaus entfernt, finden zurzeit Ausgrabungen statt. Falls es Sie interessiert, hier ist die Offenbach Post mit den entsprechenden Nachrichten. Vielleicht haben Sie Zeit, neben Ihrem beruflichen Einsatz. Sie sprechen ja perfekt Deutsch. Frühstück gibt es von 7 bis 10 Uhr, nebenan. Abends servieren wir hier im Schankraum Kleinigkeiten zu essen, was sehr beliebt ist bei den einquartierten Monteuren und auch den Einheimischen. Falls Sie noch mehr über Rödermark erfahren wollen, empfehle ich Ihnen diese Abende. Ich hoffe, Ihnen fürs Erste ausreichend Auskunft gegeben zu haben. Sie haben Zimmer 3 und hier ist Ihr Schlüssel dazu und ein weiterer für den Nebeneingang. Falls Sie sehr spät zurückkommen, können Sie den Nebeneingang vorne an der Feuertreppe benutzen. Ich wünsche Ihnen viel Erfolg und falls Sie noch etwas brauchen oder wissen wollen, wählen Sie übers Telefon einfach die 0 und wir helfen Ihnen."

„Vielen Dank für den herzlichen Empfang. Glauben Sie mir. Ich kenne viele Hotels, aber dieser Empfang hier ist einer der nettesten bisher gewesen", war Paul begeistert.

*

Paul stellte seinen Koffer auf einem Stuhl in seinem Zimmer

ab. Er war es gewohnt, aus dem Koffer zu leben, das heißt, er räumte seine Kleidung nur selten in die Schränke ein. Dann warf er sich auf das Bett und schlug die kleine Stadtkarte und den Stadtführer auf. Er orientierte sich sehr schnell auf der Karte, denn Rödermark/Ober-Roden war ja nicht unbedingt eine Großstadt.

Schau an, der Friedhof ist ja gerade um die Ecke.

Friedhöfe waren für Paul Orte der Inspiration und Ruhe.

Ungefähr 500 Meter Richtung Ortsmitte ist ein deutsches Gasthaus, das Gasthaus „Zum Löwen", dann kommt auch schon gleich die katholische Kirche, die vorhin genannt wurde. Gegenüber das „Cafe Eifler" und wiederum nur wenige Meter weiter Richtung S-Bahnhof kommt das Eiscafé „Zalivani", das Rathaus mit dem Markt und auch ein kleines Café „Süße Ecke". Alles Orte, wo ich bestimmt mühelos Informationen sammeln kann.

Da Paul schon seit 5 Uhr morgens unterwegs war, beschloss er, sich etwas auszuruhen. Danach wollte er den Friedhof besuchen und später im Gasthaus „Zum Löwen" essen gehen, denn er liebte die deutsche Küche, die ihn an seine Jugend erinnerte. Im Stadtführer wurde das Restaurant sehr gelobt für seine großen und schmackhaften Portionen. Außerdem wollte er dort „seine Antennen zu den Ausgrabungen und vielleicht auch zum Amulett ausfahren" und aus „Volkes Munde" Kommentare hören.

*

Der Friedhof Ober-Rodens war für Fremde imponierend. Große Grabsteine und eine kleine Stelen-Allee für Urnen bereicherten den Weg links des alten Haupteingangs. Der

Hauptweg führte zu einer kleinen Kapelle. Die Tür stand meistens weit offen und gab den Blick frei auf einen mystisch wirkenden Altar aus schwarzem Stein. Paul betrat die Kapelle mit Ehrfurcht, nicht gegenüber der Katholischen Kirche, sondern gegenüber einem höheren Schöpfer. Er kniete vor dem Mutter Gottes-Altar nieder und seine Gedanken schweiften weit zurück in die Vergangenheit. Er sah brennende Scheiterhaufen, Folterkeller und Päpste, die den Templern nicht wohlgesonnen waren:

Der Vatikan erkennt heute zwar an, dass den Templern zu Beginn des 14. Jahrhunderts bitteres Unrecht geschehen ist, aber dies ist noch nicht genug. Immer noch wird unterschwellig versucht, die Überzeugungen der Templer, die ja in Nachfolgeorganisationen weiter existieren, zu unterdrücken. Manche Mitglieder werden sogar exkommuniziert.

Paul stand auf und bekreuzigte sich andächtig. Er ging zum Altar und zündete eine Kerze an. Das machte er immer zu Beginn einer Expedition. Er blickte zur Mutter Jesu empor.

Warum habt Ihr das alles zugelassen, Leid, Unterdrückung, Folter und unzählige Morde auf den Scheiterhaufen?

Paul glaubte eine Antwort zu vernehmen und schüttelte kaum merklich den Kopf, dann verließ er die Kapelle. Er wanderte durch die Gräber- und die modernen Urnenreihen. Irgendwann kam er an der großen Totenhalle an und betrachtete an der Außenfassade die Erinnerungsfotos der gefallenen und vermissten Soldaten sowie der Bombenopfer des Ersten und Zweiten Weltkrieges. Ein kleines Schild wies daraufhin, dass die Fotos erst kürzlich von engagierten Mitgliedern des Heimat- und Geschichtsvereins digital restauriert worden waren.

Zeitzeugen eines weiteren menschlichen Wahnsinns. Und da gibt es heute schon wieder Kriegshetzer in Ost und West, die lieber heute als morgen einen Dritten Weltkrieg anzetteln wollen. Die Falken-Idioten in diesen Regierungen sterben nie aus. Jeder dieser Kriegshetzer glaubt sich im Recht. Selbst in Deutschland gibt es Politiker, welche die Vokabel „kriegsfähig" statt „verteidigungsfähig" benutzen. Große Teile der Bevölkerung merken gar nicht, wie der große Krieg herbeigeredet und organisiert wird, genau wie vor dem Ersten Weltkrieg. Keiner wollte ihn wirklich, aber wie von unsichtbarem Bösen getrieben, hatten die Politiker und die Zeitungen davon gesprochen, bis eines Tages die damaligen Großmächte Europas sich in der großen Katastrophe bekriegten.

Nachdenklich verließ Paul den Friedhof. Die ernsten Gesichter der Gefallenen im Sinn, glaubte er, ihre Warnungen zu hören.

*

Unsicher trat Paul gegen 18 Uhr durch die große Glastür das Gasthaus „Zum Löwen". Er wartete, um sich einen Platz zuweisen zu lassen. Als die junge Bedienung ihm eine gemütliche Ecke in der durch zwei Stufen etwas höher gelegenen zweiten Hälfte des Restaurants empfahl, deutete er auf die große Schanktheke. Er wollte seine melancholischen Gedanken vertreiben und das ging nur unter Menschen.

„Vielen Dank für den ruhigen Platz in der oberen Hälfte, aber ich bin alleine, komme aus Schottland und möchte gerne mitten unter Menschen sitzen, am besten hier an der Theke."

„Kein Problem, wir haben hier noch einige Plätze frei. Am gemütlichsten ist es hier rechts."

Paul setzte sich und kam bald mit Vini, dem Wirt, ins Gespräch, natürlich über die Bestellung. Paul sah sich die große Speise- und Getränkekarte an und bestellte.

„Ein Pils bitte und ein Cordon Bleu. Was bedeutet die Unterscheidung Cordon Bleu „für Wenig Esser" und „Viel Esser"?"

Ein Gast, der direkt neben ihm saß, erklärte etwas, das Paul, obwohl er sehr gut Deutsch verstand, nicht ganz einordnen konnte, denn er hörte den Ausdruck „Toilettendeckel". So bestellte er schließlich ein großes Pils und das „Cordon Bleu Toilettendeckel".

Paul beobachtete, wie Vini das Pils frisch zapfte. Auch das war für ihn ein Stück gelebte deutsche Kultur. Bier mit einer schönen Schaumkrone. Vini servierte ihm nach einigen Minuten das Pils.

„Bitte schön, zum Wohl."

Schon nach dem ersten Schluck erkannte Paul, warum man in Deutschland das eigene Bier über alle Biere in der Welt setzte. „Es schmeckt einfach besser", meinte er nickend. Dann hörte er zunächst nur noch zu. Auch hier an der Theke waren die Ausgrabungen an der Kirche dominantes Thema. Zaghaft fragte Paul die Thekengäste.

„Haben Sie dieses Amulett schon einmal gesehen?"

Das folgende „Nein" ging fast im breiten Gemurmel unter.

„Die Archäologin Elo Stallmeister hütet es wie ihren Augapfel. Für sie scheint es der letzte große Beweis zu sein, dass das Kloster Rotaha hier in Ober-Roden stand."

Paul wusste, dass diese Aussage nicht ganz stimmen konnte. Das Amulett war sehr wahrscheinlich im Besitz der letzten Äbtissin Rotahas gewesen, hatte aber ursächlich nichts mit dem Kloster zu tun. Ihn störte aber weniger die vereinfachte Schlussfolgerung, sondern vielmehr, dass das Amulett wohl ungesichert im Büro der Archäologin aufbewahrt wurde. Er war sich nämlich sicher, dass nicht nur er, sondern auch seine ärgsten Feinde nach dem Amulett suchten.

In diesem Augenblick ging die Tür auf. Der Gast schien eine bekannte Persönlichkeit zu sein. Auf jeden Fall wurde er von allen herzlich begrüßt. Der neue Gast schaute sich um und grüßte zurück. „Komm, setz dich zu uns Jörg!"

„Ich habe eigentlich gar nicht so lange Zeit, wollte nur das bestellte Essen für meine Familie holen", erwiderte er auf die Einladung. „Aber ein Bier geht noch."

Aus den weiteren Gesprächsfetzen verstand Paul, dass Jörg Rotter der Bürgermeister von Rödermark war. Das war Pauls Gelegenheit, mit einem der obersten Entscheider der Kommune in Kontakt zu kommen. Unaufdringlich stellte sich Paul dem Bürgermeister vor.

„Sorry, Herr Bürgermeister, Paul Sinclair aus Schottland. Das trifft sich gut, ich hätte Sie morgen sowieso versucht zu erreichen. Können wir uns morgen vielleicht treffen?"

„Was führt Sie hierher nach Rödermark?", interessierte sich nun Jörg.

„Wir sollten das besser in Ihrem Büro besprechen. Nur so viel vorab, meine Gemeinde Rosslyn ist an einer Städtepartnerstadt mit Rödermark interessiert und wir haben ein ähnliches Amulett, wie das, das hier gefunden wurde, in unserem Besitz. Aber wir sollten wirklich die Details erst morgen besprechen."

Jörg erkannte schnell, dass er einen professionellen Kundschafter vor sich hatte.

„Sie haben vollkommen Recht, kommen Sie bitte morgen um 10 Uhr in mein Büro im Rathaus, hier in Ober-Roden. Dann besprechen wir alles in Ruhe."

„Okay, sehr schön, dann besprechen wir alles morgen und jetzt will ich Sie nicht weiter stören, Sie haben ja auch Feierabend."

„Ein Bürgermeister hat eigentlich nie so endgültig

Feierabend", lächelte Jörg und nahm einen letzten Schluck Bier. Schon bald kam sein bestelltes Essen für seine Familie und er verabschiedete sich.

Paul beglückwünschte sich für diesen großen Zufall. Er hatte überraschend schnell Zugang zur Stadtverwaltung Rödermark bekommen.

Diese Freude wich aber umgehend einem Schock. Vini servierte ihm grinsend das „Viel Esser" Cordon-Bleu. Paul hatte noch nie ein Cordon-Bleu mit diesen riesigen Ausmaßen gesehen, geschweige denn gegessen.

„Ich wünsche einen guten Appetit! Darf es noch ein Pils sein?"

„Ja, bitte! Wie lange ist das Restaurant offen? Für dieses großartige Mahl brauche ich Zeit!"

*

Es war spät geworden, gestern Abend im Gasthaus „Zum Löwen". Zuerst das große Cordon-Bleu, dann zwei Runden Haselnussschnaps, bei denen Paul alle Thekenbesucher samt Wirt einlud und dann noch zum Abschluss einige Runden Pils auf die deutsch-schottische Freundschaft.

Jetzt, kurz vor 10 Uhr, saß er mit einem Brummschädel im Vorzimmer des Bürgermeisters. Die Tür ging auf und ein sehr gut gelaunter Jörg Rotter begrüßte Paul herzlich, aber auch mitfühlend, nachdem er in Pauls Gesicht gesehen hatte.

„Oh je, ein kleiner Absturz gestern Abend im Gasthaus?" Dann bestellte er bei seiner Sekretärin zwei Tassen Kaffee und zwei Alka-Seltzer mit Sprudel für Paul.

Paul wusste diese freundschaftliche Geste zu schätzen.

„Glauben Sie mir, normalerweise beherrsche ich mich am

Vorabend wichtiger Gespräche. Aber die Stimmung war so toll und weltoffen. Wir verstanden uns alle auf Anhieb prächtig."

„Kein Problem, das macht Sie mir nur sympathischer."

Paul erklärte nun dem Bürgermeister in groben Zügen den historischen Hintergrund seiner Mission und schloss dabei die Herkunft des schottischen Amuletts mit ein. Der Bürgermeister verstand sehr schnell, warum die „Ritter der Wahrheit" das zweite Amulett in Schottland aufbewahren wollten.

„Nun, ich glaube, dass wir da bestimmt eine Lösung finden können. Formaljuristisch gehört das Amulett der Katholischen Kirche, da es auf ihrem Gelände gefunden wurde. Historisch gesehen ist das dann allerdings nicht so eindeutig. Es gehört Rödermark, eventuell sogar den „Rittern der Wahrheit" Schottlands. Und, Elo Stallmeister misstraut der Kirche. Sie hat Angst, dass es verschwindet, wenn die Experten in New Delhi und Jerusalem den Text auf der Vor- und Rückseite entschlüsselt haben."

„Können wir uns mit der Archäologin unterhalten, vielleicht einen Termin dazu vereinbaren?"

„Ich versuche einen Termin mit Elo Stallmeister für übermorgen auszumachen. Morgen ist Markt, unten auf dem Rathausplatz. Falls ich schon eine Zusage habe, werde ich Sie dort finden, es sei denn, Sie interessiert das Markttreiben nicht. Aber Vorsicht, da wird guter Wein angeboten!"

„Okay, ich habe den Hinweis verstanden."

Paul verabschiedete sich. Er wollte noch am Kirchgarten die Ausgrabungen anschauen, denn er brauchte dieses Gefühl, sich auf historischem Boden und in historischer Mission zu bewegen.

Paul verließ das Rathaus und bog nach links ab zur Kirche St. Nazarius. Nach kurzem Weg kam er am „Eiscafé Zalivani" vorbei. Die großartige Eisauswahl verleitete Paul, das Café zu besuchen. Er setzte sich ans große Fenster und beobachtete entspannt die vorbeieilenden Fußgänger und sich neckenden Schüler auf ihrem Weg zum Bahnhof.

„Ein Spaghetti-Eis und einen Cappuccino bitte", bestellte Paul, ohne vorher in die Karte geschaut zu haben.

Da es noch Morgen war und wenig Kundschaft im Eiscafé saß, kam Paul sehr schnell mit dem Juniorchef Erik ins Gespräch.

„Ach, sagen Sie, wie beurteilt denn die Bevölkerung hier die Ausgrabungen in der Nachbarschaft?"

„Nun, man kann sagen, je älter die Leute, umso interessierter sind sie. Den Jungen ist es größtenteils egal. Manche halten die Geschichte des Klosters Rotaha sogar für ein Wunschdenken ehemaliger Kommunalpolitiker, denn gefunden hat man ja bisher wenig. Erst jetzt durch den Fund eines Skeletts und eines mysteriösen Amuletts erhalten die Ausgrabungen wieder mehr Aufmerksamkeit. Es gibt auch Stimmen, welche in den Ausgrabungen nur unnütze Geldausgaben sehen. Es gibt aber auch Gruppen oder Kreise hier in Ober-Roden, welche die Ergebnisse sehr aufmerksam verfolgen. Neben dem Heimat- und Geschichtsverein gibt es da eine Gruppe, die sich „Kräuterfrauen" nennen. Man munkelt, dass einige Frauen davon sogar im Wald hausen. Sie sollen angeblich ganz wild auf die Übersetzungen der Amulett- Inschriften sein. Diese Frauen werden belächelt und zu Spinnern degradiert", lächelte Erik und machte eine entsprechende Handbewegung zum Kopf hin.

Paul hatte aufmerksam zugehört. In seiner Heimat in der Grafschaft Midlothian gab es ebenfalls Kräuterfrauen. Auch diese wurden von vielen belächelt, aber er wusste, dass einige dieser Frauen Stammbäume bis in die Vergangenheit der Templer vorweisen konnten. Nun, er glaubte zwar nicht, dass die hiesigen Kräuterfrauen mit den Templern verwandt sein könnten, aber vielleicht ergebe sich ja doch irgendwie eine Verbindung, die er jetzt noch nicht erahnen könnte.

„Ich finde das ja sehr interessant, wie kann ich denn mit diesem Kräuterfrauenkreis in Kontakt kommen? Können Sie mir da einen Tipp geben?"

„Schwierig, die leben sehr zurückgezogen. Aber morgen sind ein oder zwei Frauen auf dem Markt und verkaufen Kräuter und Tee. Vielleicht kommen Sie da ins Gespräch."

Gerade als Paul und Erik das Gespräch beendet hatten, betraten einige Schüler lauthals lachend und wild schwatzend das Eiscafé. Alle bestellten eine Tüte Eis mit einer Kugel. Paul amüsierte sich, egal wohin ihn seine Reisen führten. Eis ging immer bei Kindern.

Paul genoss das Spaghetti-Eis und den Cappuccino. Er hatte keine Eile. Nach einer weiteren halben Stunde und einem zweiten Cappuccino bezahlte er.

„Vielen Dank für das nette Gespräch und das tolle Eis-Cappuccino Gedeck. Ich werde Sie weiterempfehlen."

*

Paul war begeistert, wie schnell er in Ober-Roden Informationen einholen und wichtige Kontakte knüpfen konnte, ohne sich anstrengen zu müssen. Das war nicht überall so.

Die Ausgrabungen im Kirchhof von St. Nazarius ruhten, denn es war gerade Mittagspausenzeit. Da die Baustelle nicht abgesperrt war, konnte sich Paul umsehen, ohne gestört zu werden. Eine Grube war etwas tiefer und breiter angelegt als die anderen Drainagen. Auch flatterte noch das Polizeiabsperrband durch die Gegend, ein Hinweis für Paul, dass man hier wahrscheinlich das Skelett gefunden hatte. Paul verharrte regungslos an der Grube. Sein Blick ging nach Westen, vielleicht hundert Meter in Richtung Kindergarten. Er überlegte.

Wenn das hier das Grab der Äbtissin war, müsste doch genau dort, wo jetzt der Kindergarten steht, das Kloster gestanden haben. Warum hat man damals beim Bau des Kindergartens keine Mauerreste gefunden? War der damalige Zeitgeist wirklich so beschränkt, dass man alle Reste möglichst schnell beseitigte, um Baustopps zu verhindern? Oder wurde das Kloster schon vor hunderten von Jahren geschleift, sogar die Grundmauern entfernt? Paul fand noch keine Antworten. Vielleicht würde er sie niemals finden. Seine Aufgabe war klar umrissen. Er musste nur das Amulett finden und kein Kloster. Er verließ die Ausgrabungsstätte und erkundete noch den alten Ortskern von Ober-Roden. Aus dem Internet hatte er erfahren, dass die Einheimischen den Ortskern als „Fränkischen Rundling" bezeichneten, da um die Kirche St. Nazarius vor Jahrhunderten die typischen ringförmigen alten Straßen und Gassen, damals nur Wege, angelegt worden waren, die noch heute bestanden.

*

Am nächsten Morgen verließ Paul gegen 10 Uhr das Hotel. Über die Gartenstraße und die einmündende Schulstraße gelangte er schnell auf den Marktplatz und so in den Ortskern. Es dauerte nicht lange und er lief am Eiscafé vorbei. Erik erkannte ihn sofort und wusste, dass Paul auf dem Weg zu den Kräuterfrauen war. Er winkte ihm aufmunternd zu mit einem Daumen nach oben.

Der Rathausplatz war heute Morgen nicht mehr wiederzuerkennen. Mehrere mobile Händler boten ihre Waren an. Am reichhaltig bestückten Gemüsestand erklärte der Händler die Spezialitäten, an diesem Tag verschiedene Pilzsorten, alle aus Deutschland. Der nach frischem Fisch duftende Fischdelikatessenstand hatte seine Stammkundschaft, zumindest konnte man das aus den fachmännischen Kommentaren heraushören. Durchaus wählerisch war die Kundschaft am Käsewagens, welche die angebotenen Käsesorten gegenüber den Auslagen der umliegenden Großmärkte bezüglich Qualität überschwänglich lobte. Der Metzgerstand bot ausdrücklich Fleisch aus artgerechter Haltung an, was honoriert wurde, auch wenn es etwas teurer war. Jeder weitere Stand hatte seine Besonderheiten. Ein Bäckerstand bot Backspezialitäten wie Sauerteigbrot und Brötchen aus der eigenen Backstube an, türkische Spezialitäten waren für den Nachbarstand frisch aus der Türkei importiert worden und die Spezialitäten des Geflügelstands waren hausgemachte Klöße, Geflügelwurst und Geflügelgulasch. Die Highlights des landwirtschaftlichen Standes waren mehrere Sorten Kartoffeln aus eigenem Anbau sowie verschieden große Eiersorten, alle aus natürlicher Freiluftbodenhaltung. Den Stand der Kräuterfrauen vermisste Paul. Wo waren sie? Oder kamen sie heute nicht? *Vielleicht erscheinen sie erst etwas später,* vertröstete er sich. Er schaute sich weiter um, aber noch sah er keine Frauen, die wie Kräuterfrauen aussahen. *Vielleicht habe ich aber auch nur eine falsche Vorstellung von ihrem Outfit.*

Paul ging ins Café „Süße Ecke", setzte sich ans große Fenster und hatte so einen optimalen Überblick über das Marktgeschehen. Ein Blick in die Speisekarte und der Duft frischen Kaffees beschleunigten seine Wahl. Er bestellte einen großen Cappuccino und ein Lachsbrötchen. Er nutzte die Bestellung und fragte die Bedienung, ob man hier auf dem Markt auch Kräuter direkt von Kräuterfrauen kaufen könne. „Ja, können sie. Aber sie tauchen nur sehr unregelmäßig auf und wirken schon etwas eigenartig."

Paul nahm diese wiederholte Einordnung der Kräuterfrauen nur zur Kenntnis.

Wie immer, wenn Menschen nicht ins Schema passen, werden sie in bestimmte Ecken gedrängt, nahe an der Diffamierung. Die Suche fängt ja gut an.

Und noch ein Highlight konnte Paul jetzt mit Abstand sehr gut beobachten. Der Weinstand gegenüber, eingebettet in ein sehr schönes altes Haus mit weißer Klinkerfassade, schien besonders gute Weine anzubieten. Zahlreiche vornehmlich ältere Kunden drängten sich an der Ausgabestelle. Ab und zu betraten diese Kunden das Café auf dem Weg zur dortigen Toilette, die im Kellergeschoß platziert war. Er beobachtete schmunzelnd, wie gerade diese ältere Klientel ab und zu leicht schwankend die Kellertreppe bewältigte.

*

Paul vernahm aus den Unterhaltungen im Café, dass die Marktstände bis 14 Uhr geöffnet sein sollten.

Na, ja, ich habe Zeit, wenn sie bis dahin nicht aufgetaucht sind, habe ich halt Pech gehabt. Ich muss sowieso noch auf den Bürgermeister warten.

Gerade als er einen letzten Schluck Cappuccino zu sich

nehmen wollte, tauchten von der Hauptdurchgangsstraße kommend zwei Frauen mit einem mittelgroßen Handkarren auf. Er war beladen mit Tüten und lose aufgehängten Kräuterbündeln. Sie platzierten sich in der Nähe des mit grobem Stein umfassten Brunnens, in dessen Mitte ein Monument aus Marmor drei Meter in die Höhe emporragte. Die Figur wurde von den Einheimischen flapsig „Knochen" genannt, zumindest verstand das Paul aus den Unterhaltungen. Eine der Frauen war schlank und ungefähr so groß wie Paul, schwarzhaarig. Die zweite Frau war blond, etwas kleiner und geschätzt zehn bis fünfzehn Jahre jünger. Sie waren nach Pauls Meinung durchaus normal gekleidet, Jeans, grüne Parka und beide trugen Schildkappen.

Jetzt bin ich gespannt, was passiert. Paul bestellte sich noch einen Cappuccino und beobachtete.

Um die zwei Frauen und den Handkarren scharte sich schnell eine kleine Menschentraube, ausnahmslos Frauen. Er sah, wie eine stattliche Menge Tee in Tüten gereicht wurde sowie verschiedene Kräuter erklärt und einige Büschel davon verkauft wurden. Paul war beeindruckt und zugleich voller Erwartung. Er legte großzügig zwanzig Euro auf den Tisch und machte sich Mut zur Kontaktaufnahme.

*

Paul überlegte, wie er ein Gespräch anfangen könnte.

Als halbwegs guter Brite und noch besserer Schotte reihe ich mich erst mal in die Warteschlange ein.

Es ging dann alles sehr schnell. Christina verwies Paul mit schwer zu verbergender Antipathie gegen Männer gekonnt an ihre Kollegin.

„Miriam, kannst du den Herrn bedienen? Du bist da besser. Er scheint gar nicht zu wissen, was er eigentlich will."

Paul nahm diese verbale Breitseite gelassen hin. Es war ihm sogar lieber, sich mit Miriam zu unterhalten. Sie machte einen sympathischeren Eindruck auf ihn. Da er der Letzte in der Schlange war, nahm sich Miriam viel Zeit. Sie musterte Paul mit einem schnellen Blick, ohne dass dieser es bemerkte.

„Kann es sein, dass Sie nicht von hier sind? Lassen Sie mich raten. Sie kommen aus Nordeuropa und schreiben eine Reportage über deutsche Kleinstädte oder wie die Landbevölkerung Deutschlands so lebt, vielleicht sogar über egozentrische oder auch esoterische Männer- und Frauengruppen?"

Paul war froh, dass es Miriam übernommen hatte, den Einstieg zu finden.

„Also, Sie sind Miriam habe ich eben mitbekommen, und ich heiße Paul. Ja, ich komme aus Nordeuropa, genauer, aus Schottland, Grafschaft Midlothian, Ortschaft Rosslyn. Nein, ich schreibe keine Reportage, bin aber auf der Suche."

„So, Sie sind auf der Suche", wiederholte Miriam mit ironischem Unterton.

Pauls Gesichtsfarbe veränderte sich in ein verlegenes Rot.

Diese Deutschen können brutal direkt sein und zu Miriam gewandt, „ich habe mich falsch ausgedrückt. Ich suche nach historischen Artefakten."

„Und da kommen Sie zu uns? Sie kommen aus Rosslyn? Rosslyn, bekannt aus Dan Browns „Da Vinci Code"?"

Paul erheiterte die Verbindung „Da Vinci Code" und Rosslyn.

„Ja, genau. Das Filmteam hat damals wochenlang in der Ortschaft und vor allem um Rosslyn Chapel für Furore gesorgt." Und Paul dachte bei sich. *Soll ich ihr jetzt sagen, dass die im Film gezeigte Szene mit Mitgliedern unserer Ritterschaft*

100

gedreht worden ist? Ich glaube, später ist besser.
Irgendwie beeindruckte Miriam ihn immer mehr. Die Art und Weise, wie sie sprach, Schlussfolgerungen zog, immer wieder das Gespräch in eine interessante Richtung lenkend. Auch jetzt übernahm sie wieder die Initiative.

„Ich vermute mal, Sie wollen keine Kräuter oder Tee kaufen, sondern sind mehr an uns Kräuterfrauen als Gruppe, vielleicht auch in Verbindung mit dem kürzlich gefundenen Artefakt interessiert?"

Paul fühlte sich nicht ertappt, aber bestätigt, was die Einschätzung Miriams anging.

„Ich bin beeindruckt. Scheinbar kennen Sie sich nicht nur mit Kräutern aus, sondern können auch noch Gedanken lesen. Darf ich Ihre Gruppe für heute Abend zu einem kleinen Essen in das kroatische Restaurant „Brunnen am Theater" einladen? Dort können wir uns in aller Ruhe unterhalten. Sagen wir, so gegen 18 Uhr?"

Miriam nickte und mit einem Blick auf Christina sagte sie zu.

„Ich frage meine Kräuterschwestern, ob sie Zeit haben. Ich komme gerne, finde es sehr spannend, was Sie so über Rosslyn und Ihre Mission erzählen können."

Christina allerdings verzog ablehnend das Gesicht.

„Tut mir leid, ich kann heute Abend nicht kommen!"

Paul nahm diese Absage fast emotionslos entgegen.

„Oh, schade, hoffentlich können die anderen", setzte aber seinen Gedankengang im Stillen fort. *Und wenn nur Miriam kommt, umso besser.*

Er verabschiedete sich von beiden, schaute aber Miriam länger an.

„Also dann bis heute Abend, beim Kroaten!"

Miriam erwiderte seinen Blick und nickte.

„Bis heute Abend." Auch sie vollendete in Gedanken. *Ich*

würde auch alleine kommen. Wäre mir sogar lieber.

*

Paul freute sich auf den kommenden Abend. Zum Abschluss seines Marktbesuches wollte er ein Glas Wein kosten, wenn er schon mal hier war. Er merkte sehr schnell, dass der Weinstand von einem dynamischen älteren Pärchen betrieben wurde. Rita und Peter hießen sie, so hörte er es aus den Bestellungen seiner Vorderleute heraus. Relativ schnell war er an der Reihe.

„Ein Glas Rotwein, bitte."

„Bitteschön, macht 4 € plus 2 € Pfand. Die bekommen Sie aber wieder zurück", meinte Rita.

„Sie sind nicht von hier? Ich habe Sie eben bei den Kräuterfrauen beobachtet. Ich finde, das ist eine nette Truppe. Und mit dem Kräuter- und Teeverkauf können sie ja nichts falsch machen, sage ich jetzt mal so, als ehemalige Pharmazeutisch-Technische Assistentin. An dieser Medizin wird niemand sterben!"

„Ja, ich komme aus Schottland und ja, nette Leute, diese Kräuterfrauen."

Rita lächelte, wie sie eigentlich immer lächelte, wenn sie Feststellungen traf, die aber durchaus als Fragen gemeint sein konnten.

„Ja, besonders die große, schwarzhaarige Frau. Ich glaube Miriam heißt sie." Paul fühlte sich schon wieder ertappt.

In diesem Moment spürte Paul an der rechten Schulter eine Berührung. Der Bürgermeister stand hinter ihm.

„Ich will gar nicht stören, aber wir haben morgen um 11 Uhr einen Termin bei Professorin Stallmeister, direkt hier oben in

102

diesem Gebäude. Ich muss leider schon wieder weiter. Bis morgen dann."

„Bis morgen und Danke für die Terminabsprache." Und wieder war Paul beeindruckt von der zuvorkommenden Art des Bürgermeisters.

Rita bediente schon wieder den nächsten Kunden, so dass Paul ihr nur noch zurufen konnte, dass er das Glas gleich wieder zurückbringe.

„Lassen Sie sich Zeit, wir rennen nicht weg", rief ihm Rita zu. Er stellte sich an einen Stehtisch, schnüffelte genüsslich die Blume des Weins und ließ langsam den Geschmack des Roten auf der Zunge zergehen, um ihn herum ein lustiges und trinkfreudiges älteres Völkchen.

*

Miriam wurde alleine zum Treffen geschickt, auch weil Christina eine Andeutung gemacht hatte, dass sie eine gewisse Schwingung zwischen Paul und Miriam wahrgenommen hatte. *Ich weiß gar nicht, was meine Kräuterschwestern haben. Dieser Paul kommt nett rüber und ist nicht aufdringlich. Ich freue mich auf den Abend und bin gespannt, wieso er den weiten Weg aus Schottland hierher unternimmt, um mehr über dieses Amulett aus unserem Kirchgarten herauszufinden.*

Miriam fuhr mit dem Fahrrad entlang der Rodau von Urberach nach Ober-Roden. Die schon warme Frühlingsluft und ein leichter Gegenwind brachten sie ins Schwitzen. Sie musste sich auch konzentrieren, denn einige Hundehalter ließen ihre Begleiter ohne Leine laufen und die scherten sich natürlich wenig um entgegenkommende Radfahrer. *Ich bin kein Hundehasser, eher ein Hundehalterhasser. Sie laufen telefonierend und abwesend durch die Gegend und ihre Hunde machen was sie wollen,* fluchte sie still vor sich hin.

Über die Rilke- und Trinkbrunnenstraße, vorbei am um diese Uhrzeit verwaisten Schulhof der Grundschule und dem Bücherturm der Stadtbibliothek, erreichte sie das Restaurant. Sie parkte ihr Fahrrad an der Fahrradständeranlage, die futuristisch anmutete und von kritischen Rödermärkern als Geschmacksverirrung der Stadtverwaltung oder auch „Raketenabschussrampe" bezeichnet wurde.

Miriam war vor Paul eingetroffen und wartete vor dem Eingang zum Restaurant. Pünktlich um 18 Uhr bog Paul etwas abgehetzt um die Ecke des Komplexes der Volksbank.

„Puh, ich habe den Weg vom Hotel hierher unterschätzt, so dass ich auf die letzten Meter noch den „Turbo" einlegen musste, um pünktlich zu sein. Kommt noch jemand, oder haben sie Sie alleine zum Schotten geschickt?"

„Ach, weißt du"..... und in diesem Moment war sie an der Reihe, die Gesichtsfarbe ins rötliche zu wechseln. „Oh, falsches wording, mir ist das eben so rausgerutscht."

Paul freute sich über diesen Fauxpas.

„Wir können ruhig beim „Du" bleiben. Briten sind da nicht so kleinlich. Das macht es für mich einfacher. Komm, lass uns hineingehen und den Abend bei gutem Essen genießen!"

*

„Guten Abend! Ein Tisch für zwei Personen?", wurden sie vom Wirt gefragt und fast gleichzeitig zu einer Sitzgruppe an der langen Fensterfront geleitet, die sich links des Eingangs erstreckte.

Paul bestellte ein großes Pils, Miriam wünschte eine Apfelsaft-

Schorle.

„Kannst du mir einen Tipp fürs Abendessen geben?"

„Ich glaube, eher weniger, denn ich bevorzuge meistens ein fleischloses Essen", bedauerte Miriam.

„Hm, gar nicht so einfach, bei dieser großen Auswahl." Er blätterte noch einmal eine Seite der Speisekarte zurück. „Ja, alles klar, ich weiß was ich will", meinte Paul und klappte die Speisekarte zu.

Auch Miriam legte ihre zur Seite, für den Wirt ein Zeichen, dass sie bestellen wollten. Die Getränke kamen recht schnell, noch innerhalb des sieben Minuten Zeitraums, den der Wirt für das Zapfen von Pauls Pils benötigte. Miriam bestellte gegrillten Schafskäse und einen großen Salat, Paul wollte das Lebergeschnetzelte mit Reis probieren. Sie prosteten sich gegenseitig zu.

„Eins muss man euch lassen, ihr braut erstklassiges Bier!"

Sie sahen sich in die Augen. „Was machst du denn, wenn du keine Kräuter sammelst und verkaufst?"

Miriam bewegte ihr Glas leicht hin und her und überlegte, wie sie ihren Job schnell beschreiben konnte. „Ja, das hast du schön formuliert. Natürlich kann man vom Kräuter- und Teeverkauf nicht leben. Ich bin Fremdsprachensekretärin und Übersetzerin. Ich kann dadurch die meiste Zeit im Homeoffice arbeiten, bin also sehr flexibel in meiner Zeiteinteilung. Ich wohne in Urberach im Wohngebiet Bulau, direkt am Waldrand in der Nähe eines Campingplatzes und Naturfreundehauses. Ein Keltendenkmal ist auch ganz in der Nähe. Es wurde erst vor kurzem von einer Gruppe, die sich „Liebenswertes Rödermark" nennt, restauriert."

„Ihr scheint ja so einige engagierte Gruppen zu haben. Im Hotel hat man mir erzählt, dass es Quartiersgruppen in Urberach, Waldacker und Breidert gäbe und hier im Ortskern sei eine Gruppe etabliert, die sich IGOR nenne, eine Interessengemeinschaft für einen lebenswerten Ortskern."

Miriam nickte. „Ja, das stimmt. Unsere Kommunalpolitiker betonen immer, wie stolz sie auf diese Gruppen seien, aber oft wird man das Gefühl nicht los, dass sich einige Kommunalpolitiker zu den Zeiten zurücksehnen, in denen sie einfach, wie soll ich sagen, darauf los regierten, ohne Widerstand oder Rückfragen."

Paul fand das interessant zu hören. „Die Politiker bei uns in Schottland sind ähnlich gestrickt. Aber lass uns doch bitte das Thema wechseln. Wie bist du eigentlich zum Kräutersammeln gekommen?"

Miriam erzählte Paul, wie sie ihre Kräuterschwestern kennengelernt hatte und dass sie schon von Jugend auf Interesse am Spirituellen und viel über die berühmte Heilerin und Äbtissin Hildegard von Bingen gelesen habe. Auch das große Thema Seelenwanderung und das Urchristentum waren ihr nicht fremd. Sie verriet ihm, dass viele Menschen den Kontakt zu ihr scheuten, da sie in gewisser Weise die Gabe der Hellsichtigkeit besäße, die sich in einer ausgeprägten Wahrnehmungsfähigkeit und Sensibilität beim Berühren von Gegenständen oder beim Betreten von Räumen zeige. Dabei könne sie oft zukünftige Ereignisse vorhersagen oder habe auch Einsichten in längst vergangene Begebenheiten. Unangenehm sei ihr aber dabei, dass sie bei nahezu jeder außersinnlichen Wahrnehmung in eine Ohnmacht ähnliche Trance falle und Umstehende, in guter Absicht helfen zu wollen, versucht seien, den Notarzt zu rufen.

Paul war nicht überrascht.

„Ich war mir fast sicher, dass du einen außergewöhnlichen Lebensweg vorweisen kannst. Das passt alles, was du mir so erzählst."

Miriam staunte, ja, sie war verblüfft.

„Aha, du hast dir also schon Gedanken über mich gemacht?"
Paul errötete.

„Ja, mir fehlen da jetzt die deutschen Worte. Irgendwie hast du mich in den Bann geschlagen, schon als ich euch heute Morgen auf dem Markt ankommen sah."

Auf Miriam wirkten diese offenen Worte sehr wohltuend, auch sie fühlte eine sich verstärkende Zuneigung. Sie überraschte Paul mit einer Aufforderung.

„Ich habe eine Idee, ich rate jetzt mal, so wie es früher Schamanen und Druiden gemacht haben, und vielleicht finde ich einen Teil deiner Persönlichkeit heraus, ohne dass du etwas sagst. Lege doch deine beiden Hände mit dem Handrücken in meine Hände und schließe deine Augen."

Paul legte seine Hände in Miriams Hände. Sofort spürte er Schwingungen, eine gewisse undefinierbare Verbindung. Er schloss die Augen und merkte, wie Miriam mit ihrem rechten und linken Daumen zart entlang seiner Handlinien fuhr. Auch Miriam schloss die Augen. Sie ertastete die leichten Verästelungen in Pauls Hand. Gerade als sie immer tiefer Pauls Hände als Quelle der Gefühle und Emotionen vernahm, ein abruptes Ende, ein Rücksturz ins Hier und Jetzt.

„Ispricajte me, wenn ich störe, ein gegrillter Schafskäse und ein großer Salat für die Dame und das Lebergeschnetzelte für den Herrn", versuchte die Bedienung sich vorsichtig auf kroatisch bemerkbar zu machen.

Beide öffneten die Augen und mussten laut lachen. Selbst die Bedienung lächelte. „Ich wünsche einen guten Appetit!"

„Vielen Dank und wir sind nicht immer so wie eben", erklärte Paul immer noch lachend.

Miriam und Paul genossen das Essen.

„Was die Bedienung jetzt wohl von uns denkt?"

„Ach, weißt du, Paul, das ist mir doch ganz egal. Der denkt bestimmt, wir seien verliebt, dabei kennen wir uns doch gar nicht richtig. Eine flüchtige Begegnung heute Morgen und jetzt das Abendessen."

„Magst du noch einen Apfelsaft? Ich bestelle mir noch ein Pils."

„Ja, mach mal. Wenn wir fertig gegessen haben, machen wir dort weiter, wo wir vorhin aufgehört haben."

Die zweite Runde Getränke kam recht schnell und die Bedienung zog sich diskret zurück.

Miriam nahm wieder Pauls Hände. Sie setzte ihre empathische Reise mühelos dort fort, wo sie aufgehört hatte. Paul, der seine Augen geschlossen hielt, hörte ihre ruhige Stimme.

„Ich spüre, dass du im Auftrag einer größeren Organisation hier bist. Sie ist schon sehr alt und traditionsbewusst. Du warst schon oft in Europa unterwegs und hast dieses Artefakt, dieses Amulett gesucht. Aber, du hast es nie gefunden, beziehungsweise, die Amulette waren Fälschungen oder hatten einen anderen Hintergrund. An deinen Handlinien erkenne ich, dass du ein sehr dominanter Mann bist."

Paul öffnete die Augen.

„Dominant, vielleicht. Ich habe eben einen klar umrissenen Auftrag."

Nun erzählte Paul Miriam die Historie der „Ritter der Wahrheit" und die Historie des zweiten verschollenen Amuletts, das er nach den neuesten Erkenntnissen hier in Rödermark Ober-Roden vermutete.

„Wow, das klingt ja alles wahnsinnig interessant und abenteuerlich. Wenn ich das richtig verstehe, hat deine Organisation immer noch Angst vor der Katholischen Kirche, sprich dem Vatikan. Die Verschwörung um den Verrat an den Templern ist ein Trauma, das euch quält. Ihr wollt das Amulett in euren Besitz bringen, da es euch mit der Inschrift gegen alle Angriffe des Vatikans schützt. Ihr vermutet, dass die Inschrift etwas mit der Kreuzigung Jesu und auch der Auferstehung zu tun haben könnte, vielleicht sogar vom Neuen Testament der Bibel abweicht. Ihr wollt den Text nicht veröffentlichen, sondern ihn als Schutzschild benutzen. Raffiniert und clever."

Paul spürte ein grenzenloses Vertrauen. Falls Miriam sein Vertrauen enttäuschen würde, könnte er sich aber immer noch zurückziehen.

„Gut zusammengefasst. Das ist meine Mission. Du bist die erste Person, die ich so tief in die Geheimnisse der Ritterschaft eingeweiht habe."

Beide bestellten nun Espresso, der sofort serviert wurde.

„Euer Bürgermeister hat mir übrigens einen Termin bei der Archäologin Professor Stallmeister besorgt", deutete Paul einen der nächsten Schritte auf der Suche nach dem Amulett an.

„Ach, das ist ja toll. Meine Kräuterschwestern haben mich beauftragt, einen Termin bei Elo Stallmeister anzufragen, damit ich das Amulett aus nächster Nähe anschauen und vielleicht auch fotografieren kann. Meinst du, du könntest mich mitnehmen, vielleicht als deine Mitstreiterin vorstellen?"

„Ich könnte dich als Assistentin vorstellen. Wir können ja sagen, dass wir schon lange in Verbindung stehen und auf spirituellem Gebiet zusammenarbeiten. So ein paar kleine Lügen wird uns der Herrgott wohl verzeihen." Miriam verzog die Augenbrauen, musste aber lachen.

„So, so, auch die Ritter der Wahrheit lügen ab und zu. Aber, es ist eine gute Idee."

*

Die sanfte Hintergrundmusik des Restaurants passte zur Stimmung der beiden. Sie genossen den Abend und das Ambiente. Es wurde nicht so spät, wie zwei Tage vorher im Gasthaus „Zum Löwen", trotzdem erinnerte Miriam an den Aufbruch, denn sie hatte ja noch einen weiten Heimweg mit dem Fahrrad vor sich.

„Ja, dann werde ich wohl mal zahlen. Ich kann dich noch einen Teil deines Weges begleiten."

„Wir können ja gemeinsam bis zur Kreuzung Nieder-Röder Straße gehen. Dann kommen wir auch nochmal an der Ausgrabung vorbei", schlug Miriam vor.

Und schon kurz darauf standen sie vor der Kirche St. Nazarius.

„Dieses kleine Rödermark birgt vielleicht das größte Geheimnis des Urchristentums. Wenn die Inschrift final übersetzt sein wird, muss man mit dem Geheimnis verantwortungsvoll umgehen. Wie gesagt, die Ritter der Wahrheit wollen die Inschrift nicht veröffentlichen, sondern nur zum Schutzes in ihren Besitz bringen. Ich vermute mal, dass die Katholische Kirche das gesamte Amulett am liebsten verschwinden lassen will. Die Gründe kennst du. Hoffen wir, dass nicht noch jemand um das Amulett kämpft, aus welchem Antrieb auch immer."

„Ja, Rödermark wird zum Mittelpunkt einer Auseinandersetzung, deren Ausmaß die hiesige Bevölkerung noch nicht einmal erahnt. Noch vor einem Tag wusste auch

110

ich nichts davon", sinnierte Miriam.

Sie bogen in Richtung Kirchgarten ein. Paul ging mit Miriam zur Ausgrabungsstelle. Sie verweilten dort schweigend. Miriam schloss die Augen.

„Hörst du auch die Stimmen der Vergangenheit?", flüsterte sie noch immer mit geschlossenen Augen.

„Nein, ich bin nicht so stark medial veranlagt wie du, aber ich ahne, was in dir vorgeht."

Nach einigen Minuten des Verharrens löste sich Miriam vom Rand der Grube. „Komm, lass uns weitergehen!"

Kurze Zeit später kamen sie an der Kreuzung Frankfurter Straße Ecke Nieder-Röder Straße an.

„Soll ich dir nicht doch lieber ein Taxi rufen?" bot Paul an.

„Nein, lass nur. Ich bin ja nicht aus Zucker und ein bisschen Bewegung tut gut. Vielen Dank für den schönen Abend. Können wir gerne wiederholen." Eine herzliche Umarmung verstärkte in beiden das Gefühl der gemeinsamen Zuneigung.

„Pass auf dich auf" und nur wenige Augenblicke später: „Es wäre schade um einen so wertvollen Menschen wie dich!"

„Danke für die Blumen, aber keine Sorge, ich bin schon groß", beruhigte Miriam Paul. „Treffen wir uns morgen kurz vor 11 Uhr vor dem Café Süße Ecke und gehen dann gemeinsam rüber ins Jägerhaus zu Professorin Stallmeister." Miriam schwang sich auf ihr Fahrrad, drehte sich noch einmal um und winkte Paul. Der blieb noch so lange stehen, bis er sie nicht mehr sah.

*

Paul war lange vor Miriam am Café Süße Ecke und nutzte die Wartezeit, um vor dem Café in einer gemütlichen Sitzgruppe die Morgensonne zu genießen. Er brauchte diese Minuten alleine vor großen Besprechungen oder Treffen, um sich zu fokussieren. Sie gehörten zu seinem Vorbereitungsritual. Ja, für ihn war es wirklich ein großes Treffen. Er würde nun wahrscheinlich erstmals das Amulett, das schon so lange von den Rittern der Wahrheit gesucht wurde, physisch vor sich sehen. Vielleicht durfte er es sogar anfassen und die Magie spüren, die es ausstrahlen könnte.

Fünf vor elf kamen nahezu zeitgleich Miriam und der Bürgermeister um die Ecke des Rathauses aus Richtung Dieburger Straße auf Paul zu. Paul stellte dem Bürgermeister Miriam als seine Assistentin vor.

„Ich dachte, ich hätte Sie schon auf dem Markt am Stand der Kräuterfrauen gesehen", schaute Jörg Rotter Miriam etwas irritiert an.

„Das stimmt, ich gehöre dem Kräuterfrauenkreis an, aber ich kenne Paul schon einige Zeit und arbeite mit ihm zusammen. Wir haben uns auf einer Fachtagung kennengelernt", flunkerte Miriam. Paul war verblüfft, wie locker und auch clever sich Miriam in die Rolle der Assistentin schickte.

„Dann lasst uns mal rüber zur Professorin gehen. Ich stelle Sie beide vor und werde dann ziemlich schnell wieder verschwinden. Ich habe Elo Stallmeister schon gesagt, warum Sie am liebsten das Amulett nach Rosslyn mitnehmen wollen."

*

Der Eingang zum „Jägerhaus" lag direkt neben der Volksbank an der Dieburger Straße. Über einen kleinen Hof gelangten der Bürgermeister, Miriam und Paul zur eigentlichen Haustür.

Jörg klingelte und schon bald hörte man Elos Schritte auf einer alten Treppe.

„Guten Morgen, oh, eine Dreier-Gruppe", war Elo etwas überrascht. „Dann kommen Sie erst einmal hoch in mein bescheidenes Büro, das mir die Stadt Rödermark großzügig zum Nulltarif überlassen hat."

„Für die Wissenschaft tun wir ja so einiges", konterte Jörg Rotter den Hinweis bezüglich der Bescheidenheit des Büros. In Ermangelung eines Besprechungstisches setzten sich alle um Elos Schreibtisch.

„Kaffee oder Mineralwasser?", bot Elo an.

Sie blieben alle bei einer Tasse Kaffee. Nachdem man sich gegenseitig vorgestellt hatte, fragte Elo Paul direkt.

„Paul, Sie sind also ein „Ritter der Wahrheit" und Sie, Miriam, seine Assistentin?"

Paul weihte nun auch Elo in die Geschichte der Templer und speziell die der „Ritter der Wahrheit" ein und fasste für Elo die jahrhundertelange Suche der Ritter nach dem Amulett zusammen.

„Und wie kann ich Ihnen da jetzt helfen oder, genauer gefragt, was verlangen Sie beide von mir?"

„Wir können natürlich gar nichts verlangen, nur so viel für den Moment: Seien Sie auf der Hut, es werden sich in der nächsten Zeit noch bestimmt andere, ich drücke es jetzt mal so aus, „Mitinteressenten" melden, oder Sie besuchen. Geben Sie das Amulett bitte nicht heraus! Man wird Ihnen finanzielle Angebote in enormer Höhe machen. Oder, man wird Sie versuchen zu erpressen oder gar zu überfallen", sprach Paul eindringliche Warnungen aus.

„Bevor Sie alle jetzt weiter diskutieren," unterbrach der Bürgermeister, „ich muss mich leider verabschieden. Ich habe noch andere Termine wahrzunehmen. Paul und Elo, Ihr könnt mich ja über das Ergebnis dieser Besprechung bei Gelegenheit informieren." Jörg stand auf und verließ das Büro.

Elo nahm das Gespräch wieder dort auf, wo sie unterbrochen hatten.

„Was unterscheidet Sie denn von anderen „Mitinteressenten"?", fragte Elo.

„Ganz einfach, wir bieten kein Geld für den Verbleib des Amuletts. Aber wir bieten eine absolut sichere Verwahrung und Sie oder Vertreter Rödermarks könnten es jederzeit bei uns in Schottland besuchen oder ausleihen."

„Wir sollen es also auf Leihbasis verschenken?", fasste Elo zusammen.

„Wie gesagt, wir sichern das Amulett und jeder kann es sich nach Voranmeldung anschauen. Das Amulett würde nicht für immer spurlos in irgendwelchen Katakomben verschwinden und so für Interessierte nicht zugänglich sein", wiederholte Paul sein Angebot.

Miriam folgte der Unterhaltung gespannt. Sie schaute sich im Büro um, in der Hoffnung, das Amulett zu sehen. Aber, sie schaute vergeblich. „Können wir das Amulett mal aus nächster Nähe sehen und auch anfassen?"

„Da ich nicht annehme, dass Sie mir eins über die Rübe ziehen, klar, ich hole es. Es liegt im Nebenzimmer bei den anderen Keramiken, die wir schon aus dem Kirchgarten geborgen haben." Elo erhob sich und verschwand im Nachbarzimmer. Schon bald kam sie mit dem Amulett zurück und legte es vorsichtig auf ihren Schreibtisch.

„Dürfen wir es in die Hand nehmen?", fragte Miriam fast andächtig.

„Klar, es ist ja nicht aus Kristall oder Glas. Es überdauerte 800 Jahre im Brustkorb eines verwesten Skeletts, ohne Schaden zu nehmen", meinte Elo sachlich und reichte es Miriam.

Miriam schloss die Augen für einige Sekunden und gab es mit einem erschrockenen Gesichtsausdruck weiter an Paul. Er schaute sich die Vor- und Rückseite an und gab es Elo wieder zurück.

„Passen Sie gut auf diesen Schatz auf! Ich fühle, dass das Amulett die Ritter der Wahrheit, also die direkten Nachkommen der Templer, für immer vor ihren Feinden schützen würde."

Paul ahnte, warum Miriam ihn so erschrocken ansah.

Elo brachte das Amulett zurück ins Nebenzimmer, erschien aber gleich wieder.

„Ich kann Sie beide verstehen. Aber dieses Amulett gehört eigentlich ins Hessische Landesmuseum Darmstadt, wenn nicht sogar nach Berlin ins Pergamon Museum der Museumsinsel, nachdem die Inschriften final übersetzt und verifiziert worden sind. Aber da haben ja viele Entscheider etwas zu sagen. Angefangen vom Pfarrgemeinderat, dem Magistrat, der Stadtverordnetenversammlung, dem Bürgermeister und auch dem Bischof von Mainz."

Pauls Gesichtszüge waren kaum zu deuten.

„Das ist ja zumindest teilweise eine gute Aussage von Ihnen. Den Bürgermeister kann ich auf meine Seite bringen. Um die anderen muss ich mich kümmern. Der Bischof von Mainz wird schwierig, Der ist letztendlich bestimmt an Weisungen aus Rom gebunden. Aber, gehen wir Schritt für Schritt vor. Professor Stallmeister, bitte bewahren Sie in der Zwischenzeit das Amulett sicher auf. Nochmals, glauben Sie mir, die Ritter der Wahrheit sind nicht die einzigen Interessenten und manch andere gehen auch über Leichen", beschwor Paul Elo erneut.

Elo wusste sehr wohl um den Wert und die Brisanz des Amuletts. Sie deutete geschickt, aber höflich an, dass sie noch weitere Termine hätte und Miriam und Paul erkannten, dass das Gespräch fürs Erste beendet war. Sie standen auf.
„Wir bleiben in Kontakt und vielen Dank, dass Sie uns so kurzfristig berücksichtigen konnten."

*

Paul und Miriam verließen mit einem guten Gefühl das Büro Elo Stallmeisters.
„Du hast erschrocken ausgeschaut, als du mit geschlossenen Augen das Amulett in deinen Händen gehalten hast. Was ging in dir vor? Was hast du gespürt?"

Miriam blieb im Hof des „Jägerhauses" stehen.
„Es war schlimm. Ich „sah" nur einige Sekunden in die Vergangenheit. Folter, Blut, Schmerzen, Schreie, Kreuzigung, Wunden, Grabkammer, Pflege, Auferstehung, Wanderungen .... Alles kam wie Blitzeinschläge bei einem Gewitter über mich."

Paul, der nicht hellsichtig war, konnte sich mit seinem breiten historischen Wissen trotzdem vorstellen, welche Qualen Miriam in der kurzen Zeitspanne durchlitten hatte. Aber auch

jetzt war es wieder Miriam, die versuchte, ihn zu beruhigen.
„Ich habe eine gute Idee. Es bleiben ja noch eine, vielleicht
zwei Wochen, bis die Übersetzungen der Amulett-Inschriften
vorliegen. Um meine und auch deine düsteren Gedanken zu
vertreiben, lade ich dich zu einer Kräutersammeltour ein!"

*

15. Ohnmacht - Visionen - Das Ende Rotahas

Da Paul weder ein Fahrrad noch einen Leihwagen besaß, holte ihn Miriam am nächsten Morgen vom Hotel Lindenhof ab.

„Guten Morgen, Paul! Gut geschlafen und gefrühstückt? Die nächsten Stunden gibt es nichts zu essen, nur Natur, frische Luft und hoffentlich paar Kräuter."

Paul hatte sich einen kleinen Rucksack mit Handy, Wasserflasche und einem Apfel gepackt. Mehr glaubte er nicht zu benötigen für die überschaubare Wanderung.

„Klar, ich bin bereit und gespannt auf die Gegend, in die du mich führst."

Sie fuhren direkt zurück nach Urberach-Bulau. Als sie auf Urberachs Umgehungsstraße Richtung Offenthal einbogen, zeigte Miriam mit dem rechten Arm hinauf zum einen Kilometer entfernten Waldrand.

„Da oben steht das Keltendenkmal von dem ich dir vorgestern erzählt habe. Wir sind jetzt gleich bei mir zuhause. Das Auto stellen wir am besten auf dem Parkplatz des Campingplatzes ab, laufen zum Keltendenkmal und beginnen dort mit der Kräuter- und Pilzsuche."

„Ich tue, was du vorschlägst!"

Schon wenige Minuten später parkte Miriam am Campingplatz. Beide schulterten ihre kleinen Rucksäcke, Miriam nahm zusätzlich einen Sammelkorb mit.

Da es ein kühler Frühlingsmorgen war, roch die Luft leicht nach Buchenholzfeuer, das in manchen Öfen des ganzjährig geöffneten Campingplatzes wohl loderte. Es roch natürlich, angenehm und der leichte Wind, der die Fichten sich hin- und herbewegen ließ und die Luft in eine summende Schwingung versetzte, verlieh dem Augenblick eine mystische Stimmung. Miriam dirigierte Paul zu einem etwas abseits gelegenen

Waldweg.

„Hier müssen wir nach rechts und dann noch ungefähr eineinhalb Kilometer laufen, dann sind wir am Keltendenkmal. Wir laufen gerade über eine uralte Dünenlandschaft, die Kelten haben hier in der Bronzezeit in Grabhügeln ihre Toten beigesetzt. Wir sind ja gleich am Denkmal und dann siehst du zwei wiederhergestellte Grabhügel. In dieser Gegend gab es früher 25 Grabhügel. Man hat in einigen Bronzearmringe gefunden und Experten schließen daraus, dass die Gräber in der mittleren Hallstattzeit angelegt wurden."

Paul hörte interessiert zu.

„Ja, es ist eine wirklich interessante Gegend. Im Internet steht, dass die Römer später hier Straßen anlegten."

Nach zehn Minuten erreichten sie das Denkmal.

„Alles frisch renoviert!"

Miriam deutete auf den Anführer des Keltenzuges, der ein Schwert wie eine heilige Monstranz gen Himmel hielt. Um seinen Hals war ein goldenes Amulett stilisiert.

„Schau her, auch der trägt so etwas."

Mit der Linken berührte sie das Amulett und hatte dabei das im Ober-Rodener Kirchgarten gefundene Amulett vor Augen. Sie bemerkte und erschrak gleichzeitig, als sich um sie herum die Umgebung veränderte. Der Boden unter Miriams Füßen schien sich wie bei einem Erdbeben zu verändern. Sie wankte. Paul, der keinerlei Veränderung spürte, eilte ihr zu Hilfe und stützte sie.

„Ich glaube, ich werde ohnmächtig! Hab keine Angst, hole keinen Notarztwagen, dort vorne ist eine Sitzbank."

Paul schaffte es, Miriam auf die Bank zu helfen. Er lehnte sie an seine Seite, keinen Augenblick zu früh. Sie sank in seine

Arme, ohnmächtig, aber tief atmend.

*

Paul kontrollierte ihren Puls, auch der war normal. Plötzlich begann Miriam monoton, wie aus weiter Ferne zu sprechen. Reaktionsschnell aktivierte Paul die Diktier-App auf seinem Handy:

„Ich falle wie in einer Spirale, umgeben von Wolken aus Energien und Entladungsblitzen, auf ein Zentrum zu. Je näher ich dem Zentrum komme, umso schneller drehe ich mich. Da, ich werde abrupt abgebremst. Ich kann wieder etwas sehen. Die Bilder um mich herum klären sich, werden schärfer. Ich bin angekommen in einer kleinen Siedlung. Es sind keine asphaltierten Wege und Straßen, keine elektrischen Lampen am Wegrand erkennbar, nur sandige Pisten. Ein paar ärmlich angezogene Menschen unterhalten sich, worüber kann ich nicht hören.
Ich sehe eine Kirche aus Holz. In Richtung untergehender Sonne, nur wenige hundert Meter entfernt, ist ein großer Garten, in dem jüngere Nonnen etwas Gemüse ernten, Kräuterbeete bewirtschaften und mühsam Unkraut aus dem kargen Boden zupfen. Sie schichten es zu mehreren Haufen auf, von denen einzelne schon brennen. Der Geruch dieser kleinen Herbstfeuer zieht mir in die Nase. Der Garten und das gesamte sich anschließende Gelände ist von einer großen Hainbuchenhecke umgeben, die wie eine grüne Mauer wirkt. In dieser Mauer haben wohl Arbeiter ein großes Gatter aus Holz eingebaut. Am Garten schließt ein kleiner Kreuzgang an. Er ist wie die Kirche aus Holz gebaut. Eine große Marienstatue steht

zentral auf einem kleinen Altar. Davor Blumen und brennende Kerzen. Ältere Nonnen sitzen auf Bänken. Manche beten, andere stricken alles Mögliche für Kinder, Mützen, Schals, Tuniken und auch Beinlinge. Vielleicht schenken sie diese Kleidungsstücke der Bevölkerung in der kommenden Weihnachtszeit. Hinter dem Kreuzgang schließt ein aus groben Steinen gemauertes großes Haus an. Es ist der Konvent mit den Zellen der Nonnen, der Küche und den großen Speise- und Versammlungsraum beherbergt.

Über dem Eingang des Hauses steht in zwei Zeilen in den Sandstein gemeißelt:

„Monasterium Sancta Marie, Super Fluvium Rodaha
Aedificatum Est In DCC a.D.“
(Kloster der Hl. Maria, Über dem Fluss Rodau
Gegründet 700 n. Chr.)

Direkt neben dem Konvent steht ein kleineres Haus. Über dem Eingang sind in Stein zwei Zeilen gemeißelt:

„Pascens Et Infirmarium
Aedificatum Est In MLXVI a.D.“
(Speisung und Krankensaal
Gegründet 1066 n. Chr.)

Ich kann erkennen, dass vor diesem Haus, unter einem kleinen mit Holzschindeln gedeckten Vordach, hölzerne Bänke und Tische aufgestellt sind. Männer, Frauen und Kinder sitzen dort, in ärmliche Lumpen gehüllt. Sie erhalten Brot und auch eine Suppe in die verschiedensten Gefäße, die sie bettelnd den Nonnen hinhalten. Eine Armenspeisung. In einem Raum des

Infirmariums bereiten andere Nonnen Medizin für die bettlägerigen Kranken vor. Sie pflücken Blätter von Pflanzen, kochen die Wurzeln und Stiele. An einem anderen Tisch werden getrocknete Früchte gemörsert und zu Pasten verarbeitet, an einem weiteren Tisch werden verschiedene Teesorten in Tonflaschen abgefüllt. An einer Wand sind grobe Holzregale befestigt. Sie dienen als Lager für die Medizin und für Bücher der Heilkunde. Ein Buch sticht mir ins Auge: Physica - Liber simplicis medicinae- (Ein einfaches Medizinbuch)

Im Krankensaal liegen auf zehn Pritschen beklagenswert kranke Menschen. Gestöhne und Jammern schlägt mir entgegen. Manche erhalten neue Verbände über faulige Geschwüre der Unterschenkel, andere werden schweißnass von Fieberkrämpfen geschüttelt und wiederum andere liegen nur noch apathisch auf den Pritschen. Guter Rat ist hier gefragt. Jede Medizin scheint bisher versagt zu haben.

Ich höre gegenüber in der Holzkirche eine kleine Glocke zaghaft das abendliche Angelus-Gebet ankündigen. Alle Nonnen, die bei den verschiedensten Arbeiten abkömmlich sind, gehen hinüber in die Kirche und beten das Gebet „Der Engel des Herrn". Nach einer kurzen Lesung aus der Bibel gehen sie zurück und setzen die Arbeit fort.

Im Krankensaal werden die Menschen für die Nacht vorbereitet. Ein Schwerkranker, bei dem bisher jede Medizin versagt hat, wird von der Äbtissin persönlich behandelt. Sie spricht an seinem Bett ein Gebet und legt beide Hände an seine Schläfen. In diesem Moment wird er unruhig und bäumt sich auf, Schaum tropft ihm aus dem Mund. Krämpfe schütteln ihn und die Nonnen, die der Äbtissin assistieren, befürchten, dass er sich die Zunge verletzt. Manche haben auch Angst, fürchten, dass der Kranke vom Teufel besessen ist und bekreuzigen sich. Nur

Äbtissin Magdalena, diesen Namen hatte ich schon vorher gehört, bewahrt die Ruhe. Sie hält das fischähnliche Amulett mit den geheimnisvollen Inschriften und dem kleinen Kreuz zwischen Körper und Schwanzflosse zuerst über den Kopf und dann über die Brust des Patienten. Magdalena spricht, während sie mit dem Amulett weiter über den ganzen Körper des Patienten pendelt, die beiden mächtigsten Gebete der Christenheit, das „Vater Unser" und dann das „Apostolische Glaubensbekenntnis". Der Mann entspannt sich schlagartig, wird ruhiger, sinkt zurück, atmet normal. Gerade als Magdalena sein Krankenbett verlassen will, beginnt er zu phantasieren. Er spricht von einem fernen Land, das sein Heiland besucht haben soll. Er sei geflohen vor der römischen Besatzungsmacht in Judäa. „Er ist in ein fernes Land am Fuße mächtiger Berge geflohen, nachdem er gekreuzigt worden war", waren die letzten Worte, bevor er in den erholsamen Schlaf hinüberglitet.

Die Nonnen, die diese ketzerischen Worte gehört haben bekreuzigen sich so, als ob sie sich vor etwas Unheimlichem schützen wollen. Magdalena beruhigt sie jedoch.

„Keine Angst, Schwestern. Er ist noch im Delirium. Er weiß nicht, was er sagt. Es ist die Gnade Gottes, die ihn beruhigt und morgen geheilt haben wird."

*

Miriam schwieg nun und entspannte sich merklich. Ihre Atmung und ihr Puls waren ruhig und Paul erwartete, dass sie die Ebene der Trance bald verlassen würde. In dem Moment als Paul die Aufnahme beenden wollte, versteifte sich der Körper Miriams von Neuem. Sie erzählte weiter und veränderte abwechselnd ihre Stimme, denn sie sah mehrere unterschiedliche Personen:

„Raodora (Roden) erhält hohen Besuch aus der Bischofsstadt Maguntia (Mainz). Ein Tross Soldaten mit dem Wappen Siegfried von Eppsteins bewegt sich langsam in Richtung des Klosters Sancta Marie, Rodaha. Der Tross eskortiert die Kutsche des bischöflichen Gesandten. Sein Blick verheißt nichts Gutes. Man merkt, dass ihn das ländliche Leben rund um das Kloster anwiderte. Kutsche und Tross kommen vor dem Eingang des Klosters zum Stehen. Ein Soldat eilt schnellen Schrittes herbei, legt hastig eine Matte aus grobem Schilf über den morastigen Boden. Erst jetzt steigt der Gesandte des Bischofs aus. Er hält sich echauffiert ein elegantes Spitzen-Taschentuch vor die Nase und lässt sich von einer Nonne, die zur Begrüßung am Tor wartet, auf das Gelände des Klosters führen. Mit schnellen Schritten eilt er durch den Garten. Kein Blick würdigt die arbeitenden Nonnen. Anmaßend schreitet er durch den Kreuzgang zum Konvent. Erst dort trifft er auf Magdalena, die das Grauen spürt, das diesem Gesandten vorauseilt.
Demütig will Magdalena die Hand des Priesters küssen, doch dieser zieht sie zurück, als ob er Angst vor einer Berührung hätte. „Gelobt sei Jesus Christus" begrüßen sie sich.
Magdalena führt ihren Gast und zwei Soldaten des Begleittrosses in den großen Versammlungsraum. Sie bietet frisches Wasser und Obst aus der Umgebung des Klosters an. Auch dies wird aus latenter Angst abgelehnt.
Magdalena und der Gesandte schauen sich eine kleine Weile sprachlos, aber abschätzend, in die Augen.
„Mich hat unsere Exzellenz Bischof Siegfried von Eppstein hierher beordert, um seltsame, sagen wir zunächst ganz

vorsichtig, Umtriebe im Kloster zu untersuchen. Wir wurden von guten Christen der Umgebung darauf hingewiesen. Betrachte diese Befragung als Vernehmung an Stelle des Bischofs. Du darfst mit deinen Antworten kein falsches Zeugnis ablegen!"

Magdalena verhält sich ausweichend und demütig.

„Mich bedrücken die Anschuldigungen außerordentlich."

Mit gehobener Stimme unterbricht der Inquisitor. Den Standesunterschied betont er durch einen schneidenden Befehlston. Er macht sich keine Mühe die Vorverurteilung zu verbergen.

„Es gibt Stimmen, die von Ketzerei und sogar Hexerei sprechen. Kranke, die hier behandelt worden sind, hätten die Auferstehung unseres Herren im Delirium geleugnet, manche seien danach geheilt, andere wiederum schnell gestorben, wobei sie vorher von einer Gnade Gottes phantasierten. Welche Methoden der Heilung hast du bei diesen armen Geschöpfen angewandt?"

Magdalena ahnt jetzt, dass ihr Amulett in den Focus der Mainzer Gesandtschaft geraten ist. Sie versucht, abzulenken.

„Unsere Krankenstation ist der Äbtissin Hildgard von Bingen geweiht und wir heilen nach ihren medizinischen Regeln." Magdalena vermeidet es bewusst zu betonen, dass Hildegard von Bingen nie eine Hexe oder Ketzerin war.

Der Gesandte hasst aber alle Frauen. Es bricht aus ihm hervor. Auch die Nonnen sind für ihn nicht gleichwertig. Er lehnt sie alle ab. Für ihn sind Frauen minderwertig und mit dämonischer Verführungskunst beseelt.

„Hildegard von Bingen war auch nur ein Weib und du und ihr alle hier seid Weiber und das Weib ist seit dem Sündenfall im Paradies für das Übel auf der Welt verantwortlich."

Magdalena antwortet nichts, was der Inquisitor wohl als

Arroganz versteht und ihn noch wütender, rasend macht.

„Angeblich beeinflusst du die Kranken mit einem Amulett, dass du wie ein heiliges Rauchfass über sie schwenkst. Bringe es sofort her!"

Jetzt ist es eindeutig. Waren es vor einigen Minuten nur Vermutungen, ist es jetzt Gewissheit. Magdalena nimmt sich vor, das Amulett vor dem Bischof zu retten und für die Nachwelt als Heilmittel zu erhalten.

„Es stimmt, dass ich mit dem Amulett der Fischer vom See Genezareth heile, indem ich es über die Kranken halte. Das Amulett ist ein stilisierter Fisch mit angedeutetem Kreuz." Und zögerlich, kleinlaut ringt sie sich zu einer Frage durch.

„Was soll daran dämonisch sein?"

„Der Fisch ist ein urchristliches Symbol, daran ist nichts dämonisch, aber uns ist berichtet worden, dass auf seinen Oberflächen seltsame Symbole eingeritzt seien. Händige es deiner Heiligen Katholischen Kirche zur Prüfung aus, sofort!" Magdalena verzweifelt. Sie will das Amulett unbedingt beschützen.

„Das Amulett ist ein Geschenk eines Tempelritters, der vor langer Zeit auf dem Heimweg aus dem Heiligen Land hier Station machte. Er trug uns auf, es zu bewahren und nie aus den Händen zu geben, da es sonst seine Heilkräfte verlieren würde."

Dem Gesandten verschlägt es für einige Sekunden die Sprache. Ungehorsam und Überheblichkeit einer Nonne darf er niemals akzeptieren.

„Das heißt, ihr wollt das Amulett nicht ausliefern? Falls ihr es nicht ausliefern, beziehungsweise den Aufbewahrungsort mitteilen wollt, muss ich euch in Ketten zu weiteren Befragungen nach Mainz mitnehmen. Ihr wisst sehr wohl, dass der Kerker und eine hochnotpeinliche Befragung auf euch warten könnten?"

„Ich kann und will das Versprechen, das meine Vorgängerinnen dem Templer gegeben haben, nicht brechen. Raodora ist auf die Heilkräfte des Amuletts angewiesen", bleibt Magdalena standhaft.

„Ich fordere dich letztmals auf, das Amulett auszuliefern", gibt der Inqusitor Magdalena noch eine Chance.

Magdalena jedoch rührt sich nicht und schweigt. Ein Fingerzeig des Inquisitors bedeutet den beiden Soldaten, Magdalena Ketten anzulegen. Magdalena lässt dies mit stoischer Ruhe über sich ergehen. Sie wird über das Klostergelände gezerrt und in einen kleinen vergitterten Begleitwagen gesperrt. Die umstehenden Nonnen bekreuzigen sich entsetzt. Ihre Gesichter spiegeln die nackte Angst wider. Magdalena will sie beruhigen.

„Keine Angst, Schwestern, ich werde wiederkommen, als freie Nonne. Unser Herrgott ist mit mir und euch!"

Ein Blick Magdalenas geht zur Priorin des Klosters. Sie weiß, was sie zu tun hat, falls der schlimmste Fall eintreten würde. Ein Hieb mit einem Schwert an die Gitterstäbe des Wagens lässt Magdalena schweigen und zurückweichen.

„Schweig, du Ketzerin und Hexe!"

Sie faltet ihre Hände zum Gebet, soweit das die rauen Ketten zulassen."

*

Miriam legte wieder eine Pause ein, in der sie sich von den Strapazen der Reise in die Vergangenheit erholte, allerdings ohne in die Gegenwart zurückzukehren. Nach wenigen Minuten erzählte sie weiter:

„Der bischöfliche Tross hält vor einer ärmlichen Hütte in der Nähe des Niwenhofs. Wild und laut hämmern die Soldaten gegen die grobe Holztür der Hütte. Ein verängstigter Bauer öffnet und weicht vor der rohen Gewalt zurück. Sie packen und zerren ihn zum Wagen der gefesselten Äbtissin. Ein Offizier fragt Magdalena, ob dieser Bauer vor kurzem mit dem Amulett behandelt worden sei.

„Ja, ich habe ihn behandelt, aber alles, was er danach sprach, war eine Folge seines Fieberdeliriums. Er ist unschuldig."

„Ob er unschuldig ist, wird in Mainz vor dem Bischöflichen Gericht entschieden werden", unterbricht der Offizier Magdalena. Er legt auch den Bauern in Ketten und sperrt ihn zu Magdalena ins Innere des Gefangenentransportes. Magdalena versucht den völlig verstörten Mann zu beruhigen.

„Keine Angst, es wird sich alles aufklären. Die Gerechtigkeit und unser Herrgott sind auf unserer Seite!"

Der Bauer wusste, dass ihn nur Magdalena hören kann. Entsetzt und verzweifelt fragt er sie ganz leise flüsternd:

„Und wer ist auf der Seite des Bischofs?

*

Zwei Tage später kommt der Gefangenentransport in Mainz am Bischofssitz in der Nähe des Doms an, dessen Westseite sich gerade im Bau befindet. Der Gefangenentransport fährt durch die große Baustelle, die eine Betriebsamkeit aufweist, die einem Ameisenhaufen gleicht. Geordnet werden schwere Steinquader von Helfern in Richtung Dom gezogen. Steinmetze und auch Bildhauer bearbeiten Steine für des Innere der Westseite. Auf der Baustelle haben sich viele kleine Versorgungsstände und Unterkünfte für die Bauarbeiter angesiedelt. Aus den Küchen dieser Stände zieht ein Geruch von Kohl- und anderen Suppen über das Areal. Vereinzelt schauen scheue Blicke der Bauarbeiter zum Tross, so als ob sie ahnten, was den Gefangenen bevorsteht.

Der Anführer des Trosses bleibt am Tor der Residenz stehen und spricht mit der Wache.

„Der Gesandte des Bischofs kommt aus Raodora zurück. Er hat zwei der Ketzerei verdächtige Personen dabei, die hier befragt werden müssen."

Das Tor öffnet sich und der Tross fährt innerhalb des Residenzgeländes zu einem schwer bewachten Gebäude, dessen Fenster alle vergittert sind. Magdalena und der Bauer werden ins Innere des Gefängnisses mehr gestoßen als geführt. Sie verschwinden im Keller. Jeder wird in eine Zelle gebracht und an der Wand gegenüber der Eingangstür angekettet. Die Kette ist gerade so lang, dass sie sich auf eine Pritsche legen oder ihre Notdurft in einen Eimer neben der Pritsche verrichten können. Es stinkt nach Schimmel und faulem Stroh, das auf dem Boden ausgebreitet ist. Ab und zu huscht eine Ratte durch das Stroh, auf der Suche nach etwas Essbarem.

Der Keller wird von Wehklagen und Schmerzensschreien durchdrungen. Magdalena versucht sich durch ein stilles Gebet zu stärken. Es gelingt ihr nicht. Tränen rinnen über ihr Gesicht.

„Mein Gott, mein Gott, warum hast du mich und meinen Begleiter aus Raodora verlassen?", klagt sie leise und ist zugleich erschrocken über ihre verzweifelten Worte, die jenen des gekreuzigten Jesu ähneln.

*

129

Der nächste Morgen.

Ein Stück trockenes Brot und Wasser war die karge Nahrung, die beide Gefangenen aus Raodora in Tontellern und Bechern erhalten haben. Am frühen Morgen werden sie beide vom Kerkermeister in einen Versammlungssaal gebracht. Der Bischof Siegfried von Eppstein, sein Stellvertreter und ein Gesandter der Heiligen Römischen Inquisition sollen das Tribunal bilden. Aber sie lassen Magdalena und den Bauern lange stehend warten. Irgendwann geht die Tür zum Versammlungssaal auf. Bischof Siegfried von Eppstein, sein Stellvertreter und ein Gesandter der Römisch-Katholischen Inquisition treten Respekt einflößend ein.

„Gelobt sei Jesus Christus", begrüßen sie die Beschuldigten.

Über die Lippen Magdalenas und ihres mitangeklagten Begleiters kommen keine Worte. Sie verbeugen sich ergeben, stehen in Ketten vor ihren Richtern, geschwächt und verängstigt. Siegfried von Eppstein beginnt mit der Anklageschrift. Er rollt eine Schriftrolle auf und verkündet anklagend, ja fast hysterisch, in einem aufgeblähten Wortschwall die ketzerischen Praktiken Magdalenas. Dann geht sein prüfender Blick hinüber zu Magdalena, anschließend herablassend zu dem zitternden Bauern.

„Ich fasse zusammen. Ihr werdet beide der Ketzerei und auch Hexerei angeklagt, mit einem teuflischen Amulett in einem der heiligen Maria geweihten Kloster des Fleckens Raodora gearbeitet und die Auferstehung unseres Herrn bezweifelt zu haben. Was sagt ihr zu dieser Anschuldigung? Zunächst du, du armseliger Handlanger des Teufels", versucht er den Bauern einzuschüchtern.

„Ich kann mich an nichts erinnern. Ich war krank und lange Zeit ohne Sinnen. Wenn ich etwas gegen unsere Mutter Kirche gesagt haben soll, dann war es", jetzt ringt er nach Worten, wird aber sofort vom Gesandten der Römischen Inquisition unterbrochen, „dann war es wer?"

„Ich weiß nicht, was der Gnädige Herr meinen. Ich weiß nicht, ob ich etwas gesagt habe."

„Wir werden dir mit geeigneten Mitteln helfen, dich zu erinnern", drohte der Stellvertreter des Bischofs und blickt zu einem Vorhang, der neben dem Eingang einen weiteren Raum verbirgt.

Siegfried von Eppstein wendet sich Magdalena zu.

„Wieso habt ihr euch den Namen Magdalena gegeben, als ihr endgültig ins Kloster eingetreten seid?"

Magdalena zögert.

„Die heilige Magdalena verehrte Jesus und ich tue es auch. Das ist der Grund meiner Namenswahl."

„Du weißt doch sicher, dass Magdalena das erste Weib war, die den vom Tode auferstandenen Jesus vor seiner Grabkammer gesehen hat?", belehrt Siegfried hinterlistig.

„Das ist richtig, ich weiß es."

„Und trotzdem heilst du mit einem Amulett, das Kranke derart verhext, dass sie die Auferstehung leugnen?", fragt Siegfried weiter.

Magdalena verteidigt sich und ihren verängstigten Mitangeklagten jetzt immer geschickter.

„Wenn eure Exzellenz die Worte des Armen zu meiner Seite meinen, die er im Delirium gesagt hat, so möchte ich hier vor Gericht betonen, dass er davon sprach, dass Jesus nach seiner Kreuzigung in ein fernes Land am Fuße mächtiger Berge geflohen ist. Er hat also nicht die Auferstehung geleugnet."

Siegfried von Eppstein zögert einige Augenblicke.

„Nun ja, selbst wenn ich das so gelten ließe, so leugnet er doch mit diesen Worten die Himmelfahrt Christi. Es steht nirgends in der Bibel, dass Jesus in ein fernes Land am Fuße mächtiger

Berge geflohen sei. Stimmst du mir zu?"

Magdalena schüttelt den Kopf und widerspricht mutig.

„Nein, er sprach im Delirium und hat nichts geleugnet. Ein fernes Land am Fuße mächtiger Berge kann für einen Bauern aus Raodora gleichbedeutend mit dem Himmel sein."

Siegfried hebt nun beschwörend ein kleines Kreuz Magdalena entgegen.

„Hier steht nun These gegen Antithese. Lassen wir sie beide für den Moment so stehen. Nur Gott weiß, wer Recht hat. Aber sage mir, was steht auf dem Amulett. Uns wurde von seltsamer Schrift berichtet. Kann es sein, dass diese Schrift verhext ist und deshalb deine Kranken verführt, die Aussagen der Bibel zu leugnen? Wo ist das Amulett und wer hat mit diesem Amulett noch gearbeitet?"

Magdalena antwortet wahrheitsgemäß klar und ohne Angst.

„Ja, auf dem Amulett stehen auf Vor- und Rückseite fremdartige Schriftzüge. Der Tempelritter hat meinen Vorgängerinnen erzählt, dass es gesegnete Texte seien. Das habe ich so übernommen und sie nie infrage gestellt. Für mich ist es nur wichtig, dass ich mit dem Amulett heilen kann." Dann schweigt sie. Sie will nicht den Aufbewahrungsort des Amuletts verraten und das Tribunal provozieren, dass alle Äbtissinnen geschworen haben, das Amulett nie aus der Hand zu geben."

Der Stellvertreter des Bischofs meldet sich laut zu Wort.

„Wir kommen mit ihr genau so wenig weiter, wie mit dem Bauern hier. Er will nicht sagen, wer aus ihm gesprochen hat und die Nonne will uns nicht sagen, wo das Amulett versteckt ist und wer noch von den geheimnisvollen Schriften auf dem Amulett weiß. Da ihr beide zu keinerlei Geständnissen neigt, müssen wir härter in das Verhör einsteigen."

Er winkt der Wache am Eingang, den Vorhang zu öffnen.

Magdalena und dem Bauern steht das Entsetzen ins Gesicht geschrieben, als sie die bisher verborgenen Werkzeuge des Schreckens sehen.

„Bisher habe ich geglaubt, dass der Vorwurf der Folter nur ein Gerücht sei. Meine Heilige Katholische Kirche foltert?", zeigt sie dem Bischof ihre Abscheu. Dem Bischof steigt die Zornesröte ins Gesicht und wutentbrannt unterbricht er Magdalena.

„Schweig, Nonne! Bisher habt ihr kein Geständnis abgelegt!"

„Wir sind unschuldig", murmelt Magdalena.

Der Stellvertreter des Bischofs hilft seinem Bischof und zeigt immer mehr, dass er die Unterwerfung Magdalenas erreichen will. Er will sie brechen. Fast schon arrogant erklärt er, was vor ihnen aufgereiht ist. Manches Folterinstrument nimmt er in seine Hände, anderes erwähnt er nur.

„Noch zeigen wir euch nur die Werkzeuge, die die Wahrheit ans Licht bringen können, wenn ihr es euch nicht doch noch anders überlegt:

- die Fingerschraube
Ihr könnt euch denken, wie man sie benutzt.

- den Schwedentrunk
Falls ihr immer noch schweigt, wird euch das Wasser, das euch fast ertrinken lässt, zum Einlenken bringen.

- die Stachelrolle
Sie kann sich tief in eure Ketzerkörper bohren und euer verdorbenes Fleisch herausreißen.

- das spanische Stiefelpaar

Falls ihr diese Stiefel anprobiert, werdet ihr nie mehr ohne Krücken laufen können.

- die Streckbank

Jetzt schaut er fast amüsiert zum Bauern. Danach bist du eine Handbreit größer.

- die Garotte

Auch ein schönes Werkzeug. Sie wird sich um euren Hals legen. Ihr werdet noch merken, wie ihr immer weniger Luft bekommt. Dann ist es aus, es sei denn wir lockern und ziehen an, lockern und ziehen an, bis ihr die Wahrheit sagt."

Also nochmal unsere Fragen:

„Wer hat aus dir gesprochen, sprich Bauer, sprich!
Und du Nonne, wo hast du das Amulett versteckt und wer kennt noch die Inschriften?"

Magdalena versucht ein letztes Mal verzweifelt das Tribunal von ihrer beider Unschuld zu überzeugen. Der Inquisitor aus Rom schüttelt den Kopf. Er hielt sich bisher zurück, aber hat den klaren Auftrag, das Amulett nach Rom zu bringen.

„Beginnen wir mit der hochnotpeinlichen Befragung des Bauern und du, Nonne, wirst dir anhören, was er zu jammern oder auch zu gestehen hat."

*

Zwei Soldaten zerren den zitternden Angeklagten zu den Foltergeräten und ein Dritter schließt den Vorhang. Magdalena muss davorstehen und warten. Nicht lange und die ersten verzweifelten Schmerzensschreie dringen durch den Vorhang.

„In bitte euch in Gottes Namen, hört auf! Er ist unschuldig!"
„Dann sagt uns, wo ihr das Amulett versteckt habt oder wer noch davon weiß. Nur du kannst seine Qualen beenden", wiederholt der Bischof beharrlich.
„Ich darf nichts sagen, Gott sei dir gnädig", ruft Magdalena dem Bauern hinter dem Foltervorhang zu.
Weinerliches Wehklagen ist die Antwort. Kurze Zeit später, Geräusche von fließendem Wasser und ein schweres Atmen, das immer wieder von jetzt plätscherndem Wasser übertönt wird.
„Er ist schon bewusstlos, was sollen wir weiter machen?", kommt die Frage hinter dem Vorhang an das Tribunal.
„Ah, er kommt wieder."
„Dann verhört ihn mit der Stachelrolle", weist der Römer die Folterknechte an.
Man hört, wie das Hemd des Bauern zerrissen wird. Ein kurzer, gellender Schrei, dann Stille.
„Er ist tot."
„Ihr Iqdioten, so schnell sollte er nicht sterben. Wir kommen nicht weiter", blickt der Bischof zu Magdalena. Sie schüttelt den Kopf, ohne den Bischof anzusehen.
„Das will unser Heiland nicht. Ihr Folterknechte sollt in der Hölle brennen, wenn eure Tage gekommen sind."
„Wir werden sehen, wer zuerst in der Hölle ist. Legt ihr die Fingerschrauben an", befiehlt der Bischof.
Während die Folterknechte die Fingerschrauben immer enger ziehen, versucht Magdalena dem Schmerz durch intensive Gebete zu entfliehen. Der folgende Schwedentrunk und selbst

die Stachelrolle können ihren Widerstand nicht brechen. Der spanische Stiefel durchbohrt Magdalenas Füße und Knöchel, aber noch immer kein Wehklagen. Der Inquisitor und der Bischof rasen vor Wut. Sie ziehen sich zur Beratung zurück.

*

„Sie ist widerstandsfähiger als dieser Bauer, dieser Schwächling. Ein letzter Versuch auf der Streckbank bleibt. Wenn der nichts bringt, verbrennen wir sie. Die Garotte wäre ja im Gegensatz zum Scheiterhaufen fast schon ein Gnadenakt und den bekommt diese Ketzerin nicht von uns."
Nach dieser kurzen Beratung kommt das Tribunal in den Versammlungsraum zurück.
„Auf die Streckbank mit ihr!"
Magdalena konnte nicht mehr laufen, ihre Finger sind zerquetscht, ihr Rücken übersät von großen Fleischwunden. Sie wird von zwei Folterknechten auf die Streckbank geworfen, Hände und Füße dort angekettet. Ein Fingerzeig des Bischofs und einer der Knechte dreht langsam das Rad des Streckbankgetriebes, zunächst nur so viel, dass die Schmerzen gerade noch erträglich sind.
„Wo ist das Amulett?"
Keine Antwort, nur ein leichtes Stöhnen kommt über Magdalenas Lippen.

Knack, Knack, die Streckbank arbeitet unerbittlich.

Da, ein Reißen der ersten Muskelstränge der Oberschenkel und der Oberarme Magdalenas.
„Wo ist das Amulett?"

136

Magdalena nimmt all ihre verbliebene Kraft zusammen und spukt dem Bischof und dem Inqisitor eine blutige Masse ins Gesicht.

Knack, Knack.

Magdalena ist bewusstlos, fast leblos.

„Sperrt sie wieder weg. Sie muss vom Teufel besessen sein, diese Ketzerin. Alleine kann sie unmöglich diese Schmerzen ertragen."

Das Tribunal zieht sich wieder zur Beratung zurück. Am nächsten Tag wollen sie das Urteil verkünden.

*

Der nächste Morgen.
Der Leichnam des Bauern aus Raodora wird auf dem Platz vor dem Dom auf einem Scheiterhaufen verbrannt. Ein Schild weist daraufhin, dass er aus Raodora stammt und gestern vor dem Tribunal des Bischofs der Ketzerei überführt worden ist, aber schon während des Geständnisses gestorben sei. Die Verbrennung auf dem Scheiterhaufen solle verhindern, am jüngsten Tag wieder auferstehen zu können.

Während der Verbrennung wird Magdalena in der Residenz des Bischofs in den Versammlungsraum des Tribunals getragen. Ihre geschundenen Füße und ihr allgemein geschwächter und fast blutleerer Körper lassen ein selbständiges Gehen nicht zu. Der Bischof, der Stellvertreter und der Inquisitor erheben sich zur Urteilsverkündung. Siegfried von Eppstein nimmt die Urkunde der Verurteilung langsam und bedächtig in die Hände und beginnt beschwörend vorzulesen:

„Im Namen der Heiligen Katholischen Kirche übergeben wir die Nonne und Äbtissin des Klosters zur Heiligen Maria über dem Fluss Rodaha der irdischen Blutgerichtsbarkeit. Sie wird von uns zum Tode auf dem Scheiterhaufen verurteilt, weil Magdalena eine ketzerische Zusammenarbeit mit Tempelrittern und dem Teufel vorgeworfen wird. Diese Templer haben vor langer Zeit ein fischähnliches Amulett mit einer ketzerischen Inschrift aus dem Heiligen Land aus muslimischen Besitzungen nach Europa geschmuggelt. Magdalena benutzte dieses Ketzer-Instrument zum Zwecke der Heilung Kranker und weigert sich, dieses der Kirche zu übergeben.

Für alle Zeiten, bis zum Jüngsten Tag, wird gefordert, dass jeder gute Christ dieses Amulett, falls es gefunden wird, sofort der Heiligen Inquisition übergeben muss, um Unheil und Zweifel abzuwenden und um das Fundament des christlichen Glaubens nicht zu erschüttern.

Magdalena soll im Garten ihres Klosters zur Abschreckung verbrannt werden, ihre Überreste sollen in dem Flecken Raodora aufgehängt werden, bis die Vögel und Raubgetier nur noch das Skelett übriggelassen haben.

Danach sollen das Kloster, seine Mauern und Fundamente dem Erdboden gleich gemacht werden. Nichts soll auf diesen Ort der Ketzerei hinweisen in der Gegenwart und für alle kommenden Zeiten."

Magdalena nimmt das Urteil hin. Sie hat mit dieser irdischen Katholischen Kirche gebrochen und sie fühlt, dass ihr Tod nahe ist.

*

Es ist späte Nacht.
Ein Folterknecht hat für heute einen letzten Auftrag.

Der Kerkermeister öffnet ihm den Zugang.
„Ich habe einen Sonderauftrag des Tribunals. Ich soll mit Magdalena etwas aushandeln", lügt er.
„Was kann man mit der malträtierten Ketzerin schon noch aushandeln? Sie ist dem Tod näher als dem Leben", entgegnet der Kerkermeister.
„Gerade darum geht es. Die Mitglieder des Tribunals möchten absolut ausschließen, dass Magdalena im Jenseits in den Himmel aufgenommen wird. Du verstehst, was ich meine und was mein Auftrag ist?", fragte der Folterknecht überheblich.
„Nein, ich will es auch gar nicht wissen."
„Du weißt schon, dass nur jungfräuliche Nonnen in den Himmel aufgenommen werden? Dann kannst du dir jetzt auch denken, was mein Auftrag ist", prahlt der Knecht.
Der Kerkermeister schüttelt den Kopf über so viel

Ungeheuerlichkeit, öffnet aber Magdalenas Zellentür.

*

Magdalena liegt völlig entkräftet und an Händen, Rücken und Füßen blutend auf ihrer Pritsche. Ein Blick zum eintretenden Folterknecht genügt ihr, um zu erkennen, was ihr bevorsteht. Sie bäumt sich ein letztes Mal gegen das ihr jetzt zusätzlich drohende Schicksal auf.

„Ich sehe dir die Gier an. Sie tropft dir geradezu aus der ausgebeulten Hose, du armer Wicht. Vorhin warst du groß, jetzt kommst du mir gar nicht mehr so groß und stattlich vor", geht sie mit allerletzter Kraft und bewussten Worten gegen ihren Peiniger vor.

„Du weißt doch, ich bin eine verurteilte Ketzerin und Hexe. Was glaubst du, passiert mit deinem Schwanz, wenn du mich anrührst. Ich werde dich verhexen und dir wird er abfaulen. Pestilenz und Geschwüre am Schwanz, genau die werde ich dir anzaubern. Mal schauen, ob ich den Zauberspruch noch weiß", gibt sie mit letzter Kraft vor. Sie kennt sehr wohl die Einfalt und den Aberglauben dieser Handlanger.

„Aber nein, ihr versteht mich falsch. Ich soll euch nur eine Botschaft überbringen. Ich will euch nichts mehr antun", überschlägt sich der Folterknecht urplötzlich in schneller Folge mit Worten, verängstigt und eingeschüchtert.

„Und was ist die Botschaft?"

„Der Rücktransport nach Raodora ist für den kommenden Morgen festgelegt", stammelt er ausweichend, dreht sich um und klopft dem Kerkermeister, dass ihm die Tür geöffnet werden solle.

„Das ging aber schnell", grinst dieser. „Bist wohl einer von der schnellen Zunft?"

„Ein Wort zu den hohen Herren oder dem Bischof und du landest bei mir auf der Streckbank", stößt der Folterknecht hervor.

„Nur ruhig Blut, dein Geheimnis ist bei mir sicher, so sicher wie meine Gefangenen in ihren Zellen."

*

Zwei Tage später schon bewegt sich der Gefangenen-Tross mit der jetzt verurteilten Ketzerin erneut durch Raodora. In der Nähe des Niwenhofs lässt der Offizier der bischöflichen Schergengarde anhalten. Ein Trommler und ein Trompeter geben der Bevölkerung ein Signal, dass eine Bekanntmachung von höchster Stelle bevorsteht. Langsam füllt sich der Platz um den Tross mit neugierigen Untertanen.

Einige Bewohner haben noch die Hoffnung, dass Magdalena gesund und rehabilitiert aus Mainz zurückgebracht werde. Doch sie werden schlimm enttäuscht. Der Offizier verkündet das Todesurteil Magdalenas auf dem Scheiterhaufen, der im Klostergarten aufgeschichtet werden soll.

Entsetzen und verdeckte Aufforderungen zu Gewalt und Aufstand gegen den Bischof und seine Soldaten sind die Folge. Die Soldaten, die um den Gefangenentransport und den Offizier postiert waren ersticken den Widerstand im Keim. Drohend richten sie ihre Armbrüste und Lanzen gegen das Volk.

„Das Urteil wird morgen zur Zeit des Angelus-Gebetes vollstreckt werden", beendet der Offizier des Bischofs die Verkündung. Unter dem machtlosen Protest der umstehenden Bevölkerung setzt sich der Tross in Bewegung zum nur wenige hundert Meter entfernten Kloster.

141

*

Magdalena wird von den Nonnen ins Kloster getragen und in ihrer Kammer behutsam aufs Bett gelegt. Vor ihrer Kammer werden zwei Soldaten postiert. Nur der Priorin wird erlaubt, sie zu besuchen. „Ich habe den Glauben an die Heilige Katholischen Kirche verloren. Mir kommt es vor, als ob Teufel in den Bistümern und in Rom eingezogen sind", ist die Priorin verzweifelt.

„Glaube nicht an die heutige Kirche in Rom und ihre Statthalter in den Bistümern. Glaube an Gott den Allmächtigen und befolge die Lehren Jesu", versucht Magdalena ihre Stellvertreterin zu trösten. „Morgen werde ich sterben. Ich bete, dass unser Herrgott mir schnell das Bewusstsein nehmen wird. Leider werden diese Mainzer Schurken auch das Kloster vom Erdboden tilgen. Alle Steine, Grundmauern und vor allem alle Grabsteine werden sie entfernen und in der Umgebung verstreuen. Nichts soll mehr auf das Kloster hier hinweisen. Das Misstrauen sitzt tief in Mainz. Aber, sie haben Angst vor der Inschrift auf unserem Amulett. Die Angst ist fundamental. Ich ahne, dass sie um ihre Macht über die Schar der Christen fürchten, wenn der Text übersetzt wird, was auch immer sich dahinter verbirgt. Vielleicht sollten wir gerade wegen der Brisanz der Inschrift das Amulett nie in fremde Hände geben? Vielleicht ist diese Inschrift eins der vielen Geheimnisse der Templer?"

„Ich werde das Amulett hüten und so verstecken, dass es niemand dieser Schergen finden wird", verspricht die Priorin Magdalena, der man anmerkt, sich nur mit Mühe bei Bewusstsein halten zu können. Die Priorin beginnt an

Magdalenas Bett den Rosenkranz der schmerzhaften Geheimnisse und auch der glorreichen Geheimnisse zu beten.

„Ja, du hast recht so, bete auch in Zukunft immer wieder die Passion Jesu und die Auferstehung Jesu", bittet Magdalena die Priorin mit ersterbender Stimme. Dann fällt sie in einen gnädigen Schlaf der Erschöpfung bis zum nächsten Morgen, begleitet von der betenden und Wache haltenden Priorin.

*

Die bereits dem Tode nahe Magdalena wird von den Soldaten am späten Vormittag kurz vor dem Angelus-Gebet in den Mittelpunkt des Klostergartens gezerrt. Nur mit Mühe erreicht sie die erhöht aufgebaute Richtstätte, vereinzelt stehen Nonnen wehklagend und betend im Garten. Sie sind entsetzt und die Angst steht ihnen ins Gesicht geschrieben. Der größte Teil der Nonnen hat sich jedoch bereits in die nahe Holzkirche zurückgezogen. Sie wollen die Hinrichtung nicht mitansehen und flüchten sich verzweifelt in Gebete, dennoch wissend, dass Gott heute und hier nicht eingreifen wird. Die Einwohner Raodoras zeigen ihren Protest durch Abwesenheit, manche aber auch nur ihre Furcht. Niemand glaubt an die Schuld Magdalenas.

Magdalena wird an den Pfahl, der aus dem Holz- und Reisighaufen herausragt, angekettet. Sie kann sich kaum noch auf den Beinen halten, ihre Nonnentracht ist von der Folter zerfetzt und blutverschmiert. Sie hatte sich am Vorabend geweigert, diesen Beweis der Entartung der Katholische Kirche zu wechseln. Jeder soll sehen, wie mit grausamen Verhörmethoden Geständnisse erzwungen werden. Ein Priester ist vom Bischof nach Raodora entsandt worden, um

Magdalena die Beichte abzunehmen, mit dem Hintergedanken, vielleicht doch noch den Verbleib des Amuletts aufzuklären. Er steht ganz nahe am Scheiterhaufen und erhebt beschwörend, fast drohend, das Kreuz vor Magdalenas Gesicht. Keine Worte des Trostes kommen über seine Lippen, nur die der Anklage.

„Magdalena, verurteilte Ketzerin und ehemalige Äbtissin dieses Klosters, diesem Ort der Ketzerei und der frühen Aufstände schon gegen Kaiser Karl den Großen, Gott habe ihn selig. Möchtest du dein Gewissen doch noch erleichtern?"

Magdalena schweigt, schaut zum Himmel, verachtet so den obrigkeitshörigen Priester des Bischofs. Er tritt zurück, entfernt sich vom Scheiterhaufen. Ein Trommelwirbel läutet die vorletzte Phase der Hinrichtung ein. Der Offizier des Soldatentrosses verliest noch einmal das Dokument der Verurteilung und betont die gleichzeitige Zerstörung des gesamten Klosterareals.

Danach Schweigen.

„Scharfrichter und Soldaten, waltet eures Amtes!"

Gleichzeitig senken sie die Fackeln, zum Holz des Scheiterhaufens und an die Fundamente aller Gebäude des Klosters. Nicht lange und ein Feuersturm erfasst die gesamte Klosteranlage. Flammen züngeln aus den Fenstern, der hölzerne Kreuzgang wirkt wie ein Brandbeschleuniger. Der Scheiterhaufen, der in der Mitte des Klostergartens steht, ist im Nu meterhoch in dichte Flammen gehüllt. Magdalena spürt nur die Hitze des Höllenfeuers, dann, ein erstickender Schrei und sie sinkt in gnädige Bewusstlosigkeit. Ihr Martyrium hat endlich ein Ende.

Stunden später, der Gestank von verbranntem menschlichen Fleisch zieht durch die rauchenden Ruinen des jetzt ehemaligen Klosters Rotaha, eine trügerische, gespenstische Atmosphäre. Die Soldaten ziehen sich in den Niwenhof zurück.

Sie wollen das Werk der totalen Zerstörung am nächsten Morgen zu Ende bringen.

*

Der nächste Morgen.

Verzweifelt, noch angeschlagen vom Gelage der letzten Nacht und voller Angst vor seinem Dienstherrn Siegfried von Eppstein, sucht der Henker die Überreste Magdalenas. Sie und alle Nonnen des Klosters sind spurlos verschwunden. Dem Offizier des Soldatentrosses scheint dies gleich zu sein.

„Zerstört jetzt den Rest des Klosterareals und dann machen wir uns auf, zurück nach Mainz. Dieses Dorf hier und die sumpfige Gegend um den lächerlich kleinen Fluss öden mich an."

Ackergäule der Bauern Raodoras werden vor den wenigen Ruinen, die der Feuersturm der letzten Nacht übriggelassen hatte, eingespannt. Sie stampfen los und bringen die restlichen Mauern zum Einsturz. Auch die Streifenfundamente werden so aus dem Boden gezogen. Tagelöhner, die bereits vor zwei Tagen angeheuert worden waren, laden die Steine auf Fuhrwerke. Die alten verwitterten Grabsteine früherer Äbtissinnen werden zuerst mit schweren Hämmern zertrümmert und auf ein weiteres Fuhrwerk geladen, das die steinernen Zeugen früherer Größe zu weit entfernten Flüssen und Steinbrüchen bringt, um keinerlei Spuren für die Nachwelt zu hinterlassen. Nach einigen Tagen ist das gesamte Areal eingeebnet und von schweren Steinbrocken gesäubert. Nichts deutet mehr auf das ehemalige Kloster hin. Tief unter der Erde ruhen, scheinbar für immer verborgen, die Gebeine der Gründerinnen und aller anderen Klosterfrauen. Magdalena, die letzte Äbtissin Rotahas, ruht

145

etwas weiter weg, unerkannt, im heutigen Kirchgarten von St. Nazarius.

Archäologen und deren studentische Helfer werden in einigen hundert Jahren vergeblich versuchen, Spuren des Klosters Rotaha zu finden.“

Miriam schwieg nun. Sie atmete gleichmäßig und schien entspannt. Langsam öffnete sie ihre Augen. Ihr Blick war orientierungslos, bis sie Paul wiedererkannte. Noch ganz benommen von dieser intensiven Erfahrung fragte sie ihn.

„Wie lange war ich weg?“

Paul schaltete die Diktier-App seines Handys aus.

„Du warst ungefähr eine Dreiviertelstunde mit deinem Geist wie ein Beobachter in der Vergangenheit. Ich habe noch nie so etwas erlebt. Du hast erzählt, als ob du direkt danebenstehen würdest. Kannst du dich jetzt noch an alles erinnern, was du gesehen hast?“

„Größtenteils. Hellsichtige Personen haben im Gehirn so etwas wie eine Schutzfunktion. Wenn es aber zu arg wird, senkt sich nach der Trance das große Vergessen über die Erinnerung.“

Von der Sitzbank aus konnte Miriam gut den Keltenzug sehen sowie in der leichten Talsenke die Ortschaft Ober-Roden mit dem Rodgaudom St. Nazarius im Mittelpunkt. Ihr Blick schweifte in die Ferne.

„Mit der Hellsichtigkeit ist das so eine Sache. Das, was ein Medium erzählt, muss nicht wortwörtlich stimmen. Es sind Situationen und Gefühle, die sich im Geist des Mediums zu Personen und Aktionen verdichten. Es wird sicherlich interessant sein, wie Elo die Aufnahmen der Vergangenheit einordnen wird.“

Miriam erholte sich rasch und überrumpelte Paul mit einer

neuen Idee.

„Ich schlage vor, wir verlassen jetzt am besten diesen Ort. Ich habe genug von der Vergangenheit, Folter und Mord. Auch das Kräutersammeln verschieben wir, stattdessen suchen wir uns hier etwas Abwechslung und gehen dann zu mir heim, um den Tag ruhig ausklingen zu lassen."

*

16.   Ein sizilianischer Kunsthändler

Das Büro war riesig, in einem zumindest äußerlich recht
schäbig wirkenden palastähnlichen Gebäude in einer
Ortschaft in den Bergen Südsiziliens. Die Fassade hatte schon
bessere Tage gesehen. Sie erinnerte an die typischen Mafia-
Filme des 20. Jahrhunderts, verzierte Fensterrahmen,
kunstvolle Dachgiebel und ein pompöser Torbogen mit einem
ebenfalls antiquarisch wirkenden Holztor.
Das Telefon klingelte. Ein grantig gelaunter Mann, graues
Haar, Alter Ende Vierzig, blies gerade genüsslich einen kleinen
verwirbelten Rauchring auf den mit großen Marmorplatten
gefliesten Boden. Nach drei oder vier Klingelzeichen beugte er
seinen schlanken Körper vornüber und hob den Hörer des
deutschen W48-Telefons von der Gabel.
„Pronto, Alfredo Arte, agencia per il commercio delle opere
d'arte", die knappe, rauchgeschwängerte Antwort, die so viel
sagte wie: „Ja, Alfredo Arte , Agentur für Kunsthandel, was
kann ich für Sie tun?"
Der Anrufer glaubte nicht, dass Alfredo Arte der tatsächliche
Name des Angerufenen war, aber das spielte für ihn keine
Rolle.
„Wir möchten deine Organisation beauftragen, für unsere
Gesellschaft ein Amulett zu erwerben. Mit
„Erwerben" meinen wir, wir wollen es unbedingt haben, egal,
wie du das bewerkstelligst", wurde Alfredo arrogant per Du
angesprochen.
„Mit wem habe ich die Ehre?", wollte Alfredo übertrieben
höflich wissen.
„Wir möchten unerkannt bleiben!", war die für Alfredo
unbefriedigende, aber klare und fordernde Antwort.
Gleichzeitig wusste er, dass Aufträge von Unbekannten im

Metier Kunsthandel nicht unüblich waren. Seine Agentur beschaffte Kunstwerke auf Bestellung und Provision, wobei die Beschaffung oft eine Gratwanderung zwischen Legalität und Illegalität bedeutete.

„Um was für ein Amulett handelt es sich denn? Etwa aus Gold mit Diamanten, Platin, Silber?"

Zunächst Stille.

Dann die seriöse Erklärung.

„Es handelt sich um eine Keramik. Vor kurzem bei einer archäologischen Grabung ans Tageslicht gefördert. Es war viele Jahrhunderte verschollen. Öffne deine E-Mails, wir haben dir einen Zeitungsausschnitt mit einem Foto und weiteren Details geschickt."

Alfredo, war irritiert. Seine Agentur hatte keinen Internetauftritt und trotzdem wollte der Gesprächspartner am anderen Ende der Verbindung eine Kopie des Amuletts an sein Postfach gesendet haben? Woher hatte er seine E-Mail-Adresse? Er öffnete die Mail und sah die Kopie eines Zeitungsausschnittes mit dem Foto eines fischähnlichen Amuletts, auf den Oberflächen fremdartige Schriftzeichen. Sogleich vermutete er, dass er das Amulett wohl für eine religiöse Organisation beschaffen sollte. Ein Fisch, alte Schriftzeichen und ein angedeutetes Kreuz, alles urchristliche Symbole.

„Sollen wir das Amulett nach Rom bringen, wenn wir es erstanden haben?", fragte er, um so eventuell die Adresse dieses geheimnisvollen Auftraggebers zu erfahren.

„Gib dir keine Mühe, wir kommen auf dich zu. Wir wollen keinen Kontakt von euch mit unserer Organisation!", erkannte der Anrufer die Fangfrage.

„Dieser Auftrag wird nicht ganz billig. Auf der Zeitungskopie ist erkennbar, wo sich das Amulett gerade befindet, dass es quasi in staatlicher Hand ist. Alfredo wusste, dass die finanzielle Abklärung des Vorhabens telefonisch nur über einen kryptischen Dialog geführt werden durfte.

„Die Archäologin zu überzeugen wird mit Sicherheit nicht einfach werden. Ich muss einige Spezialisten meiner Firma beauftragen", begann Alfredo seine Forderung zu beschreiben. Der Anrufer wusste sofort, was Alfredo ihm mitteilen wollte und antwortete in ähnlicher Weise.

„Wir haben deine Firma schon in die Lage versetzt uns zu bedienen ", kam ein Hinweis.

Alfredo deutete diese Botschaft und checkte parallel zum Telefonat das Konto. Er überflog die Daten.

Aha, 250 000 Euro haben Sie angezahlt, ließ sich Alfredo seine Überraschung nicht anmerken. „Ja stimmt, ich sehe gerade, dass Sie unsere Ressourcen gut kennen. Wir können mit der Arbeit beginnen."

Wieder Stille.

Dann eine umschriebene Drohung.

„Wir sind gut vernetzt, unsere Kontrahenten, von denen es aber nur noch sehr wenige gibt, sind der Meinung, wir seien allwissend", versuchte er Alfredo einzuschüchtern. „Wirtschaften Sie gut!"

„Okay, ich habe verstanden." *Das ist der Endpreis, mehr wollen sie auf keinen Fall zahlen,* war ihm klar.

Das Gespräch und die Drohung waren noch nicht zu Ende.

„Und noch ein letzter Hinweis: Enttäuscht uns nicht! Die Ressourcen zu verbrauchen, ohne die Gegenleistung zu erbringen, wäre keine gute Idee. Ich habe dir ja gesagt, wir sind gut vernetzt."

Alfredo wusste nun, dass er es mit einem mächtigen, wahrscheinlich auch aggressiven Auftraggeber zu tun hatte. Dennoch fühlte er sich nicht hilflos, denn hinter seinem Kunsthandel standen zahlreiche sizilianische untereinander befreundete Clans, die schützend die Hand über ihn hielten - natürlich gegen Bezahlung.

„Am besten setzt du dich sofort ins Flugzeug nach Frankfurt und nimmst Kontakt zu dieser Archäologin aus Rödermark auf", war die klare Ansage für Alfredo.

Obwohl Alfredo noch nicht einmal die Umgebung Rödermarks und das Umfeld der Archäologin recherchieren konnte, nahm er den Auftrag entgegen.

„Okay, wir sind einig. Bis wann soll der Auftrag erledigt sein?"

„So schnell wie möglich. Wir beobachten euch!"

Die Verbindung wurde ohne weitere Worte unterbrochen.

*

Alfredo landete schon am nächsten Nachmittag auf dem Frankfurter Flughafen und fuhr mit dem Taxi gleich weiter nach Mannheim zu seinem gebuchten Hotel. Er bevorzugte Mannheim, weil viele italienische Gastarbeiter aus seiner Heimatgemeinde dort in der chemischen Industrie Arbeit gefunden hatten. Diese Gastarbeiter, deren Familien und ein Geflecht italienischer Restaurants bildeten ein für Alfredo wichtiges Netzwerk. Spät nachmittags telefonierte er mit Elo Stallmeister. Er stellte sich vor und bat um ein vertrauliches Gespräch in Ober-Roden. Elo wusste nicht so recht, wie sie diese Bitte einordnen sollte, verabredete sich aber dennoch für den nächsten Morgen um 10 Uhr in ihrem Büro.

*

Alfredo traf sich abends mit Geschäftspartnern der „Organizzazione Sicilia - Organisation Sizilien", in einem verrauchten Nebenraum einer Pizzeria in der Innenstadt Mannheims. Sie waren für seine persönliche Sicherheit und die der Vertriebswege der Kunstgegenstände verantwortlich. Er informierte sie über den Auftrag, den er in der nächsten Zeit ausführen müsse.

„Man hat mir 250 000 Euro zur Beschaffung dieser Keramik überwiesen". Er legte eine Kopie des Zeitungsausschnittes auf den Tisch, den er am Vortag erhalten hatte und zeigte auch gleichzeitig eine Kopie des Kontoauszuges über 250 000 Euro. Für Alfredo war klar, dass er mit offenen Karten spielen und die gesamte Summe offenlegen musste.

„Könnt ihr euch einen Reim daraus machen, warum man für ein paar hundert Jahre altes Keramikteil so viel Geld investiert? Habt ihr über eure Informationskanäle etwas über dieses Amulett gehört?"

In diesem Moment ging eine Hintertür des Nebenraums auf. Ein älterer Herr im schicken Dress erschien mit zwei jüngeren, muskulösen Männern an seiner Seite. Sofort kehrte Ruhe ein. Alle waren gespannt, was der Patron des Mannheimer Ablegers der Organisation Sizilien zu sagen hatte.

„Alfredo, du fragst zu viel. Schön, dass du uns über die gesamte Geldsumme informierst. Wir geben dir 50 000 Euro, damit besorgst du das Amulett und bestellst deinem Auftraggeber, wo er es in Sizilien abholen kann. Wir teilen dir später die Adresse zur Weitergabe mit. Deine Arbeit ist dann

152

getan. Die 50 000 Euro schließen auch deinen Lohn mit ein."
Wortlos übergab Alfredo dem Patron einen Scheck über die
200 000 Euro
„Lächelnd und schon weiter an die nahe Zukunft denkend
schloss dieser, bevor er mit dem Scheck verschwand:
„Wahrscheinlich ist das Amulett mehr wert. Sobald du das
Amulett erworben hast, übergibst du es mir!"
Alfredo hatte geahnt, dass dies alles so kommen würde, warf
aber ein: „Patron, mit meinem Auftraggeber ist nicht zu
spaßen!"
„Ich sagte schon, mit der Übergabe des Amuletts an mich ist
deine Aufgabe erfüllt. Wir werden dich vor deinem
Auftraggeber schützen, den Rest macht die Organisation."

*

Rödermark/Ober-Roden, einen Tag später, kurz vor 10 Uhr.
Elo kam von der Baustelle im Kirchgarten. Es hatte bislang
keine weiteren Funde mehr gegeben, so saß sie entspannt an
ihrem Schreibtisch und wartete auf den angekündigten
Besucher. Dieser hatte am Vortag nur vage Andeutungen
gemacht, weshalb er sie besuchen wollte. Allerdings hatte sie
verstanden, dass er sehr großes Interesse am Amulett hatte
und er nur der Mittelsmann eines Auftraggebers sei. Elo
erinnerte sich an Pauls und Toms Warnungen, verwarf aber
diese Gedanken und wollte es einfach nicht wahrhaben, dass
große Organisationen an diesem Amulett Interesse zeigen
könnten. Um 10 Uhr riss die schrille Türklingel Elo aus ihren
Überlegungen. Sie ging geschwind nach unten und öffnete die
Haustür.
„Guten Tag. Sie sind Alfredo Arte, mit dem ich gestern

gesprochen habe?", begrüßte sie den Fremden.

Alfredo bejahte sehr freundlich.

„Na, dann folgen Sie mir in mein Büro, dort können wir uns im Detail unterhalten. Vor kurzem war schon ein Interessent aus Schottland hier, der das Amulett ebenfalls sehen wollte."

Alfredo horchte auf.

„Ach, das ist ja interessant. Erwähnte er auch zufällig seinen Auftraggeber?"

Elo hielt sich bedeckt.

„Nein, er schien ein privater Antiquitätensammler zu sein. Ich habe ihn informiert, dass ich ihm das Amulett nicht verkaufen könne, da es rein formal im Besitz der Katholischen Kirche St. Nazarius ist."

„Aber Sie haben es ihm gezeigt. Könnte ich es dann auch einmal sehen und Fotos aus der Nähe machen? Mein Auftraggeber wird sich diese Fotos dann genau ansehen und entscheiden, ob er weiter an diesem Amulett interessiert ist." Alfredo versuchte nun, einen klugen Handel vorzubereiten. „Ich habe gelesen, dass St. Nazarius viel Geld zur Renovierung des Kirchendaches und der Fassade benötigt. Vielleicht kommt ja doch ein Deal zustande?"

„Na ja, außer der Kirche hat das Deutsche Archäologische Institut, da auch noch ein Wort mitzureden."

Alfredo kannte das DAI. Es war ein Geschäftsbereich des Auswärtigen Amtes der Bundesrepublik Deutschland und spezialisiert darauf, vorwiegend Kulturgüter des Mittelmeerraumes und Vorderasiens zu schützen, auch um die Beziehungen zu jenen Staaten zu festigen und auszubauen. Alfredo wusste, dass er gegen das DAI keine Chance hatte. Er war sich jetzt nicht mehr sicher, das Amulett gütlich erwerben zu können.

„Dürfte ich das Amulett jetzt gleich fotografieren?"

Elo wusste nicht, warum sie diese Bitte ablehnen sollte. Vielleicht schwang auch ein wenig Stolz der Archäologin mit. Die komplette antike Kunstszene riss sich um dieses Amulett! „Warten Sie bitte hier, ich muss das Amulett holen." Elo verschwand. Man hörte, wie im Nachbarraum Schranktürchen und ein kleiner Safe geöffnet wurden. Als sich Elo umdrehte, wich sie erschrocken zurück. Alfredo stand dicht hinter ihr. Mit zittriger Stimme fasste sie all ihren Mut zusammen. „Ich sagte doch, Sie sollen im Nachbarraum warten!"

Alfredo ließ nun endgültig seine freundliche Maske fallen.

„Ich glaube, es wird Zeit, dass wir beide jetzt Klartext reden! Kommen wir zu einem Deal und du verkaufst mir das Amulett. Da ich ein anständiger Kunstliebhaber bin, schätze ich den Wert des Amuletts auf 10 000 Euro. Die Alternative ist, dass wir uns nicht einigen, dann bekommst du von mir null Euro und ich nehme es mir ganz einfach mit. Ich weiß aber eigentlich gar nicht, warum ich so freundlich bin."

Alfredo wunderte sich tatsächlich über sich selbst. Hätte er mit einem Mann verhandelt, wäre er schon längst mit dem Amulett verschwunden und sein Gegenüber läge verletzt am Boden.

Elo lief es eiskalt den Rücken hinunter. Was sollte sie tun? Wie konnte sie sich aus dieser Situation retten? Wie konnte sie mit dem Amulett flüchten? Mutig versuchte sie, Zeit zu gewinnen. Sie wollte Alfredo ablenken und dabei versuchen über ihr Büro in Richtung Treppe und so zum Ausgang zu flüchten. Elo wollte jetzt das Amulett wieder in den Safe zurücklegen.

„Das kannst du dir sparen. Nochmal, entweder haben wir einen Deal oder ich nehme es mir so mit. Und jetzt los. Elo nahm das Amulett in schweißnassen Händen mit in ihr Büro. Sie überlegte fieberhaft, wie sie schnellstens zum Ausgang gelangen könnte, ohne dass Alfredo eine Chance zur Behinderung hätte. Noch war er zwei Schritte hinter ihr. Dann, ganz plötzlich begann Elo zur Bürotür zu rennen. Schnell sprang sie die Treppe hinunter, verfolgt von Alfredo. In der Hektik jedoch übersah sie eine Stufe und stolperte. Anstatt nun das Amulett fallen zu lassen, schützte sie es mit ihrem Körper. Sie schlug mit dem Kopf auf der vorletzten Treppenstufe auf. Sofort platzte die Kopfhaut auf, Blut quoll aus Mund, Nase und Ohren.

„Verdammt du blöde Kuh! Das hätte nicht sein müssen." Alfredo beugte sich über Elo und fühlte an der Halsschlagader den Puls. *Sie lebt noch.* Er überlegte, was er tun sollte. Es wäre ein Leichtes für ihn, ihrem Leben ein Ende zu setzen, denn sie würde ihn mit Sicherheit identifizieren können, wenn sie wieder aus der Ohnmacht erwachte. Aber ein Ehrencodex ließ ihn innehalten. *Frauen werden nur im Notfall getötet und auch nur dann, wenn sie die Organisation gefährden.* Er zog das Amulett unter dem Körper Elos hervor und verschwand damit aus dem Jägerhaus. Er lief zum Parkplatz Glockengasse, wo er seinen Leihwagen geparkt hatte und verschwand aus Rödermark.

*

Alfredo wunderte sich immer mehr über sich selbst. Zuerst ließ er sich mit der Archäologin auf einen langen Dialog ein und nun packte ihn das Mitleid. Hatte er etwa Gewissensbisse? Unterwegs in Höhe der Ortschaft Offenthal, aktivierte er deshalb den Notruf und schilderte Elos „Unfall" im Jägerhaus.

„Hier Notrufzentrale Rödermark", wurde Alfredo sofort

verbunden. „Was können wir für Sie tun?"

Alfredo sprach zwar nur gebrochenes Deutsch, aber er konnte sich verständigen.

„In Rödermark/Ober-Roden, Dieburger Straße Ecke Trinkbrunnenstraße ist eine etwa 70-jährige Frau schwer gestürzt, als sie die Treppe aus dem 1. Stock herunterstürzte. Sie blutet aus Mund, Nase und Ohren. Atmung und Puls flach."

„Wie heißen Sie?", war die nächste Frage.

„Das spielt keine Rolle. Dieser Anruf ist kein Fake, beeilen Sie sich!"

Alfredo unterbrach schnell das Gespräch. Er hakte schnell das Geschehen ab. Er hatte in wenigen Tagen seinen Kontostand um 50 000 Euro erhöht und trauerte den restlichen 200 000 Euro nicht nach. Im Gegenteil, er erhoffte sich für seinen Verzicht den Schutz der mächtigen „Organisation Sizilien". Über Langen und Mörfelden lotste ihn sein Navigationsgerät auf die Autobahn A5 nach Mannheim zurück.

*

17. Im Koma

Innerhalb zehn Minuten waren Notarztwagen, Rettungswagen und die Polizei vor Ort am Jägerhaus. Die Polizei trat die ins Schloss gefallene Haustür ein. Sofort eilten Notarzt und zwei Rettungssanitäter zu Elo. Sie lag mit offenen Augen auf dem Rücken, war aber nicht ansprechbar. Aus Mund, Augen und Nase sickerten immer noch Blut und Speichel. Puls, Atmung und Blutdruck wurden als schwach, aber stabil gemessen. Einer der Rettungssanitäter legte fachmännisch eine Infusion an, um den Kreislauf zu stabilisieren. Dann hoben sie zu Dritt Elo auf eine Trage und fixierten Körper und Kopf. Mittlerweile war auch der Bürgermeister vom nahen Rathaus herbeigeeilt. Bleich und kopfschüttelnd beobachtete er die Rettungsaktion. Ihm gingen die mahnenden Worte Pauls durch den Kopf und er informierte entsprechend den Polizisten, der die Situation protokollierte.

„Interessant, Herr Bürgermeister. Die Notrufzentrale hat uns informiert, dass der Unfall von einem Unbekannten gemeldet wurde. Da könnte ein Zusammenhang bestehen. Wir werden den gesamten Vorgang an die Kripo Offenbach weiterleiten. Nach dem Abtransport des Opfers werden wir das Jägerhaus vorerst als Unfall- oder Tatort versiegeln."

Elo wurde unverzüglich in den Rettungswagen gehoben und dort in den nächsten Minuten weiterbehandelt. Nachdem der Notarzt Elo weiter stabilisiert hatte, wurde sie schnellstens nach Langen ins Krankenhaus transportiert. Zurück blieben aufgeregte Menschen, die sich das Geschehen nicht erklären konnten. Nur der Bürgermeister ahnte, dass etwas Böses Ober-Roden heimgesucht hatte. Spontan beschloss er, Paul zu informieren.

*

Der Rettungswagen hielt vor der Notaufnahme. Die Rettungssanitäter eilten aus dem Wagen zur Hecktür. Die Tragbahre mit dem ausgeklappten Fahrgestell wurde sachte auf den Asphalt gesetzt. Notarzt und Sanitäter schoben Elo geschwind in die Aufnahme. Am Empfang schilderte der Notarzt dem Chirurgen der Aufnahme seinen Verdacht.

„Verdacht auf Schädelbasisbruch nach Treppensturz. Blutverlust hoch. Patient ist stabilisiert, intubiert und eine Infusion einer Salzlösung ist gelegt."

„Okay, schiebt sie zum CT. Wir müssen schauen, ob eine Hirnschwellung durch Brüche und innere Blutungen im Schädel vorliegen", wies der diensthabende Chirurg zwei Schwestern an.

Elos Körper wurde mit dem Kopf voran in den ringförmigen Computertomographen geschoben. Mit Hilfe der im Ring rotierenden Röntgenstrahlen und des Detektors konnten schließlich Querschnittsaufnahmen von Elos Kopf auf einen Bildschirm projiziert werden.

„Sie hat Glück im Unglück. Man kann nur einen Bruch in der vorderen Schädelgrube erkennen. Den müssen wir operieren, um den Abfluss des Nervenwassers zu stoppen. Dann legen wir sie in ein Heil-Koma, bis die Gehirnschwellung abgeklungen ist. Wenn keine Komplikationen wie Gehirnhautentzündung, Eiteransammlung oder ein Hirnabszess dazukommen, können wir sie schon bald wieder aus dem Koma holen. Bringt sie gleich in die Chirurgie und danach, wie besprochen, zu den Kollegen der Neurologie-Neurochirurgie zur Überwachung."

*

159

Elo lag an Kopf und Körper verkabelt in einem etwa fünfundzwanzig Quadratmeter großen intensivmedizinischen Behandlungsraum, angeschlossen an Geräte zur diskreten Messung der Vitalparameter Puls, Blutdruck und Körpertemperatur. Diese Werte wurden zu bestimmten Zeitpunkten ermittelt. Kontinuierlich wurden dagegen das EKG und das EEG, also das Elektrokardiogramm, für die Herz- und Kreislaufüberwachung und das Enzephalogramm für die Gehirnstrommessung über Monitore angezeigt und zusätzlich in einen Überwachungsraum übertragen, so dass im Anforderungsfall sofort eingegriffen werden konnte.

Elo hatte die Operation nach Aussagen ihres Chirurgen gut überstanden. Das Heil-Koma sollte den Heilungsprozess beschleunigen und vor allem der Patientin Schmerzen ersparen. Sie lag ganz ruhig mit angewinkeltem Oberkörper im Krankenbett, als ob sie dem Piepsen und Summen der Intensivgeräte lausche. Ihre Seele hatte sich in die hintersten Winkel des Gehirns zurückgezogen. Sie war noch unfähig, sich bemerkbar zu machen oder eine Bewegung zu starten, konnte aber Geräusche wahrnehmen. Es dauerte nicht lange und Elo erkannte ihre momentane Lage. Sie lebte also noch, da sie fühlte. Je mehr sie sich selbst bewusst wurde, desto größer wurden die Ausschläge auf dem Enzephalogramm. Der diensthabende Neurologe wurde von der Schwester in der Überwachungszentrale auf die etwas erhöhte Hirnaktivität Elos hingewiesen. Er betrachtete den Messschrieb.

„Sie beginnt zu träumen. Ein gutes Zeichen, dass sie das Geschehen des Sturzes verarbeitet."

Doch Elos Geist träumte nicht nur, sie wollte aus dem Gefängnis ihres paralysierten Körpers ausbrechen.

160

Sie erinnerte sich an die Zeit, als sie das Keltenmuseum am Glauberg mitgestaltete und auch an die Gespräche mit Hobbyhistorikern, die tief in die keltische Lebensweise und vor allem in den keltischen Mystizismus eingedrungen waren. Vier große keltische Jahresfeste, Imbolc am 1. Februar, Beltan am 1. Mai, Lughnasadh am 1. August und Samhain am 1. November hatten sich damals tief in ihr Unterbewusstsein eingeprägt, nicht zuletzt, weil sie damals im Zusammenhang mit der Hausordnung für das gesamte Areal Glaubergmuseum das Ausrichten dieser Feste in keltischer Tracht dort verboten hatte. Leider war daraufhin der Kontakt zu diesen Gruppen abgerissen, was sie sehr bedauerte. Der Begriff der Traumstraße der Kelten hatte sie damals sehr beeindruckt, auch wenn sie die Erzählungen, wie man diese betreten und wie man sich auf ihr in tiefster Trance fortbewegen könnte, nie ernstgenommen hatte.

Elos Geist ging auf Wanderschaft, ob sie sich auf der Traumstraße oder sonst wo befand, konnte sie nicht erkennen, denn sie war ja nicht dafür ausgebildet, diese Straße oder metaphysische Ebene zu erkennen oder zu betreten. Und trotzdem befand sie sich außerhalb ihres Körpers. Sie erkannte den intensivmedizinischen Behandlungsraum und ihren verkabelten Körper. Sie wanderte aus dem Raum heraus in die Überwachungszentrale, sah dort eine Schwester und einen Arzt, die Messschriebe beurteilten. Sie bemerkte, dass der Arzt unruhig wurde, als er ihr Enzephalogramm studierte und kommentierte.

„Heftig, heftig, man könnte meinen, sie wolle aufwachen. Aber das wäre noch zu früh. Wenn sie sich weiter so aufregt, müssen wir die Sedierungsdosis erhöhen."

Elo erschrak, sie wollte nicht schon wieder in den ganz passiven Zustand der Dämmerung versetzt werden. Sie bewegte sich ganz nahe zum Monitor, der ihr Enzephalogramm anzeigte. Sie hatte irgendwann einmal gelesen, dass man durch Meditation Puls und Blutdruck beeinflussen könne.

„Vielleicht klappt das ja auch mit den Gehirnströmen." Sie versuchte an Nichts zu denken und fuhr ihre Neugier und ihre Emotionen herunter. Es wirkte. Ihre gemessenen Gehirnströme flachten ab. Elo konnte weiter auf Wanderschaft gehen.

Sie wusste noch aus den Unterhaltungen am Glauberg, dass man solange auf der Traumstraße oder auch außerhalb seines Körpers unterwegs sein kann, wie noch eine Verbindung Körper-Geist existiert. Diese Verbindung wurde in den Erzählungen immer wieder „Silberschnur" genannt. Riss diese, soll es ohne Hilfe eines erfahrenen Schamanen oder Druiden fast unmöglich sein, wieder in seinen Körper zurückzufinden. Die Außenwelt würde dann nur noch den Tod oder zumindest ein tiefes Koma feststellen. Elos Geist ignorierte diese Gefahr. Sie ignorierte auch immer wieder, dass sie nicht ausgebildet war, mit ihrem Geist auf Traumreise zu gehen, zu groß war die Versuchung der gerade neu gewonnenen Freiheit. Sie wanderte weiter, aus der Intensivstation heraus. Sie schwebte, wie eine Feder, durch die Korridore, glitt durch Menschen hindurch, die sich auf den Fluren aufhielten, bis sie irgendwann die Mauern des Krankenhauses hinter sich gelassen hatte. Sie glaubte den Wind, die Temperatur und die Geräusche der Umgebung zu spüren. Doch dies konnte ja gar nicht möglich sein, denn die Sensoren ihres Körpers waren weit weg. Sie wurde unruhig, aber ein Blick zurück beruhigte sie, denn sie war immer noch über die Silberschnur, die ihr wie eine Kette mit unendlich vielen kleinen Silberkristallen erschien, mit ihrem Körper verbunden. Ihr Geist lächelte sogar.

Die Silberschnur war die Nabelschnur, eingebettet in die

Raumzeit einer spirituellen und transzendenten Welt, die einem universellen Informationsfeld glich. Sie vertrieb ihre Angst, sich zu verirren und nicht mehr in den Körper zurückzufinden, indem sie sich in einen geerdeten Vergleich aus der griechischen Sagenwelt ihrer Kindheit flüchtete.

„Ich muss die Silberschnur nur rückwärts spulen, ähnlich wie das Theseus mit dem Faden der Ariadne gemacht hat, nachdem er den Minotaurus im Labyrinth auf Kreta getötet hatte und so den Rückweg fand. So ähnlich müsste ich wieder in meinen Körper zurückfinden, in den Gehirnwinkel, aus dem ich herkam."

Elo wanderte weiter, entfernte sich mehr und mehr vom Krankenhaus. Etwas Unbekanntes zog sie über die Wälder Langens zur Autobahn. Sie bemerkte, dass sie sich wie in einem Wasserstrudel einer großen Stadt näherte. Etwas zog sie an und eine große Furcht kroch langsam durch ihre Gedanken. Sie tauchte ein in die Großstadt. Lärmende Autos fuhren durch sie hindurch, viele Menschen gingen ihrer Wege oder saßen entspannt in Straßencafés. Und doch war auch das Böse präsent, wie ein unsichtbarer Krake.

Erschrecken.

Der mysteriöse Besucher, vor dem sie hatte flüchten wollen, unterhielt sich in einem Nebenraum eines Hotels mit mehreren südländisch aussehenden Menschen. Sie konnte ihre Sprache nicht verstehen, aber in dieser Ebene, auf dieser Traumstraße, konnte sie fühlen und auch Gedanken lesen, bevor sie in für sie unverständliche Worte gefasst wurden. Der Mann legte das Amulett auf den Tisch, um den alle saßen. Ein älterer Herr, der von allen mit „Patron" angesprochen und von offensichtlich zwei Leibwächtern geschützt wurde, nahm das Amulett fast ehrfürchtig in seine Hände, als ob er pures Gold zwischen den

Fingern spürte. Die rauchige Stimme hüstelte leicht, aber als der Patron anfing, mit tiefer Stimme zu reden, wurde es plötzlich ganz still im Raum.

„Die geheimnisvollen Schriftzüge, das Alter und jetzt das Interesse einer italienischen Gruppierung, die Alfredo beauftragt hatte, das Amulett ohne Rücksicht auf Verluste zu bergen, lässt darauf schließen, dass dieses Amulett politischen oder gesellschaftlichen Sprengstoff beinhaltet. Wir warten ab, bis die Experten die Vor- und Rückseite übersetzt haben. Dann gehen wir erneut in Verhandlungen mit dem Auftraggeber. Dieses Keramikteil scheint so wertvoll zu sein, wie die dorischen Tempel in unserer Heimat, dem Agrigent Siziliens." Dann ein mitleidiger Blick.

„Alfredo, du hast deinen Job erledigt. Fliege zurück und überlasse alles Weitere uns. Wir werden dein Büro im Auge behalten und für dich unliebsame Besucher fernhalten, falls deine Auftraggeber verstimmt reagieren."

Elo fühlte, wie in Alfredo Respekt und Angst vor der Organisation Sizilien überhandnahm. Er nickte nur und verließ sofort die Bar. Die Ansage des Patrons war eindeutig gewesen. Er sollte so schnell wie möglich aus Deutschland zurück in seine Heimat Sizilien verschwinden. Er wurde hier nicht mehr gebraucht.

Elo resümierte, dass Sizilien nun der Schwerpunkt der erneuten Suche nach dem jetzt gestohlenen Amulett sein müsste. Sie überlegte, wie sie diese Erkenntnis der realen Umwelt, den körperlichen Menschen, mitteilen könnte, falls sie noch länger auf der Traumstraße unterwegs sein würde, oder schlimmer noch, falls sie den Rückweg in ihren Körper nicht mehr schaffen würde. Sie löste sich aus der Umgebung des Hotels und spürte wieder, dass sie wie von einem Gummiband zurückgezogen wurde. Nahezu ohne Zeitverlust kam sie plötzlich in Urberach an. Warum sie genau hier, über dem Ortsteil Bulau, ankam, konnte sie sich nicht erklären, aber ihre Neugier war noch nicht befriedigt. Ihr Geist wanderte, wie von unbekannter Seite geführt, in die Umgebung des Naturfreunde-Hauses und des dortigen Campingplatz-Areals. Plötzlich fühlte sie sich zu einem Zentrum des Gefühls tiefer Liebe zweier Menschen hingezogen. Sie erkannte Miriam und Paul und schämte sich für das Eindringen in deren Privatsphäre. Beide lagen nackt und entspannt in Miriams Bett und genossen einen Joint. Die Szenerie um Miriams Bett war eindeutig lebendig. Um das Bett herum lagen ihre Kleidungsstücke, hektisch ausgezogen und auf dem Boden verstreut. Jetzt nahm Miriam einen tiefen Zug, hielt den Rauch einen Moment inne und gab den Joint beim Ausatmen an Paul weiter, der es ihr gleichtat. Sie unterhielten sich über das Amulett, waren aber noch nicht über den Überfall, den Treppensturz, die schwere Verletzung und den Verlust des keramischen Artefaktes informiert.

Elo wollte den beiden schnellstens ihre Situation und auch ihre Erkenntnisse schildern, aber wusste noch nicht, wie sie das machen könnte. Da sah sie Miriams Festnetztelefon. Und noch etwas sah sie, das sie erstarren ließ, als sie sich in der Wohnung Miriams umsah, auf der Suche nach weiteren Kommunikationsmöglichkeiten. Die Silberschnur hatte sich für sie unbemerkt aufgelöst. Wie sollte sie wieder zurückfinden? Ratlosigkeit überkam sie. Doch sie erinnerte sich erneut an die Gespräche mit den keltischen Kulturgruppen am Glauberg, dass nur ein metaphysisch ausgebildeter Mensch sie hier erreichen könnte und in ihren Körper würde zurückführen können. Sie nahm all ihre Energien zusammen und starrte auf Miriams Telefonanlage:

„Besucht Elo!   Besucht Elo!   Besucht Elo!"

waren ihre flehentlichen Gedanken, die sie als SOS-Signal hinaus auf die Traumstraße sendete.

*

Im Überwachungsraum der Intensivstation des Langener Krankenhauses schlug der Monitor mit Elos Enzephalogramm laut pfeifend Alarm. Alle Enzephalogramm-Wellen zeigten langsame Bewegungen mit ab und zu wenigen schnellen Wellen, im Gegensatz zu den noch vor kurzem sehr asynchron gemessenen Frequenzbändern, die auf eine emotionale Belastung schließen ließen. Elos neue Verfassung war zu vergleichen mit einem Wachkomazustand. Der diensthabende Neurologe konnte sich die abrupte Veränderung nicht erklären. Er kämpfte um das Leben jedes Patienten und haderte jedes Mal mit sich, wenn er den Kampf zu verlieren drohte.

„Mein Gott, es sah alles gut aus. Die Schwellung des Gehirns schien sich zu verringern und nun diese Reaktion. Das ist nicht gut. Wenn sie nicht innerhalb der nächsten Tage aufwacht, können wir hier nichts mehr für sie tun. Wir müssen dann den Platz freimachen für andere Patienten und müssen sie dann in eine Pflegeeinrichtung für Wachkomapatienten verlegen. Dann können wir nur noch hoffen. Aber die gute Nachricht, sie ist zum Glück weit weg vom Hirntod. Alle Frequenzbänder der Alpha-, Beta-, Gamma-, Delta- und Theta-Wellen deuten darauf hin, dass das Bewusstsein, ihr Geist, irgendwie gefangen ist. Wir können außer warten nichts tun."

18.   Die Kriminalpolizei ermittelt erneut

Kurz nach dem Abtransport Elos ins Krankenhaus traf Hauptkommissar Horst Adler am Jägerhaus ein.

Schon wieder Rödermark und schon wieder Professorin Stallmeister!, war sein erster Gedanke.

Die Ordnungspolizei Rödermarks hatte den Ort abgesperrt und hielt Neugierige fern. Ob es ein Tatort oder ein Unfallort war, mussten die Ermittlungen ja erst noch zeigen.

Horst Adler überflog schnell die ersten Notizen der Polizisten vor Ort und auch die der Notrufzentrale.

Hm, der Unfall wurde von einem Mann gemeldet. Er war offensichtlich zum Zeitpunkt des Unfalls im Haus, sonst hätte er nicht so exakte Angaben machen können. Haben wir es hier mit einem schuldbewussten Einbrecher zu tun oder will er vielleicht etwas vertuschen?

Er wollte Elos Büro oben besichtigen und setzte einen Fuß auf die unterste Treppenstufe. Die nächste war voller Blut. Horst blieb stehen. Immer wieder, wenn er an Tatorten Blut sah und auch roch, übermannte ihn Traurigkeit über das abgrundtiefe Böse, das sich zwischen den Menschen über Äonen etabliert hat.

„Da ist sie wahrscheinlich mit dem Kopf aufgeschlagen. Die Frage ist jetzt, wollte sie vor jemandem flüchten oder war es ein Unfall?", kam ein Mitarbeiter der KTU den Fragen Horsts zuvor.

Horst ging grübelnd weiter nach oben. Elos Büro war aufgeräumt, keinerlei Kampfspuren, keine Unordnung. Die Tür zum Nachbarzimmer stand offen. Horst betrat diesen Raum, in dem viele Kisten mit Keramikscherben aufbewahrt wurden. Die Tür eines kleinen Safes stand offen.

Horst wandte sich an einen weiteren Mitarbeiter der KTU, der gerade den Safe und die Umgebung des Safes akribisch nach Fingerabdrücken untersuchte.

„Das ist ungewöhnlich, ein offener Safe. Normalerweise fehlt da jetzt etwas!" Horst zeigte dem Kollegen der KTU das Bild des vor kurzem gefundenen Amuletts.

„Haben Sie dieses Amulett hier irgendwo entdeckt? Es ist viele hundert Jahre alt und historisch wertvoll."

Ein Kopfschütteln war die wortkarge, aber aussagekräftige Antwort.

Das Amulett scheint zu fehlen. Es verdichtet sich, dass dieser undurchsichtige Anrufer das Amulett entwendet hat. Dann könnte es strafrechtlich sogar ein Raubüberfall gewesen sein.

Zurück in Elos Büro setzte sich Horst an den Schreibtisch und schaltete Elos Laptop an. Wie sie nun einmal war, hatte sie das Gerät nicht mit einem Passwort gesichert. Horst klickte sich durch die letzten E-Mails.

Aha, sie hat die Bilder des Amuletts nach New Delhi und Jerusalem geschickt zu den Professoren Nirved Kumar und Aaron Silberstein. Jeder soll eine Oberflächenseite übersetzen. Vorher hat sie auch noch eine E-Mail nach Mainz geschickt zu Dr. Tom Beckmann, ein Historiker des Dom- und Diözesanarchivs des Bistums Mainz.

Nun, das Bild des Amuletts scheint bereits in die Fachwelt verschickt worden zu sein. Mit denen werde ich demnächst eine Videokonferenz starten. Aber ich entdecke keine E-Mail von einem Fremden, der vielleicht hier war und den Notruf abgesetzt hat.

Horst wollte zunächst mit dem Bürgermeister sprechen, der hatte einen gewissen Paul aus Schottland erwähnt, der Elo Stallmeister vor Kulturräubern gewarnt haben soll.

Er klappte den Laptop zu und übergab ihn zur weiteren Auswertung seinen Kollegen von der KTU.

„Kollegen, bitte untersucht den Laptop und versucht eine Videokonferenz mit den Historikern in New Delhi, Jerusalem und Mainz herzustellen. Wenn möglich, für morgen 10 Uhr."

*

Beim Bürgermeister konnte Horst Näheres über Paul Sinclair erfahren und wo er einquartiert war. Auf dem Weg zum Hotel Lindenhof versuchte Horst, die Verbindung zwischen Paul und dem Amulett zu ergründen.
Ein interessanter Mensch mit interessantem Hintergrund. Auch er will offensichtlich das Amulett erwerben. Immer wieder dreht sich alles um dieses Amulett! Was ist nur so interessant daran, dass man sogar Menschen verletzt, um in den Besitz zu kommen? Vielleicht wissen wir mehr nach der morgigen Videokonferenz.

An der Rezeption des Hotels erfuhr Horst nur, dass Paul schon einige Tage nicht anwesend war. Die Dame an der Rezeption wusste aber, dass er mit einer Rödermarker Kräuterfrau auf Kräuterexpedition gegangen war.
„Kann ich Herrn Sinclair irgendwie erreichen, haben Sie seine Handynummer? Es ist sehr wichtig. Vielleicht kann er dazu beitragen, den Unglücksfall oder Überfall auf Elo Stallmeister zu klären. Sie haben davon schon gehört?"
„Natürlich, Rödermark Ober-Roden ist in dieser Hinsicht ein Dorf. Die traurige Nachricht ging um, wie ein Lauffeuer."
Dann schaute sie im Computer nach der Handynummer, machte eine schriftliche Notiz und reichte sie Horst, ohne Datenschutz-Bedenken.

*

Pauls Handy klingelte. Er kannte die Nummer nicht, nahm das Gespräch aber an. Paul hörte angespannt zu. Ein Blick zu Miriam, die bemerkte, dass etwas nicht stimmte.

„Wann ist es passiert? Wie geht es ihr? Ah, ja, Gott sei Dank! Ja, wir können uns treffen. Am besten hier in Urberach, bei meiner Assistentin Miriam Jordan."

Paul diktierte Horst Miriams Adresse. Dann schaute er Miriam erschrocken an.

„Man hat Elo überfallen, zumindest ist Fremdeinwirkung nicht auszuschließen. Das Amulett ist verschwunden. Elo liegt mit Schädelbasisbruch im Krankenhaus. Ein Hauptkommissar Horst Adler will sich mit uns treffen. Er weiß vom Bürgermeister, dass wir auch an dem Amulett interessiert sind. Ich habe mich mit ihm hier verabredet. Auch ihm habe ich dich als meine Assistentin vorgestellt. Das Treffen hier ist doch für dich okay?"

„Klar, kein Problem."

*

Es dauerte keine halbe Stunde und die Klingel an Miriams Haustür kündigte den Hauptkommissar an. Miriam öffnete geschwind.

„Hauptkommissar Adler", gleichzeitig zeigte Horst seinen Ausweis.

„Kommen Sie rein. Wir sind völlig geschockt. Vor einigen Tagen noch hat Paul Professorin Stallmeister gewarnt." Miriam ging voraus. Paul saß im Wohnzimmer und erwartete den Hauptkommissar. Sie stellten sich gegenseitig vor.

170

„Der Bürgermeister hat mir von Ihrer Mission erzählt. Mir sagen die Ritter der Wahrheit nichts, nur dass sie das Amulett auch gerne in ihrem Besitz hätten. Und, verzeihen Sie mir, ich muss das fragen, wo waren Sie beide gestern, so gegen 10 Uhr?"

„Schon gut, Sie machen ja nur Ihre Arbeit. Wir waren beide hier im Haus und davor waren wir am Urberacher Keltenzug. Und bevor Sie weiter fragen, wir haben keine Zeugen."

„Ich glaube Ihnen", meinte Horst, „denn wir haben schon Ihre Stimme mit der Stimme des Anrufers verglichen, der Elos Unfall gemeldet hat. Sie sind nicht identisch. Aber, erzählen Sie mir bitte Näheres über Ihre Organisation. Vielleicht gibt es ja eine Schnittmenge, die uns allen nützlich ist und ich verstehe noch besser, was an diesem Amulett so wichtig sein könnte, außer dem Alter."

Paul überlegte, ob er der Bitte des Hauptkommissars nachkommen sollte. Aufgrund seiner Stellung als Komtur der Ritter in der Grafschaft Midlothian, konnte er alleine festlegen, wie tief er außenstehende Personen in die Geschichte der „Ritter der Wahrheit" einweihen sollte. Er vertraute Horst Adler und dieses Vertrauen schien auf Gegenseitigkeit zu beruhen.

*

Sie verzichteten beide schnell auf weitere Förmlichkeiten. Paul nahm sich viel Zeit für die Details. Angefangen beim Komplott Phillips IV 1307, über die Hinrichtung Jacques de Molays 1314, die Flucht einiger weniger Templer nach Schottland, deren Integration in die schottischen Freiheitskämpfe gegen die Engländer und schließlich das

171

Auffinden der zwei fischähnlichen Amulette und das Verschwinden eines der beiden Amulette auf dem Weg vom Heiligen Land nach Schottland. Paul sprach offen darüber, dass er eine dem Vatikan nahestehende Gruppierung hinter dem Raub des Amuletts vermutete.

„Ich verstehe deine Zweifel an der Katholischen Kirche, aber, meine Fakultät benötigt Beweise. Es könnte genauso gut sein, dass Kulturräuber für den Raub des Amuletts verantwortlich sind. Es wurde ja mittlerweile genug über das Amulett im Internet berichtet und Aufmerksamkeit erregt. Mich würde es nicht wundern, wenn das Amulett demnächst auf dem Kulturschwarzmarkt angeboten werden würde. Mein Auftrag ist, den mutmaßlichen Täter zu finden, denn noch kann es ja auch ein Unfall gewesen sein. Du suchst das Amulett. Findest du es, findest du auch wahrscheinlich den Menschen, den ich suche."

Paul hielt länger inne, dachte nach, fuhr dann fort.

„Normalerweise ermittle ich nie mit Privatpersonen, aber du würdest sowieso ermitteln. Dann tun wir uns doch besser gleich zusammen und sind so wirkungsvoller. Also, machen wir uns doch gemeinsam auf die Suche!"

„Ja, wir könnten uns gut ergänzen", kommentierte Paul den Vorschlag Horsts.

„Gut, dann machen wir das so. Wir haben in den E-Mails die Adressen der beiden Professoren gefunden, die sich zurzeit mit der Übersetzung der Amulett-Inschriften befassen. Unsere IT-Abteilung hat für morgen, 10 Uhr, eine Videokonferenz mit den beiden Professoren vereinbart. Vielleicht können sie uns schon mehr mitteilen. Jeder Mosaikstein in diesem Fall kann uns der Lösung näherbringen. Ich lasse dich morgen früh abholen! Ich telefoniere jetzt gleich mit dem Chef-Historiker des Dom- und Diözesanarchivs des Bistums Mainz, Tom Beckmann. Mit dem hatte Elo Stallmeister auch Kontakt und eine Videokonferenz. Mal sehen, was der noch für Mosaiksteine liefern kann."

*

Über den Pfarrgemeinderat wurde der Unfall oder Überfall auf Elo Stallmeister schon sehr bald nach Mainz zur Diözesanverwaltung gemeldet. Auch wurde vom Verlust des gefundenen Amuletts berichtet, jedoch ohne Bezug auf die Inschriften. Tom Beckmann wurde sofort vom Pressesprecher eingeweiht, da er wusste, wie eng Elo und Tom kooperierten. So war Tom auch nicht überrascht, als sich Horst Adler bei ihm telefonisch meldete und die traurige Botschaft übermittelte. Tom war sehr betroffen. Seine ersten Fragen galten dem Zustand Elos.

„Wie geht es ihr? Wird sie durchkommen?"

Die erste Frage konnte Horst noch beantworten.

„Sie liegt im Heil-Koma nach einer Notoperation."

Bei der zweiten Frage musste er passen.

„Zurzeit können wir nur hoffen, dass sie durchkommt. Aber, ich habe sie ja kennengelernt, sie scheint hart im Nehmen zu sein."

Tom murmelte zustimmend. Nach Sekunden der Stille fragte Horst, mit wem Tom über das Amulett gesprochen habe.

„Gesprochen, mit keinem. Ich habe lediglich Elos Fotos des Amuletts und zwar alle, nicht nur die wenigen, die in den Lokalzeitungen veröffentlicht wurden, zu Historikern und Sprachwissenschaftlern der Päpstlichen Universität

173

Gregoriana geschickt und auch nur mit dem Hinweis, dass dieses Amulett in Deutschland, der Diözese Mainz, im Kirchgarten von St. Nazarius gefunden worden ist. Und unter uns, ich habe verschwiegen, dass ich im Diözesanarchiv Unterlagen gefunden habe, in denen schon vor Jahrhunderten die unverzügliche Übergabe des Amuletts nach Rom festgeschrieben worden ist, im Falle eines Auffindens."

Horst machte sich Notizen.

„Das ist interessant. Wie hoch schätzen Sie die Wahrscheinlichkeit ein, dass diese Historiker und Sprachwissenschaftler den wissenschaftlich-theologischen Wert des Amuletts zum Zeitpunkt von Elos Unfall schon ermittelt hatten?"

Tom grübelte, wusste, worauf Horst hinauswollte.

„Sie müssen sich das so vorstellen, diese Experten bekommen jeden Tag viele Mails mit ähnlichen historischen Texten zur Übersetzung. Normalerweise gehen die Übersetzungen nach einer Vorauswahl nach dem Prinzip „first in - first out" in die Bearbeitung. Ich kann mir sogar vorstellen, dass sie den Zeitungsartikel der Offenbach Post noch zugeordnet haben, in dem von Ketzerei die Rede war. Aber, Hand aufs Herz, die Katholische Kirche wehrt sich seit 2000 Jahren gegen Ketzer, manchmal auch nur Kritiker. Also, alles in allem, die Wahrscheinlichkeit halte ich nicht für sehr hoch, vielleicht 50 Prozent."

„Einspruch, ich halte 50 Prozent für sehr hoch", warf Horst ein. „Meiner Meinung nach besteht die Möglichkeit, dass irgendjemand der Universität den Raub des Amuletts in Auftrag gegeben hat."

Tom war sich jetzt nicht mehr so sicher. Er erinnerte sich an die letzte Videokonferenz mit Elo, als er auch zur Vorsicht mahnte.

„Ja, man kann die 50 Prozent Wahrscheinlichkeit auch so sehen wie Sie. Von zehn Professoren machen sich fünf Professoren sofort an die Übersetzung und unter den fünf Professoren könnten zwei Auftraggeber dabei sein."

Horst drehte das Gespräch in eine andere Richtung.

„Wir wissen mittlerweile, wer die Texte des Amuletts noch übersetzen wird und haben morgen um 10 Uhr eine Telefonkonferenz mit diesen Kapazitäten aus New Delhi und Tel Aviv. Ich lade sie ein, ebenfalls teilzunehmen. Ich lasse Ihnen den Link zur Konferenz zukommen."

„Ja, Elo informierte mich über die zwei Professoren. Das sind ehemalige Kommilitonen, sozusagen Elos privates Historiker-Netzwerk."

*

Der nächste Morgen, 10 Uhr.

Horst startete die Videokonferenz:

„Guten Tag nach Tel Aviv und New Delhi, guten Morgen nach Mainz. Ich schlage vor, wir stellen uns schnell erst einmal vor, da wir uns ja nicht kennen und wahrscheinlich die nächste Zeit zusammenarbeiten müssen. Vorab, ich habe um diese Konferenz gebeten, denn Professorin Stallmeister ist entweder schwer verunglückt oder überfallen worden. Das Amulett, das wir alle kennen, ist seit diesem Vorfall verschwunden."

Horst informierte die Professoren in Tel Aviv und New Delhi bewusst erst jetzt über Elo Stallmeister, weil er Gesichtsausdruck und Körpersprache der beiden studieren wollte, denn auch sie gehörten zumindest theoretisch zum Kreis der Verdächtigen. In Horsts Büro wurden die Bilder aus

175

Israel und Indien auf einen großformatigen Bildschirm übertragen. Man sah die entsetzten Augen der beiden. Kriminalpsychologen analysierten die Bilder parallel mit entsprechender Erkennungssoftware. Sofort entstand ein wildes Durcheinander. „Das kann doch nicht wahr sein! Elo ist einfach zu unvorsichtig." „Ich habe sie gewarnt. Aber nein, sie glaubt immer nur an die Forschung und dass Überfälle auf Archäologen nur in der Schundliteratur und entsprechenden Filmen vorkommen."

Horst versuchte zu beruhigen.

„Professorin Stallmeister geht es zurzeit den Umständen entsprechend. Sie liegt im Koma und ist nach Meinung der Ärzte weit entfernt von einem Hirntod. Wir haben alle die Hoffnung, dass sie es packen wird."

Nach der Vorstellungsrunde fasste Professor Nirved Kumar zusammen, was er auch schon Elo vor einigen Tagen am Telefon berichtet hatte. Er konnte noch keine finale Übersetzung liefern, da er aufgrund der 2000 Jahre alten Syntax der Brahmi-Inschrift noch einige Experten hinzuziehen wollte. Er erklärte aber schon einmal, dass zumindest der Name Jesus und eine Ortschaft namens Srinagar genannt würden. Ob dieser Jesus der Jesus von Nazareth gewesen sein könnte, mochte er nicht sagen.

Professor Aaron Silberstein konnte der Runde größtenteils auch nur das mitteilen, was er telefonisch schon Elo Stallmeister erläutert hatte. Er kämpfte mit ähnlichen Syntax Problemen wie sein indischer Kollege. Auch er sprach von Jesus neutral, denn „Jesus" war vor 2000 Jahren ein weit verbreiteter Name gewesen, von einer Gnade Gottes, von der Pflege der Wunden und von einer Auferstehung, wobei er den

176

Begriff „Auferstehung" relativierte. „Auferstehung" konnte auch ein euphemistischer, orientalischer Begriff sein für Heilung, Genesung oder schlicht Überleben. Einen Namen allerdings hatte er ganz klar schon identifiziert: „Josef von Arimathäa". Er war sich jetzt schon ziemlich sicher, dass dieser Josef von Arimathäa der biblische Josef war, da von einem Verurteilten auf dem Amulett geschrieben stand.

Das war etwas Neues, das er auch Elo so noch nicht mitgeteilt hatte. Aaron Silberstein erklärte der Runde, dass Josef von Arimathäa gemäß Übersetzungen apokrypher Texte zu einer Gefängnisstrafe verurteilt worden war, weil er den Leichnam Jesu aus der Grabkammer entwendet haben soll.

Beide Professoren betonten, dass die Aussagen der Inschrift umso bedeutsamer seien, seit nun feststehe, dass sie zu Lebzeiten oder kurz nach der Kreuzigung Jesu gemacht worden waren.

Paul Sinclair sprach aus, was alle dachten.
„Ich bleibe dabei, ich vermute, dass zumindest der Katholischen Kirche nahestehende Kreise das Amulett haben verschwinden lassen."
Horst beschwichtigte Paul erneut.
„Beweise, Paul. Wir haben keine Beweise! Es können genauso gut Kulturräuber gewesen sein."

Horst und Paul waren jetzt zwar in ihren Ermittlungen nicht weiter, aber zumindest auf dem gleichen Informationsstand wie Elo Stallmeister.
„Vielen Dank, Professor Kumar und Silberstein. Wenn Sie den gesamten Text übersetzt und entschlüsselt haben, teilen Sie uns das bitte sofort mit. Jedes Detail ist wichtig."

Horst beendete die Videokonferenz.

Die Kriminalpsychologen waren einhellig der Meinung, dass beide Professoren tatsächlich bestürzt und erschüttert waren. Nach ihrem Urteil konnte Horst beide aus dem Kreis der Verdächtigen streichen und ihnen fortan vertrauen.

„Paul, ich besuche morgen das BKA Wiesbaden, um Informationen über Kulturräuber und deren Raubzüge zu erhalten. Ich schlage vor, dass du da mitfährst. Du bist mir zu sehr auf die Katholische Kirche als Gegner fixiert."

*

19.   Bundeskriminalamt Wiesbaden

Horst und Paul machten sich schon sehr früh auf den Weg zum BKA Wiesbaden. Horst war ein wissbegieriger Mensch. Er konnte sich nicht vorstellen, dass zwei Organisationen, zwei Lager, über 700 Jahre in Feindschaft lebten. Er behauptete von sich, Atheist zu sein, trotzdem würde er dem Vatikan die Hand zum Frieden reichen. Er war nicht immer Atheist gewesen, erst viele negative Erlebnisse als Kommissar hatten ihn an der Existenz Gottes zweifeln lassen. Zu oft hatte er das Böse als Gewinner in Auseinandersetzungen kennengelernt.

„Wieso schließt ihr eigentlich keinen Frieden mit dem Vatikan? Es sind ja jetzt schon 700 Jahre seit dem Komplott vergangen. Ich habe gelesen, dass der Vatikan das Unrecht, das euch damals angetan wurde, eingesehen hat."

Paul lehnte sich entspannt auf dem Beifahrersitz zurück. Er schaute aus dem Fenster, als hätte er Horsts Frage nicht gehört. Er schloss die Augen und schwieg lange. Dann aber rang sich Paul zu einer Erwiderung durch.

„Dem damaligen Papst Clemens wurden von seinen Kardinälen Dokumente präsentiert, dass die Anschuldigungen des französischen Königs komplett erlogen waren. Er hätte den Templerorden retten können, er war nicht standhaft genug, sich offen gegen König Phillip zu stellen. Er war einfach zu feige. Clemens erteilte großzügig dem Orden die Absolution, löste ihn auch nicht auf. Schlimmer noch, er suspendierte den Orden. Die Suspendierung ist eine kirchenrechtliche Strafe für Priester und Ordensleute, die ihnen verbietet, alle oder einzelne Teile ihres Dienstes auszuüben. Die Mitglieder des Ordens wurden entweder verhaftet, verbrannt, verbannt oder sie flüchteten -wie in

179

unserem Fall- nach Schottland. Wir hörten formal auf zu existieren. Und jetzt zu deiner Frage. Wie kann ein Orden Frieden mit dem Vatikan schließen, wenn er schon seit Jahrhunderten offiziell verschwunden ist? Natürlich weiß der Vatikan, dass wir noch agieren. Er könnte uns den Frieden anbieten. Er müsste nur diese verdammte Suspendierung aufheben. Warum macht er das nicht?"

Horst begann zu fluchen, vor ihm wechselte ein Lastwagen urplötzlich die Fahrspur und schnitt ihn. Als er sich wieder beruhigt hatte, fragte er weiter.

„Keine Ahnung, sag schon. Ich bin nur ein Ermittler und mit der Templergeschichte nicht vertraut", drängte Horst.

Auch jetzt ließ sich Paul wieder lange Zeit, um zu antworten.

„Nun, das ist ganz einfach. Der Vatikan fürchtet den Machtverlust. Er weiß, wenn er uns rehabilitieren und wiedereinsetzen würde, müssten vielleicht die Geschichte der Christenheit und speziell die Geschichte der Kreuzzüge, neu geschrieben werden."

Horst konzentrierte sich zwar auf den dichten Verkehr auf der Autobahn A3 nach Wiesbaden, trotzdem fragte er weiter.

„Habt ihr denn Beweise, dass die Kreuzzüge in der Geschichtsschreibung nicht korrekt wiedergegeben werden?"

„Ja, natürlich", mehr sagte Paul nicht.

„Ihr werdet mir unheimlich. Wenn jetzt noch mehr dazu kommt, etwa aus der Übersetzung des Amuletts, das ihr ja auch ursprünglich gefunden habt, kann ich mir vorstellen, warum der Vatikan euch fürchtet, wie der Teufel das Weihwasser."

*

„So, wir sind gleich dort. Wir müssen in die Thaerstraße 11, am nördlichen Stadtrand."

Nach weiteren Minuten im dichten Verkehr der hessischen Landeshauptstadt waren sie am Ziel angelangt und gingen zum Pförtner des fünfstöckigen Gebäudes, das treppenförmig in die Umgebung integriert war. Horst legte seinen Ausweis vor.

„Sie sind angemeldet. Die Kommissarin Thea Müller erwartet Sie schon, oben im fünften Stock, Zimmer 511, Kommissariat für Kunstraub."

Horst nahm seinen Ausweis.

„Laufen oder Fahrstuhl?", grinste er Paul an.

Sie einigten sich auf Treppensteigen. Im Flur des fünften Stockwerkes fanden sie schnell das Büro 511. Horst klopfte fast polternd an die Tür und öffnete sie gleichzeitig, wie es auf Kommissariaten üblich ist.

Thea Müller war eine sehr junge Kollegin. Horst schätzte sie auf Mitte Dreißig. Sie hatte rötliches Haar, eine schlanke Figur und trug eine Brille mit einem rötlichen Gestell, das genau zur Haarfarbe passte. Thea ging auf beide zu, begrüßte sie und bat in einer kleinen Besprechungsecke Platz an.

„Möchten Sie beide einen Kaffee?"

„Schwarz, ohne Milch und Zucker". nickten Horst und Paul.

„Man hat mich gestern informiert, was in Rödermark passiert ist. Ein Amulett, das erst vor kurzem bei Ausgrabungen gefunden wurde, ist jetzt verschwunden, wahrscheinlich geraubt. Herr Adler, ich kann zurzeit nicht erkennen, warum wir uns mit diesem Fall, sofern er überhaupt ein Fall ist, beschäftigen sollen", war die urplötzlich abweisende Begrüßung. Paul hielt sich zurück. Er betrachtete die Fahrt zum BKA als Informationsreise, mehr nicht. Horst, der die Überlastung der Kollegen kannte, blieb gelassen.

„Eigentlich sollen Sie sich nicht mit dem Fall beschäftigen. Sie sollten uns nur eine kleine Hilfestellung im Thema Kunstraub geben und uns dann gestatten, Ihre Datenbank zu nutzen, so dass wir die wichtigsten Wege bisher gestohlener Kunstschätze nachvollziehen können."

„Das hört sich doch jetzt schon ganz anders an, als es mir gestern präsentiert wurde." Thea suchte auf ihrem Laptop einen Informationsordner und fand ihn nach einigen Momenten.

„Na, dann lehnen Sie sich mal zurück. Was ich Ihnen jetzt erzähle, ist praktisch das kleine Einmaleins für unsere Praktikanten", kam es arrogant bei Horst und Paul an.

Thea wurde Horst immer unsympathischer. „Jawohl, Frau Ausbilderin, wir sind ganz Ohr! Fangen Sie an."

Thea Müller bemerkte sehr wohl, dass sie es sich bei Horst verscherzt hatte. Dennoch erklärte sie schulmeisterlich.

„Es werden fünf Motive für Kunstraub klassifiziert:

1. Täter wollen mit dem Raub Geld generieren.

2. Es gibt Täter, die auf Bestellung und gegen Entlohnung rauben.

3. Geraubte Kunstgegenstände werden den Besitzern gegen Lösegeld wieder angeboten. Diese Art des Raubes nennt man Artnapping.

4. Täter wollen den geraubten Kunstgegenstand für die eigene Sammlung behalten. Nummer vier in Tateinheit mit Nummer zwei sind bei weitem die häufigsten Arten des Kunstraubes.

5. Kunstgegenstände werden zur Durchsetzung
politischer Ziele gestohlen.

Wo würden Sie Ihre Verdächtigen ansiedeln?"

„Ich habe noch keine Verdächtigen im Visier", meinte Horst
kurz angebunden.

„Na ja, wenn ich mich als Amateur äußern darf. Mein
Täterfavorit will Geld verdienen, sein Auftraggeber will mit
dem Amulett politische Ziele durchsetzen. Also Nummer zwei
in Kombination mit Nummer fünf", meinte Paul.

„So, das ist doch schon mal ein Anfang. Herr Adler, unsere
Datenbank ist so aufgebaut, dass Täter, Organisationen,
Überführte oder auch nur Verdächtige in diesen Kategorien
abgespeichert sind. Kommen Sie mit, ich zeige Ihnen beiden,
wie Sie das System aufrufen und nutzen können."

Paul fand die forsche, aber bündige Einführung Theas zwar
zielgerichtet, aber auch unfreundlich. Er besaß als Historiker
die nötige Phantasie, um mit der Datenbank arbeiten zu
können.
Horst war da zurückhaltender. Ihm war der gesamte Aufbau
dieser Datenbank, in die er ja nur sehr oberflächlich
eingeführt worden war, zu hypothetisch.
Thea bat sie in einen Nachbarraum, wo für sie schon am
frühen Morgen ein Laptop mit dem Zugang zur Datenbank
bereitgestellt worden war.
„Noch eine Information, die vielleicht mein etwas ruppiges
Auftreten erklärt, wenn auch nicht unbedingt entschuldigen
soll. Wir haben hier ein sogenanntes „Art Loss Register".

Darin sind die teuersten gestohlenen Kunstwerke registriert, die da sind: Picassos, Miros und Chagalls. Das ist unsere Liga und da passt Ihr Amulett nicht so recht rein."

„Sie sprachen von teuer", entgegnete Paul. „Unser gestohlenes Amulett mag vielleicht nicht teuer sein, aber es ist historisch wertvoll und könnte die Geschichte auf den Kopf stellen, wenn Sie verstehen, was ich meine", verpasste nun Paul Thea einen deutlichen Rüffel.

*

Thea bemerkte schnell, dass die Chemie zwischen allen einfach nicht stimmte. Sie hatte aber auch keine Lust das zu ändern, denn es bestand ja auch keine Absicht für eine zukünftige Kooperation. Sie erklärte schnell, wie man die Datenbank aufruft und sie bedient. Paul kannte ähnliche Datenbanken aus seiner Lehrtätigkeit an der Universität von Edinburgh. Thea bemerkte das natürlich sofort und nahm dies zum Anlass, sich zu verabschieden.

*

„Was für ein Glück, Paul, dass du diese Datenbank sofort verstanden hast. Du glaubst doch nicht im Ernst, dass ich diese Schnepfe auch nur das Geringste gefragt hätte. Aber jetzt zurück zu unserem Fall. Ich vertraue auf deinen Instinkt, dass die Motive zwei und fünf, oder auch eine Kombination der beiden, für unseren Fall infrage kommen", meinte Horst nachdem Thea Müller die beiden allein gelassen hatte.

184

Paul fragte in der Datenbank nach den Vertriebswegen teurer gestohlener Bilder und nach den Wegen historisch wertvoller Statuen und Schmuckstücke innerhalb Europas. Während Bilder gemäß der Datenbank meistens Richtung Paris und London verschoben würden, waren die Wege geraubter Statuen, Schmuckstücke und Amulette über Russland-Moskau, Türkei-Istanbul, Libanon-Beirut und Italien-Sizilien angedeutet, speziell über die Gegend um das Agrigent.

„Hm, das sind ja doch mehr Länder, als ich vermutet habe", schien Horst irritiert. „Holen wir uns noch einen Kaffee und nehmen uns jedes Land einzeln vor."

Nach einem kurzen Stopp am Kaffeeautomaten vertieften sie sich wieder in die Datenbank. Paul ließ sich von seinem Bauchgefühl leiten.
„Moskau würde ich ausschließen. Diese „Kunsthändler" haben für kleine Keramiken keinen Markt. Sie sind mehr auf silberne und goldene Artefakte fixiert, die sie einschmelzen." Trotzdem fragte Paul zur Sicherheit, wie hoch der prozentuale Anteil verschobener kleiner Kunstkeramiken auf dem Moskauer Hehler-Markt sei. Die Antwort der Datenbank war wie erwartet, nämlich nahezu null.

„Istanbul und Libanon kommen meiner Meinung nach aus denselben Gründen ebenfalls nicht infrage. Trotzdem, fragen wir unsere Datenbank."
Paul gab die Frage in die Datenbank ein und wurde innerhalb von Sekunden bestätigt. Es wurde unter anderem der Kunstraub von Dresden zitiert. Bei diesem Raub waren im November 2019 goldene und silberne Spangen, Degen und

Münzen sowie Schmuckstücke mit Juwelen im Versicherungswert von mindestens 114 Millionen Euro aus dem historischen Grünen Gewölbe des Residenzschlosses entwendet worden. Teile der Beute waren eingeschmolzen oder zerstückelt, Diamanten aus den Schmuckstücken herausgebrochen und über Indien und China veräußert worden.

„Bleibt Italien-Sizilien, Agrigent übrig. Haben wir es vielleicht mit der Mafia zu tun?", argwöhnte Paul.
Horst schüttelte den Kopf.
„Was heißt hier Mafia? Ich glaube, die Mafia, so wie sie auch hier im BKA bekannt ist, hat mit den meisten Kulturdiebstählen nichts zu tun. Die haben andere Geschäftsfelder. Ich glaube eher, dass diese Kulturdiebe nur ähnlich organisiert sind, ihre Schutzmechanismen ähnlich entwickelt haben. Es könnte jedoch gewisse Schnittmengen zwischen herkömmlicher Mafia und Kulturdieben geben oder, dass sich moderne Kulturdiebe alter Mafiastrukturen bedienen."
Paul gab die nächste Frage ein:
„Welche Täter, Organisationen, Überführte oder auch Verdächtige haben ihre Wurzeln und/oder Basis im Agrigent?"
Sofort erschien eine Antwort auf dem Bildschirm:

„Organisation Sizilien"
Basen im Agrigent,
Hauptquartier, bisher nur als Vermutung, die Ortschaft Cattolica Eraclea in den Bergen Südsiziliens,
Koordinaten: 37.433333°, 13.4°
Geschätzter Umsatz pro Jahr: Zehn Millionen Euro."

Paul hielt inne und erinnerte sich an alte Überlieferungen, die in der Ritterschaft bis heute gepflegt wurden. Ruhig weihte er Horst ein.

„Nicht nur die Organisation Sizilien hat Basen im Agrigent. Im Mittelmeerraum sollen noch heute Bruderschaften und Vereinigungen existieren, die Anfang des 14. Jahrhunderts von Papst Clemens V exkommuniziert wurden, weil ihnen Kooperationen und Bündnisse mit der Templerorganisation nachgesagt wurden. Eine Basis liegt im Agrigent, im Tal der Tempel. Es ist die sogenannte Villa „Gratia Dei" - „Gnade Gottes". Die Bruderschaft nennt sich „Gratia Dei".

Horsts Laune verbesserte sich schlagartig.

„Da scheint sich ja ein kleiner Kreis zu schließen:

Amulett - Gnade Gottes in der Inschrift - Templer - Bruderschaften - Agrigent.

Setzen wir die Suche genau dort fort!"

Beide wahrten die Höflichkeit und verabschiedeten sich, trotz der unglücklichen Kommunikation, der Form halber von Thea Müller.
„Wir haben einen Ansatz gefunden. Wenn er zum Erfolg führt, werden wir natürlich die gute Kooperation mit dem BKA-Wiesbaden erwähnen, Frau Müller."

*

20.   Ein geheimnisvoller Anruf

Man merkte Horst an, dass er sauer war und dass er froh war, das BKA verlassen zu können

„Das war heute mehr als peinlich. Was bildet sich diese junge Kommissarin eigentlich ein?"

Paul beruhigte ihn.

„Rege dich doch nicht so auf. Junge Menschen reagieren eben manchmal so. Oft wollen sie damit eine Unsicherheit überdecken."

„Okay, dann haken wir die Sache als menschliche Schwäche ab. Konzentrieren wir uns darauf, wie wir den Überfall, sofern er wirklich einer war, aufklären können. Falls das Amulett schon im Agrigent ist, wird es schwer."

Horst steuerte sein Auto ruhig durch den dichten Nachmittagsverkehr. Er wusste nicht recht, wie er den Fall weiterbearbeiten sollte. Paul erging es ähnlich. Gerade als er es sich gemütlich machen wollte, begann sein Handy leise zu summen und zu vibrieren.

„Hallo Miriam, was verschafft uns armen, bisher erfolglosen Fahndern die Ehre deines unerwarteten Anrufs?"

„Es geht um Elo." Paul schaltete das Gespräch auf Lautsprecher. „Ich habe erst eben den Anrufbeantworter des Festnetztelefons abgehört." Miriams Stimme stockte und etwas leiser, als ob sie sich vor etwas fürchtete, setzte sie das Gespräch fort. „Es waren nur zwei Worte, die man mehrmals vernehmen konnte. Verzerrt, wie aus dem Weltall oder vom anderen Ende der Welt."

Paul wurde unruhig. „Was waren das für zwei Worte?"

Miriam zögerte erneut. „Besucht Elo! Und es wurde dreimal wiederholt."

„Ja, aber Elo liegt im Krankenhaus im Koma", warf Paul ein.

„Das ist korrekt. Die Aufforderung muss abgeschickt worden sein, als wir den Joint rauchten."

„Wie kommst du darauf? Wir haben doch gar kein Klingeln des Telefons gehört!", unterbrach Paul Miriam.

„Mag sein, dass wir abgelenkt waren. Gibt es denn eine Telefonnummer zur Nachricht?"

Miriam wurde energischer.

„Das ist es ja gerade, was mich nervös macht. Auf dem Band sind nur die zwei Worte und eine Verbindungsüberprüfung hat ergeben, dass mich niemand angerufen hat."

Auch bei Horst machte sich jetzt Nervosität bemerkbar.

„Willst du damit sagen, die Worte sind nicht über Kabel gekommen, sondern vielleicht über Funk? Miriam, ich schicke einen Mitarbeiter der IT-Abteilung der KTU vorbei. Er soll sich deine Telefon-Anlage mal ganz genau angucken."

„Habt ihr auch Experten für Spukphänomene?", war die durchaus ernste Frage Miriams.

„Warum Spuk? Elo lebt, sie ist nicht tot, dass sie spuken könnte", meinte Horst.

„Ich habe da mal etwas gelesen...", den Rest des Satzes verschluckte Miriam. „Wann kommt die KTU hier vorbei?"

„Ich benachrichtige sofort einen Kollegen. Wahrscheinlich kommen wir und der Kollege gleichzeitig in Urberach an. Rühre bitte das Telefon nicht an, auch wenn es klingeln sollte. Wir sind in zwanzig Minuten bei dir."

*

Wie vorhergesagt, kamen Horst und Paul sowie die beiden Kollegen der KTU gleichzeitig bei Miriams Wohnung an.

Sofort machte sich die KTU an die Arbeit. Alle Leitungen wurden überprüft, ob man Funksignale in die Leitungen induzieren könnte, Anschlüsse wurden auf Unregelmäßigkeiten gecheckt und selbst mit der Telefongesellschaft wurde gesprochen, um über deren technische Möglichkeiten eine eventuelle Telefonverbindung zum Übermittler der mysteriösen Sprachnachricht herzustellen. Aber weder KTU noch Telefongesellschaft konnten erklären, wie die Nachricht übermittelt worden war. Eine Mitarbeiterin der Telefongesellschaft ließ jedoch alle aufhorchen:

„Eine Frage tut sich mir nun allerdings auf, denn es ist nicht das erste Mal, dass wir mysteriösen Anrufen auf den Grund gehen sollen. Befinden sich in Ihrem persönlichen Umfeld oder Bekanntenkreis zurzeit Menschen im Sterbeprozess oder in tiefen komatösen Zuständen?"

Horst schaute in die Runde. Er war sich nicht sicher, ob er sofort antworten sollte. Doch alle nickten und ermunterten ihn dazu.

„Ich verstehe nicht so recht, was Sie meinen? Ich bin Kripobeamter und halte mich an harte Fakten. Ihre Frage geht ja wohl in Richtung Transzendenz. Aber lassen Sie mich trotzdem antworten. Die Person, die im Mittelpunkt unseres Falles steht, liegt zurzeit wirklich im Koma."

„Na also, da haben Sie doch Ihr hartes Faktum. Ich habe mich noch nicht tiefer mit diesen Sprachphänomenen beschäftigt, denn Sie müssen verstehen, ich bin Technikerin und genau wie Ihnen fällt es mir schwer, an die Transzendenz von Telefonstimmen unbekannter Herkunft zu glauben. Fakt ist, dass die Nachricht da ist und wir wissen nicht, wie sie technisch zustande kam. Ich habe aber gelesen, dass Esoteriker, Schamanen und Parapsychologen diese

Telefonstimmen oder auch Tonbandstimmen unter dem Phänomen „Transkommunikation" einordnen. Vielleicht bringt Sie dieser Hinweis weiter. Und noch ein letzter Tipp: In der Nachricht wird gesagt „Besucht Elo". Ich vermute, dass Ihre Person, die im Koma liegt, diese Elo ist. Machen Sie, was in der Mitteilung gefordert wird, besuchen Sie Elo."
Horst und alle anderen im Raum atmeten tief durch. Alle, bis auf Miriam, waren noch nie mit derartiger Transzendenz konfrontiert gewesen. Sie bedankten sich bei der Technikerin der Telefongesellschaft. Nach Beendigung des Telefonats bat Miriam um Aufmerksamkeit.

*

„Ich hatte euch ja am Telefon gesagt, ich hätte da etwas gelesen, habe aber dann den Satz nicht beendet. Ich habe vor langer Zeit wirklich mal einiges über Transkommunikation gelesen. Und ich habe auch seltsame Dinge elektrotechnischer Art erlebt, als meine Schwester vor Jahren an Krebs starb. Als sie in den letzten Tagen im Todeskampf lag, häuften sich bei mir zuhause seltsame Vorkommnisse. So klingelte mein Telefon am Tag als sie starb, und als ich den Hörer abnahm, vernahm ich nur ein schwaches Stöhnen und ein Rauschen im Hintergrund. Am selben Tag schaltete sich automatisch die Waschmaschine an, obwohl die Beladeklappe geöffnet war, und abends dann, nachdem ihr Tod eingetreten war und Aufregung und Erschrecken sich gelegt haben, stand ich traurig und erschöpft im Garten und ließ den Tag Revue passieren. Aus dem Augenwinkel sah ich plötzlich, wie das Licht in einem Zimmer in Parterre anging, obwohl außer mir niemand im Parterregeschoss war. In einer ersten Reaktion rief ich ruhig in den Nachthimmel hinein: „Mach es gut, unsere Seelen werden sich irgendwann, hier unten oder in einer anderen Sphäre wiedersehen!"

Danach gab es keine Phänomene mehr. Sie hörten einfach auf, als ob es sie nie gegeben hätte. Damals war ich noch jung und hatte zur Transzendenz absolut keinen Draht und habe mir folglich alle Phänomene schließlich mit technischen Hintergründen wie Fehlanruf, Kurzschlüsse oder Wackelkontakten erklärt. Alles, was ich über Transkommunikation im Zusammenhang mit dem erlebten Telefon-Phänomen gelesen hatte, hakte ich damals unter technischen Fehlschaltungen ab."

„Was hattest du denn über Transkommunikation gelesen", war Paul interessiert.

„Also, ich mache uns erst mal einen Kaffee und dann hört ihr mir bitte mal einige Minuten zu."

Miriam kochte einen guten Kaffee, schon allein der Duft frisch gemahlener Kaffeebohnen wirkte auf alle belebend. Sie kam mit einem Tablett voller gefüllter großer Kaffeebecher aus der kleinen Küche. Auch die zwei KTU-Mitarbeiter von Horst blieben.

„Also Leute, ihr könnt zum Thema Transkommunikation auch das Internet befragen. Ihr werdet da so sinngemäß folgendes lesen:

„Unter Transkommunikation versteht man alle Arten der Verständigung zu anderen Bewusstseinsebenen. Eine spezielle Art ist die Instrumentelle Transkommunikation mit feinstofflichen Dimensionen. Dabei werden Tonbandgeräte, Telefone oder auch Anrufbeantworter, wie in unserem Fall, von fremden Stimmen besprochen. In der Esoterikszene werden diese Stimmen als ITK-Stimmen, also Instrumentelle

Transkommunikationsstimmen, bezeichnet. Diese Stimmen sind objektiv nachweisbar und werden als ungeklärte Anomalien elektronischer Aufnahmegeräte klassifiziert. Diese Anomalien können nach dem damaligen Erkenntnisstand sowohl vom Benutzer der Geräte, also aus Versehen, als auch von jenseitigen Ebenen durch unbekannte Einflüsse, hervorgerufen werden.

Entdeckt wurden diese ITK-Stimmen 1959 vom schwedischen Opernsänger Friedrich Jürgenson. Er wollte damals mit seinem Tonbandgerät Vogelstimmen aufnehmen. Er entdeckte Stimmen im Hintergrund und wurde sogar von diesen mit seinem Namen angesprochen. Zunächst glaubte er an einen Defekt des Tonbandgerätes. Nach kurzer Zeit bemerkte er, dass die Stimmen denen von Verstorbenen ähnelten. Zur Überprüfung und Beurteilung seiner gesammelten Tonbandstimmen bat er Fachleute und Wissenschaftler hinzu. Einstimmiges Ergebnis dieser Fachleute war, dass hier nicht getrickst worden war."

Nachdenkliches Schweigen herrschte in der Runde.

Horst war der Erste, der sich äußerte, leise vor sich hin grübelnd.

„Leute, dieser Tag hat uns nicht viel weitergebracht. Aber Miriam, dein Kaffee war wenigstens gut. Zuerst das fast-Desaster beim Bundeskriminalamt und jetzt die Telefonstimme, von der wir nur vermuten können, woher sie kommt. Zum Thema Transkommunikation, na ja. Ich bin skeptisch, aber gehen wir auch dieser Spur nach und fahren am besten gleich morgen nach Langen ins Krankenhaus und besuchen Elo. Vielleicht ist sie ja tatsächlich die Urheberin dieser Nachricht und falls nicht, ein Besuch wird ihr auf alle

Fälle guttun.

„Du sagst es, es wird sich bestimmt etwas ergeben, das uns alle weiterbringt", machte Paul allen Mut.

*

21.   Besuch im Krankenhaus

„Auf Krankenhausluft reagiere ich fast allergisch", war der erste Kommentar Miriams zu Paul und Horst, als sie die große Eingangshalle des Langener Krankenhauses betraten. Sie gingen zur Rezeption und fragten nach Elos Zimmernummer. Ein mitleidiger Blick begleitete die Antwort, als ob die Dame am Empfang sagen wollte, Elos Zustand sei nicht gut.

„Sind Sie verwandt mit Professorin Stallmeister? Sie liegt noch immer auf der Intensivstation und da dürfen eigentlich nur enge Verwandte der Patienten hin."

„Kripo Offenbach", stellte sich Horst vor und zeigte gleichzeitig seinen Ausweis. „Und das sind meine Mitarbeiterin und mein Mitarbeiter. Wir möchten zuerst mit dem für Professorin Stallmeister zuständigen Arzt sprechen."

„Nehmen Sie doch bitte dort Platz, ich rufe den Oberarzt der Neurologie", deutete die Empfangsdame auf eine Reihe von Stühlen gegenüber dem Empfang.

Nach etwa zehn Minuten erschien der Neurologe Dr. Louis Zelinsky, eine imposante Gestalt, schlank, dunkelhaarig und fast zwei Meter groß. Er strahlte eine Freundlichkeit und Zuversicht aus, die sofort alle erfasste.

„Sie wollen also die Komapatientin Professorin Stallmeister besuchen? Nun, ich finde es immer förderlich, wenn meine bewusstlosen Patienten Besuch erhalten und wenn sie angesprochen werden. Jeder Reiz von außen kann dazu beitragen, dass die Patienten wieder aufwachen. Ich muss mich gleich schon wieder korrigieren. Komapatienten sind nicht immer bewusstlos, sie sind meistens nur bewegungsunfähig. Manche Patienten haben nach dem Aufwachen berichtet, dass sie sich wie im eigenen Körper gefangen fühlten und alles mitbekommen haben, was um sie herum geschah. Der körperliche Zustand von Frau Stallmeister ist zurzeit wieder soweit stabil, dass sie aufwachen könnte. Wir haben die Sedierungsmedikamente abgesetzt, aber irgendetwas blockiert sie. Wir merken das an ihren Gehirnströmen. Ich sage Ihnen das alles, damit Sie vorbereitet sind."

„Elo ist also nicht bewusstlos, sie hört uns, kann aber nicht reagieren, weil sie im eigenen Körper gefangen ist. Kann es sein, dass sie gar nicht im Körper gefangen ist, sondern vielleicht außerhalb ihres Körpers verharrt und keinen Weg zurückfindet?", wollte Miriam wissen.

„Wissen Sie, das ist eine sehr interessante Hypothese und solange ich praktiziere, mache ich mir ähnliche Gedanken, habe auch schon Antworten, die auf Ähnliches hindeuten, erhalten. Ich habe schon erlebt, dass die Anwesenheit eines Priesters, einer Schwester oder eines geliebten Menschen besser wirkte als alle unsere Medikamente, die wir injizierten. Aber kommen Sie doch alle mit. Gehen wir zum Krankenbett. Wir verlegen Elo Stallmeister demnächst in eine Pflegestation, denn wir können auf der Intensivstation nichts mehr für sie tun.

*

Elos Augen waren geschlossen, aber wenn man genau hinsah, bemerkte man, dass sie sich unter den Lidern schnell bewegten. Ihre Gehirnströme wurden auf einem Monitor kontinuierlich angezeigt. Sie deuteten alle auf einen entspannten Zustand hin.

„Ich lasse Sie jetzt allein mit der Patientin. Reden Sie mit ihr, berühren Sie ihre Hände, spielen Sie ihr Notizen vor, alles, was

ihren Geist, ihre Seele anregt, kann ihr nur guttun", machte
Dr. Zelinsky den drei Besuchern Mut.

Miriam berührte Elos Hände in der Hoffnung, einen
Gegendruck zu spüren. Aber sie wurde enttäuscht.

„Deine Hände wirken blutleer und kraftlos, Elo. Kannst du
uns hören oder spüren?" Miriam starrte auf den Monitor, der
die Gehirnwellen anzeigte, in der Hoffnung, eine Änderung
der monotonen Wellen zu bewirken.

Paul ging weniger zaghaft vor.

„Guten Tag Professorin Stallmeister. Sie machen Sachen,
fallen so mir nichts dir nichts die Treppe hinunter? Hatten Sie
Besuch, der Sie bedrängt hat?" Auch Paul schaute jetzt auf
den Monitor und auch er wurde enttäuscht. Die Gamma-
Wellen änderten nur fast unmerklich die Frequenz, was aber
von allen, einschließlich den Schwestern im
Überwachungsraum, als nicht signifikant eingestuft wurde.

*

Kurze Zeit vorher:

Elos Seele „flog" über die Wälder Urberachs und Offenthals.
Sie begegnete anderen menschlichen Seelen, die sie überreden
wollten zu bleiben, die grenzenlose Freiheit und vor allem das
riesige universelle Wissen zu genießen. Aber sie fühlte sich
noch nicht bereit zu bleiben, sie wollte mit aller Macht zurück
ins materielle Leben, wollte noch so vieles gemeinsam mit
ihren Kollegen erforschen. Sie dachte an Rotaha und das
Amulett. Eine Stimme deutete an, warum das Kloster
untergegangen war und was auf dem Amulett geschrieben
stand. Aber Elos Seele verschloss sich diesem Wissen, denn sie

197

hing an ihrem irdischen Leben. In der Ferne sah sie das Krankenhaus. Engelgleiche Wesen der Hoffnung geleiteten sie hinein, durch die Flure, bis in den Intensivraum, in dem ihr Körper lag. Sie versuchte, wieder in ihren Körper einzudringen, doch sie prallte ab, wurde immer wieder zurückgeworfen, zurück in die zeitlose Unendlichkeit des Zwischenraumes. Eine provozierende Stimme erklärte ihr, sie habe einen Teil ihrer Seele im Körper vergessen, ihr Körper sei nur deshalb noch nicht erkaltet, gestorben.

„Wer bist du?", fragte Elo.

„Ich habe viele Namen. Die alten Griechen nannten mich Hermes, Römer nannten mich Charon, der greise Fährmann, der die Verstorbenen über den Totenfluss Acheron ins Jenseits bringt, die alten Germanen nannten mich Walküre, bei den Urchristen wurden meine Dienste den Erzengeln Michael oder Raphael zugeschrieben und im Islam werde ich als Azrael, Engel des Todes, der die Seelen ins Jenseits trägt, bezeichnet."

Die Seele Elos verstand, dass die Entität, die zur Stimme gehörte, keinen Namen hatte. Nur die Menschen gaben ihr Namen, denn sie konnten namenlose Wesen nicht begreifen.

„Und du sollst mich ins Jenseits geleiten?"

„Ein Teil deiner Seele ist noch im Körper. Ich kann dir deshalb nicht helfen. Aber ich habe noch nie eine Seele zurück in den Körper getragen", war die Antwort.

„Du hast Glück. Ich kann in die Zukunft schauen. Deine Bekannten werden dich besuchen. Da ist eine Frau, eine Kundige, eine Druidin, eine Schamanin dabei. Sie wird dir helfen. Ich verlasse dich jetzt. Bedenke, hier gibt es keine Zeit, aber bei den Menschen rennt die Zeit. Bleibe nicht zu lange hier!"

Elo hatte wieder Hoffnung. Sie wusste nun, dass ihr Hilferuf gehört worden war. Sie blieb im Zimmer, schwebte über ihrem fast leblosen Körper und wartete.

*

„Elo, wir haben vom BKA wichtige Informationen erhalten, wer dich besucht haben könnte." Horst blickte auf die Gamma Welle im Monitor von Elos Enzephalogramm. Sie veränderte leicht ihre Frequenz.

„Kannst du mit der Gegend Agrigent auf Sizilien oder mit dem Namen einer zwielichtigen Gesellschaft die sich „Organisation Sizilien" nennt, etwas anfangen? Hat dich vor deinem Unfall ein Italiener besucht? Hat er das Amulett an sich genommen?"

Horst beobachtete den Gehirnwellendetektor. Elos Körper wurde unruhig. Schweiß rann ihr über die Stirn und der eindeutigste Hinweis, dass etwas in ihr vorging, kam über die Gamma-Welle, die nun hochfrequent fast den gesamten Monitor ausfüllte. Gleichzeitig gingen Elos Puls und Blutdruck hoch, so hoch, dass Alarm ausgelöst wurde. Dr. Zelinsky und zwei Schwestern kamen hinzu, stellten den Alarm ab. Gleichzeitig normalisierten sich wieder alle Werte.

Miriam hegte die Hoffnung, dass dieser Schock Elo zurückbringen könnte. Aber die Hoffnung war nur von kurzer Dauer. Elo lag noch immer im Koma.

„Verzweifeln Sie nicht, das eben war ein gutes Zeichen! Sie will zurück, sie will nicht drübenbleiben", schürte Dr. Zelinsky weiter die Hoffnung aller.

*

Elo hatte die Begriffe „Agrigent", „Sizilien", „Organisation Sizilien" und „Italiener" sowie die Frage, ob sie damit etwas anfangen könne, verzerrt, wie aus weiter Ferne vernommen. Sie wollte antworten, aber die Stimme ihres komatösen Körpers versagte, obwohl er nur wenige Zentimeter entfernt war. Sie bemerkte, dass alle immer wieder auf den Monitor starrten.

Ich muss das Ding beeinflussen! Mit Miriams Telefon klappte es ja auch.

Wieder nahm sie all ihre Energie zusammen und konzentrierte sich. Ein Teil ihrer Seele, sie sah tentakelähnliche Schlieren, drang in den Monitor ein und begann für die Menschen unsichtbar zu pulsieren. Das Pulsieren wurde so stark, dass schließlich die Frequenz der Gamma Welle mächtig verändert wurde. Elo nahm wahr, wie ihre Besucher die Veränderung bemerkten, teils überrascht, teils geschäftig hektisch. Sie wollte die Gunst des Augenblicks nutzen und in den Kopf ihres Körpers eindringen.

Aber, sie stand wie vor einer verschlossenen Tür. Sie wurde zurückgeworfen in die zeitlose Unendlichkeit der Zwischenebene, obwohl sie sich noch in der Nähe ihres Körpers befand. Sie beobachtete Miriam.

Miriam muss die Schamanin sein.

Wieder sandte sie Tentakel ihrer Seele aus, diesmal in den Kopf Miriams.

*

Miriam blickte auf Elos Körper und auf den Monitor. Die Gamma-Welle hatte sich wieder beruhigt. Da, wie ein Blitz aus heiterem Himmel, durchzog ein stechender Schmerz ihr

Gehirn. Ihr Körper versteifte sich und ihre Augen schauten gebannt zur Decke, als ob sie dort etwas sähe und höre. Ihre Lippen bewegten sich, doch es kam kein Laut. Sie verharrte so einige Momente, dann begann sie zu nicken und konnte auch wieder sprechen.

„Ja, Elo, ich werde dir helfen. Ich bin geehrt, dass der Engel des Todes mir diese Rolle zugewiesen hat!"

Alle im Raum schauten verwundert Miriam an.

*

Dr. Zelinsky bat alle Besucher Elos in sein Büro. „Sie haben eben selbst mitbekommen, dass Frau Stallmeister aufwachen will, aber durch irgendetwas daran gehindert wird. Das ist jetzt erst einmal nicht ungewöhnlich. In den meisten Fällen schaffen es die Patienten, wieder aufzuwachen. Ich schlage vor, wir behalten Professorin Stallmeister noch einige Zeit hier in der Klinik. Wenn sich in den nächsten Tagen an ihrem Zustand nichts ändert, entlassen wir sie in eine Pflegeeinrichtung. Sie ist nicht auf eine Beatmungsmaschine angewiesen und die Ernährung kann man weiter über eine Magensonde gewährleisten. Sie kann also ohne Apparatemedizin überleben. In den Patientenunterlagen lese ich, dass sie keine Angehörigen hat. Das ist nicht gut. Sie braucht jemanden, der sie ab und zu, idealerweise jeden Tag, anspricht, ihr etwas vorliest."

Miriam ergänzte die Mut machenden Worte Dr. Zelinskys.

„Es gibt noch eine weitere Möglichkeit, wie man sie vielleicht zurückbekommt. Sie haben alle bemerkt, dass ich vorhin an ihrem Krankenbett eine Vision gehabt habe. Ich drücke es jetzt mal so aus, mein Gehirn ist sensibilisiert worden, anfangs

201

unter großem Schmerz, der aber genauso schnell nachgelassen hat, wie er gekommen ist. Dann habe ich Elos Stimme gehört. Sie hat mir erzählt, dass sie während ihrer früheren Tätigkeit beim Bau des Keltenmuseums am Glauberg mit Bürgern zu tun hatte, die sich in der Kultur der Kelten gut auskannten. Sie hatte dort Menschen kennengelernt, die von sich behaupteten, Druiden und Druidinnen zu sein. Auch hat sie davon gesprochen, dass sie sich wahrscheinlich auf der Traumstraße befinde, die im keltischen Kulturkreis eine große Rolle spielte. Diese Druiden seien laut Erzählungen in der Lage, verirrte Seelen der Menschen von der Traumstraße zurück zu den Menschen zu geleiten. Elo hat mich gebeten, eine Druidin zu suchen, die ihr hilft und das habe ich ihr vorhin versprochen."

Dr. Zelinsky war ein sehr aufgeschlossener Arzt. Er hatte gerade auf dem Gebiet der menschlichen Psyche so viel Transzendentales erlebt, dass er nicht lange zögerte.

„Ein Versuch ist es allemal wert. Gehen wir doch parallel vor. Ich suche für Frau Stallmeister eine Pflegeeinrichtung und Sie versuchen eine Druidin des keltischen Kulturkreises zu finden. Wenn Sie zu guter Letzt diese Druidin gefunden haben, kommen Sie mit ihr sofort hierher. Wir helfen gerne und gehen auch außergewöhnliche Wege."

Sie verließen das Krankenhaus. Auf dem Weg zurück nach Urberach besprachen sie, wie sie weiter vorgehen wollten. Miriam wollte die Druidin finden, Horsts und Pauls nächstes Ziel war Sizilien und die Gegend Agrigent.

*

22.   Ankunft auf Sizilien

„Ihr Lufthansaflug LH 513 nach Catania ist bereit zum Einsteigen", ertönte die freundliche Ansage des Bodenpersonals am Gate B01 des Flughafens Frankfurt. „Bitte zunächst Gehbehinderte und Eltern mit Kleinkindern einsteigen."

„Na also, es geht los, wenn auch langsam. Die Einsteigegruppe 4 wird so in zehn Minuten mit dabei sein", war Horst jetzt erleichtert, denn das lange Warten nervte ihn. Horst war von seinem Vorgesetzten bei den Kollegen in Catania angekündigt worden und Paul begleitete ihn privat. Es war auch mitgeteilt worden, dass Horst vor Ort zusätzlich von einem römischen Ermittlerduo verstärkt werden würde, das auf Kulturraub spezialisiert war. Nino Lombardo und Cecilia Monti, so hieß das Duo, verfolgten schon jahrelang die verschiedensten Spuren geraubter Kunstwerke, auch Goldmünzen sowie historische Statuen ins sizilianische Agrigent. Einen großen Fahndungserfolg gegen die Kunstraubszene konnten sie aber noch nicht vorweisen, was allerdings nicht mangelhafter Einsatzbereitschaft geschuldet war.

Kurz vor dem Abflug erhielten Horst und Paul von Miriam eine Whatsapp-Nachricht: „Ich werde versuchen, Kontakte zu einem keltischen Geschichtsverein am Glauberg zu knüpfen. Ich versuche dort das Thema Traumstraße in Verbindung mit Komapatienten anzusprechen und informiere euch, sobald ich etwas mehr in Erfahrung gebracht habe. Guten Flug und passt auf euch auf!"

Der Flug nach Sizilien verlief so ereignislos und ruhig, dass Horst gar nicht bemerkte, wie er in einen langen Dämmerschlaf gefallen war. Erst als das Flugzeug auf der

Landebahn des Flughafens Catania Fontanarossa International Airport mit einem leichten Stoß aufsetzte, wurde er wach. Die Chefflugbegleiterin spulte professionell das Willkommen und die Verabschiedung ab, natürlich mit dem Hinweis, dass alle Passagiere wieder Lufthansa bevorzugen sollten.

„Würden wir doch gerne machen, wenn sie weniger streiken würden", murmelte Horst zu Paul.

„Die Gepäckausgabe funktioniert hier besser als in Frankfurt", bemerkte Paul.

Als Horst und Paul die Ankunftshalle betraten, wurden sie von einer Vielzahl italienischer Flughafen-Cafés überrascht. Sie schauten sich um, ob sie irgendwo Nino erkennen könnten. Fehlanzeige. Nino war in einem Verkehrsstau stecken geblieben, wie er kurz vorher per Sprachnachricht auf Horsts Handy gesprochen hatte.

*

Eine halbe Stunde später war Nino zur Stelle. Horst musterte seinen italienischen Kollegen unauffällig und überlegte, warum er sich immer im Vergleich zu ausländischen Kollegen so underdressed vorkam. Das Outfit Ninos schätzte er auf 400 Euro. Nino war etwa 1.75 Meter groß, Anfang Vierzig, dunkle Locken und sehr schlank. Er trug eine Ray Ban Sonnenbrille, eine modische schwarze Pioneer Megaflex Jeanshose, ein weißes Versace T-Shirt und schwarze Camper-Mokassins. Nino begrüßte beide südländisch herzlich.

„Mi scusi für die Verspätung. Aber eine Karambolage auf der Zubringerstraße hierher hat den Verkehr zusammenbrechen lassen. Ich habe mein Auto in der Kurzparker Zone geparkt, gerade gegenüber."

Nach nur ein paar hundert Metern konnten sie die Reisetaschen in Ninos Auto, einem 635er BMW, verstauen.

„Nettes Auto! Dienstwagen?", fragte jetzt Paul ganz offen neidisch.

„Ach was, Dienstwagen sind meistens Fiats. Aber, ich gönne mir ja sonst nichts."

„Außer vielleicht ein paar Markenklamotten", ergänzte Horst keck.

„Genau, das Leben als Polizist kann kurz sein, besonders in Rom, Neapel oder hier", war die ehrliche Antwort.

Über den Flughafenzubringer erreichten sie zügig die gut ausgebaute Nationalstraße in Richtung Agrigent durchs Landesinnere. Rechter Hand konnte man den höchsten Vulkan Europas, den Ätna, klar erkennen. An diesem Tag schwelte nur eine kleine Rauchfahne aus ihm heraus und er vermittelte einen sehr friedlichen Eindruck. Nino bemerkte, wie Horst und Paul den Ätna respektvoll beobachteten.

„Lasst euch nicht täuschen. Er sieht heute friedlich aus, aber er ist ein sehr aktiver Vulkan. Der Flughafen Catania musste in jüngster Zeit mehrmals wegen Ascheregens gesperrt werden, die Lava des Vulkans floss bis in mehrere Städte in der Umgebung Catanias."

Nach zwei Stunden Fahrt über die autobahnähnlich ausgebaute Nationalstraße erreichten sie das Polizeirevier der Stadt Agrigent. Sie wurden schon von der Kollegin Cecilia Monti erwartet.

Das Erste, was beiden auffiel, war ihre „normale" Kleidung im Vergleich zu der Ninos. Cecilia war ebenfalls Anfang Vierzig, 1,65 Meter groß, sie wirkte sehr durchtrainiert, dunkle, kurzgeschnittene Haare und ihre Stimme hatte eine gewisse, fast maskulin tiefen Tonlage. „Willkommen in

Agrigent", begrüßte sie die Neuankömmlinge. „Wir wurden informiert, dass Sie einer Spur nachgehen und ein geraubtes, historisch wertvolles Amulett suchen. Mein Kollege und ich gehen seit Jahren ähnlichen Spuren nach, aber immer, wenn wir glaubten, kurz vor einem Fahndungserfolg zu stehen, verlor sich die Spur in den Bergen Südsiziliens. Wie schon ihr BKA erkannt hat, muss es in der Gegend von Cattolica Eraclea eine Organisation geben, die sich auf Kunstraub spezialisiert hat. Vielleicht gelingt uns gemeinsam ein Durchbruch."

Sie gingen in einen Nebenraum, um das weitere Vorgehen zu besprechen. Horst wunderte sich etwas, denn von italienischer Leichtigkeit war bei Cecila nichts zu erkennen. Im Gegenteil, sie machte einen drängenden Eindruck.

„Nun, unsere Spezialisten in Deutschland sind der Meinung, dass zunächst ein unauffälliger Zugang geschaffen werden muss. Dazu werden wir uns als Antikwarenhändler ausgeben und versuchen, hier im „Tal der Tempel" über die Villa „Gratia Dei - Die Gnade Gottes" erste Kontakte zu knüpfen. Wir beginnen dort, da auf dem Amulett unter anderem etwas von der Gnade Gottes geschrieben steht und sich die Routen des Kunstdiebstahls, speziell von Statuen und anderen Artefakten, in Agrigent kreuzen. Es ist uns klar, dass diese Villa sehr wahrscheinlich keinerlei Verbindung zu unserem geraubten Amulett hat, aber wir hoffen, dass dadurch in der Kunstraubszene eine gewisse Unruhe bewirkt wird. Wir schlagen vor, erstmal alleine den Kontakt zu knüpfen, denn Sie beide kennt man hier wahrscheinlich. Halten Sie uns den Rücken frei, im wahrsten Sinne des Wortes, begleiten Sie uns unauffällig."

Cecilia nickte. „Okay, lasst uns so beginnen, auf eine gute Zusammenarbeit, Kollegen!"

23.   Im Tal der Tempel

Das „Tal der Tempel" war Teil der archäologischen Stätten der Stadt Agrigent, wiederum hervorgegangen aus der ursprünglichen griechischen Stadt Akragas, gegründet in der griechischen Kolonisationswelle um 582 v. Chr. Die Bezeichnung „Tal der Tempel" war eigentlich irreführend, da alle Tempel auf einem Hochplateau lagen. Die Gegend wurde als Tal bezeichnet, da die Stadt Akragas-Agrigent höher lag und der Blick ins etwas tiefer gelegene Hochplateau reichte.

Horst und Paul reihten sich in die Schlange vor dem Ticketschalter ein. Sie hatten Glück, denn um diese Jahreszeit besuchten, im Vergleich zum Sommer, nur wenige Besucher die Tempel, so dass sie sehr schnell Tickets erhielten. Beide waren weniger an den dorischen Tempeln interessiert. Sie wollten vielmehr die Villa Gratia Dei möglichst schnell ausfindig machen und wenn möglich, mit den Eigentümern oder Nutzern reden. Etwa einen halben Kilometer hinter dem Concordiatempel fanden sie die Villa, versteckt in einer weitläufigen Gartenanlage. Palmen und Kakteen waren die vorherrschenden Pflanzen. Über eine kleine Rampe, die für Rollstuhlfahrer errichtet worden war, erreichten sie den Eingang. Über diesem war eine große ovale Platte angebracht. Auf bläulichem Grund standen in verschnörkelter Schrift und in goldenen Buchstaben zwei Hinweise in Latein:

Viae Dei sunt inscrutabiles.
Non omnis, qui malus proscribitur, malus est.

Paul war gut in Latein und bemerkte Horsts fragenden Blick. „Lateinische Sprüche bewirken oft ein mystisches Gefühl. Dabei sind es meist nur einfache Lebensweisheiten. Über dem

Eingang steht:

Gottes Wege sind unergründlich.
Nicht jeder, der als schlecht geächtet wird, ist schlecht."

Direkt unter dem ersten Hinweis war ein gleichschenkeliges
Dreieck abgebildet, und zwar mit der Spitze nach oben
Im Dreieck, genau im geometrischen Mittelpunkt, befand sich
ein Kelch. Dreieck und Kelch waren von symbolischen
Flammen umgeben.
Paul und Horst machten sich mit lauter Stimme bemerkbar.
Sie wollten die Aufmerksamkeit von Personen im Innern der
Villa auf sich ziehen. Paul erklärte deshalb Horst auch
gestenreich und mit lauter Stimme die Symboltiefe von
Dreieck, Flammen und Kelch:

„Das Dreieck wurde schon im alten Ägypten als Symbol der
Auflösung der Gegensätze verwendet. Im späteren
Christentum stand und steht es noch heute für die
Dreifaltigkeit. Der Kelch im Mittelpunkt ist ein Symbol des
Lebens und der göttlichen Gnade. Du findest auch hier wieder
den Hinweis auf die göttliche Gnade. Und die einhüllenden
Flammen stehen für die Transformation. Holz wird bei der
Verbrennung in Wärme, Licht und Asche umgewandelt.
Spirituell verbindet man auch im Christentum die Reinigung
und Läuterung der Seele mit dem Feuer. Du kennst ja
bestimmt den Begriff Fegefeuer."

In diesem Moment machte sich hinter den beiden ein
Bewohner der Villa bemerkbar. Er kam leise und hatte Paul
wohl zugehört. Aufgrund seiner Kleidung konnte man ihn für
einen Priester halten:

Er trug ein beiges Gewand, das mit einer dicken, geknüpften Kordel um die Hüften geschnürt war.

„Es ist immer wieder schön zu erleben, wenn sich Passanten mit den kleinen Dingen unseres Anwesens intellektuell auseinandersetzen. Wie darf ich Ihnen helfen oder haben Sie gar Lust, die Historie unserer Bruderschaft im Inneren der Villa zu erfahren?"

Horst und Paul stellten sich als Antikwarenhändler vor, die auf der Suche nach bestimmten Artefakten aus der Zeit um Jesus seien und sich sehr gerne die Villa ansehen wollten.

Sie wurden beide von ihrem Führer, der sich nicht mit Namen vorgestellt hatte, ins Innere der Villa geführt. Auch Paul gab sich nicht als schottischer Ritter der Wahrheit zu erkennen, er wollte prüfen, inwieweit bei der Führung die Wahrheit gesagt würde. Er merkte sehr bald, dass ihr Gastgeber nichts verbarg. Schon beim ersten Gemälde, das in der großen Empfangshalle hing und worauf ein unbekannter Maler die Verbrennung der letzten Großmeister des Templerordens 1314 auf dem Scheiterhaufen in Paris festgehalten hatte, wurde direkt darauf hingewiesen, dass die Bruderschaft „Dei Gratia" von Papst Clemens V vor rund 700 Jahren exkommuniziert worden sei. Paul warf Horst einen vielsagenden Blick zu, dass sich hier wirklich ein Kreis zu schließen schien. Weitere Bilder zeugten von der Zerschlagung der Templerorganisation und der Flucht einiger Mitglieder nach Schottland und Portugal entlang des Jakobsweges. Die kleine private Führung dauerte fast eine Stunde und gegen Ende wurde sogar noch Kaffee und etwas Gebäck angeboten.

„Sie sagten anfangs, dass Sie Antikwarenhändler seien und bestimmte Artefakte aus der Zeit Jesu suchen. Nun, hier im Agrigent findet man von Zeit zu Zeit Artefakte, die 500 Jahre älter sind. Deshalb verstehe ich nicht recht, warum Sie hier und nicht im Nahen Osten suchen."

Horst lächelte. „Das stimmt. Im Nahen Osten findet man in der Wüste fast täglich Artefakte aus der Zeit Christi oder kurz nach seiner Kreuzigung. Aber wir suchen Artefakte, die schon in den Händen der Templer waren, nach Mitteleuropa gebracht wurden, aber heute erneut verschollen sind."

Der „Fremdenführer" lehnte sich zurück und brachte die Unterhaltung auf genau den Punkt, den sich Horst und Paul erhofft hatten.

„Nun, ich glaube, wir brauchen uns nichts vorzumachen. Sie suchen also gestohlene oder geraubte Artefakte. Ich muss Ihnen beiden ja wohl nicht erklären, dass der Handel oder der Erwerb gestohlener Ware strafbar sind. Aber, ich bin kein Richter und meine Bruderschaft wurde in den letzten Jahrhunderten von den Obrigkeiten sehr oft missbilligend behandelt, weshalb ich Sie nicht der Polizei melden werde. Aber ich kann Ihnen auch leider gar nichts anbieten, allerdings ...," ... und jetzt sprach er leiser, als hätten die Wände Ohren. „Nicht weit von hier, in einem kleinen Gebirgsort namens Cattolica Eraclea in der Nähe der Küstenstadt Montallegro, gibt es angeblich eine Organisation, die sich „Organisation Sizilien" nennt. Man spricht hinter vorgehaltener Hand davon, dass diese Organisation mit geraubten Artefakten aus ganz Europa handelt. Unsere Bruderschaft hat über Kontakte erfahren, dass erst vor kurzem ein fischähnliches Amulett mit geheimnisvollen Inschriften in der Organisation aufgetaucht sei. Vielleicht hilft Ihnen das weiter?"

Paul wusste nicht, wie er sich verhalten sollte. Aber der Fremde kam ihm zuvor.

„Sie müssen sich nicht bedanken, Templer!"

„Woher wissen ...?" und wieder wurde Paul unterbrochen:

210

„Gottes Wege sind unergründlich."

Paul wollte nachhaken, aber er unterließ es, denn er wusste, dass die in der Gegenwart noch existierenden, in Europa versprengten Templergruppen aufeinander aufpassten. Vermutlich gab es auch in Schottland eine solche Gruppierung oder Templer-Einzelgänger, die den Rittern der Wahrheit wohlgesonnen waren.

*

Bereits am nächsten Tag machten sie sich auf den Weg nach Cattolica. Nino und Cecilia saßen vorne im Auto und Beifahrersitz, da sie ortskundig waren. Nino hatte auf Drängen Cecilias sein Fahrzeug allerdings mit einem kleinen SUV tauschen müssen, denn sie wollte kein Aufsehen erregen. Die Küstenstraße E931 in Richtung Montallegro war wie immer stark frequentiert. Sie führte an idyllischen Buchten und Strandabschnitten vorbei. In der Ortschaft Siculiana nahmen sie ein spätes Frühstück ein, Cappuccino und je ein Stück des beliebten süßen italienischen Milchreiskuchens, Torta di Riso.
„Wir sollten uns überlegen, ob es nicht sinnvoll wäre, in Montallegro in einem Hotel zu übernachten", schlug Horst vor.
„Scusa no, Leute, wir sind in Agrigent fast am A… der Welt. In Montallegro wären wir sogar im A… der Welt. Tut mir das nicht an. Ich fahre euch auch freiwillig immer zurück, egal, wie spät es ist."
„Okay, du chauffierst uns hin und her, probieren wir es so. Unser weiteres Vorgehen machen wir wie im Tal der Tempel.

Wir fragen und sind in der ersten Reihe, ihr haltet uns den Rücken frei."

„Genau, das hat sich ja bewährt."

Nach dem Frühstück erreichten sie zügig Montallegro. Ab da ging es über die an Serpentinen reiche SP 29 zehn Kilometer sanft bergauf zum Endziel.

„Das wurde auch Zeit, noch paar dieser überaus engen Serpentinen und ich hätte mich übergeben müssen", gestand Cecilia, als sie nach weiteren zwanzig Minuten den Ortseingang passierten und ihr Auto in einer der ersten Seitenstraßen parkten.

„Wo beginnen wir mit unserer Suche?", wollte Paul wissen.

Horst zuckte mit den Schultern.

„Piazza Umberto", gab Nino den Anfang vor.

*

24.   Die Organisation Sizilien in Cattolica Eraclea

Cattolica Eraclea liegt etwa 40 Kilometer nordwestlich von
Agrigent in den Bergen, rund 200 Meter über dem Meer, das
ungefähr 10 km Luftlinie entfernt ist. 1978 war die
Eisenbahnlinie nach Cattolica eingestellt worden, es war
fortan nur noch mit dem Auto über die enge kurvige Straße
erreichbar. Zahllose junge Menschen von hier wanderten
daraufhin in die Metropolen Deutschlands, Englands und
Frankreichs aus. Erst in jüngerer Zeit kamen wieder die
Kinder der damaligen Auswanderer und auch deren Bekannte
und Freunde zurück in die Ortschaft, wenn auch meist nur im
Frühjahr und Herbst. Ja sogar Deutsche, Kanadier und
Engländer, also alles nichtstämmige Italiener interessierten
sich immer mehr für die Ortschaft. In der zweiten Hälfte des
letzten Jahrhunderts schaffte es Cattolica dennoch sogar in
die Schlagzeilen der großen Tageszeitungen Italiens und auch
ins Fernsehen, als der Staat gegen einige Mitglieder des Clans
„La Grande Famiglia" ermittelte und schließlich mit
spektakulären Festnahmen Zeichen setzte. Der Clan erholte
sich von diesem Schlag nie mehr wirklich. Neue
Organisationen traten an dessen Stelle mit neuen
„Geschäftsfeldern", die teilweise ebenfalls hart am Rande der
Legalität angesiedelt waren. Eine dieser Organisationen war
die „Organisation Sizilien". Sie war ähnlich wie eine Mafia-
Familie gegliedert. Ganz oben stand der Patron oder Don,
darunter ein oder auch zwei Unterbosse, dann einige Capos
und darunter schließlich die Soldaten und Zuarbeiter. Die
Organisation nutzte Cattolica als Basis, da für Außenstehende
nie klar ersichtlich war, welches Haus oder welche Einwohner
dazugehörten und welche nicht, geschweige denn, welcher
Grad wo wohnte. Die Organisation war unsichtbar und

trotzdem präsent. Selbst Personen wie Alfredo, immerhin ein Capo, wussten zwar, dass der Arm der Organisation nicht weit entfernt war, aber die ganz großen Patrone hatte er noch nie gesehen, und er wusste auch nicht, wo sie wohnten. Sie agierten konsequent im Hintergrund und übten sich jeden Tag in der Kunst des Delegierens.

Alfredo Arte war schon wieder einige Tage zurück in seinem Büro in der Nähe des großen Marktplatzes Piazza Umberto. Er war um 50 000 Euro reicher und verschwendete keinen Gedanken daran, etwa 200 000 Euro verloren zu haben, denn er fühlte sich dafür sicher und von der Organisation beschützt. Es war ein ungeschriebenes Gesetz in Sizilien, dass man ein gutes Leben genießen konnte, wenn man der großen Politik und den etwas kleineren Organisationen in Rom, Neapel oder auf Sizilien nicht in die Quere kam.
Wie an jedem Morgen machte er sich gegen 11 Uhr auf zu einer kleinen Cappuccino-Pause in seinem Stammcafé, dem Grand Café de Piazza Umberto. Der Piazza Umberto war ein rechteckiger großer Platz mit einer Fläche von rund 10 000 Quadratmetern. Im Sommer ging es gegen 11 Uhr auf dem Platz sehr lebhaft zu. Jetzt im Frühjahr, war es ruhig und die meisten der umliegenden Cafés waren noch verwaist.
Alfredo wurde von der Wirtin herzlich begrüßt und sie brachte ihm wie immer, ohne dass er bestellen musste, einen Cappuccino. Es waren noch keine weiteren Gäste anwesend und so zündete er sich genüsslich eine Zigarette im Innenraum an. Die aufmerksame Wirtin setzte sich zu ihm.
„Na, hast du wieder mal Lust unseren Orts-Carabinieri zu ärgern? Aber, kannst mir ruhig auch eine spendieren. Riskieren wir zu zweit einen Anschiss. Zu mehr Sanktionen traut er sich sowieso nicht."

Alfredo klopfte leicht auf den unteren Teil der Zigarettenpackung und hielt sie der Wirtin hin, die sich auch sofort bediente und mit einem tiefen Zug ihre Lungen bis ins letzte Lungenbläschen mit dem Tabakrauch flutete.

„Danke", blies sie den Rauch ausatmend gegen die Stuckdecke des Cafés.

„Hast du gute Geschäfte in Deutschland gemacht?", fragte sie lächelnd mit ihrer tiefen Stimme.

„Ich kann mich nicht beklagen", antwortete er.

*

Gegen 12 Uhr füllte sich der Schankraum. Bauarbeiter kamen von den umliegenden Baustellen, bestellten Sandwiches und roten Tafelwein. Alfredo las mittlerweile Zeitung und beobachtete die Szene. Es wurden Neuigkeiten ausgetauscht und teilweise auch derbe Witze gemacht, die jedes Mal mit lautem Gelächter quittiert wurden. Alfredo bemerkte auch zwei ortsfremde Gäste. Er erkannte das an deren hellerer Hautfarbe und auch daran, dass sie die Menükarte studierten, denn die Einheimischen kannten diese auswendig. Der eine schien Brite zu sein, zumindest ordnete Alfredo den Zungenschlag bei der Bestellung so ein. Alfredo wurde aufmerksamer, als er hörte, wie sich die Wirtin mit den beiden unterhielt.

„Was führt Sie denn in unsere kleine Ortschaft"", fragte sie, als sie die zwei Getränke und die Toasts brachte. Beide lächelten und der Brite, Paul hieß er, holte einen Zeitungsartikel aus seiner Jackentasche.

„So, jetzt wird es spannend", dachte sich Alfredo.

Paul und Horst hatten sehr wohl bemerkt, dass sie beobachtet wurden. Sie behielten den Zeitungsleser im Blick, beantworteten aber die Frage der Wirtin so laut, dass es jeder im Schankraum mitbekam.

„Wir sind Antikwarenhändler und suchen alte Artefakte aus griechischer Kolonialzeit von 500 bis 300 vor Christus, auch aus der Zeit um Jesus. Wir suchen ganz speziell hier Amulette und haben gehört, dass wir gute Chancen hätten, hier welche zu finden." Paul drückte sich bewusst ungenau aus. Dann hielt er das Foto des in Rödermark abhanden gekommenen fischähnlichen Amuletts in die Höhe, so dass es jeder sehen konnte. „So ähnliche Amulette suchen wir", verkündete Paul. Kaum hatte er das Foto hochgehalten, unterbrachen die anwesenden Bauarbeiter ihre Unterhaltungen. Nach kurzem Innehalten schüttelten alle den Kopf, auch die Wirtin. Jeder in Cattolica wusste, dass es eine Organisation Sizilien gab, die weltweit mit Artefakten handelte. Und jeder im Ort wusste auch, dass die Herkunft der meisten Artefakte unklar war. Horst und Paul hatten diese Reaktion fast erwartet. Es war ihnen klar, dass die Gäste hier nicht auf die zwielichtige Organisation aufmerksam machen wollten.

*

Alfredo hatte von seinem Platz aus unauffällig einen schnellen Blick auf das Foto geworfen. Er erkannte auch von weitem, dass das Foto jenes Amulett zeigte, das er der Organisation besorgt hatte. Trotzdem blieb er ruhig und schweigsam. Er beobachtete, wie die beiden noch einen Cappuccino bestellten. Nachdem die Wirtin beide bedient hatte, ging er zur Theke zahlte und schrieb auf einen Zettel: „Seien sie morgen um 11

Uhr wieder hier." Er trug der Wirtin auf, den beiden diesen hinzulegen, wenn sie das Café verlassen wollten.

„Ich glaube, den sehen wir wieder oder hören zumindest noch etwas von ihm", flüsterte Horst Paul zu.

Das Café war gegen 13.30 Uhr wieder leer. Nur noch die beiden waren im Raum. Kurz bevor sie bezahlen wollten, legte die Wirtin Alfredos Botschaft auf ihren Tisch.

„Bingo", kommentierte Horst kurz. „Einer hat angebissen".

Paul fragte nach dem Namen des Gastes, der den Zettel geschrieben hatte. Die Geste der Wirtin war eindeutig desinteressiert. Sie kannte ihn angeblich nicht, log sie.

„Auch das war zu erwarten, hier gilt wohl immer noch das Gesetz des Schweigens", kommentierte Paul hinter vorgehaltener Hand.

*

Paul und Horst hatten einen kleinen Teilerfolg errungen. Davon ermutigt, gingen sie nach dem Besuch des Cafés zum Rathaus, das auch an der Piazza Umberto lag. Sie wollten sich dort im Amt für Kultur und auch bei den Carabinieri als Antikwarenhändler vorstellen.

Das Rathaus war ein imponierendes altes Gebäude aus dem frühen 20. Jahrhundert. Ein kleiner Glockenturm mit Uhr auf dem Dach und drei große Flaggen in Höhe des ersten Stocks zierten die Außenfassade: die italienische Flagge, die Europa-Flagge und die mystische Flagge Siziliens, die Horst so sehr beeindruckte, dass er sich sofort per Handy im Internet über deren Symbolik aufklären ließ:

Der Hintergrund der Flagge wird in zwei Dreiecke in rot und gelb

217

unterteilt. Sie sind diagonal verbunden. Die Farbe Rot steht für Palermo, Gelb für die Stadt Corleone. Diese beiden Städte werden hervorgehoben, weil sie zuerst ein Bündnis im Unabhängigkeitskampf gegen Karl I. von Anjou schmiedeten. Im Mittelpunkt der Flagge sind drei laufende Beine in Form eines gleichseitigen Dreiecks dargestellt, ein Symbol für die Sonne oder den Lebensweg. Der Kopf im Mittelpunkt der Dreibeinigkeit soll an die Antike der Insel erinnern. Er kann als das Haupt der Medusa aus der griechischen Mythologie oder als der Kopf der Ceres, der römischen Göttin des Ackerbaus, angesehen werden. Die angedeuteten drei Weizenähren symbolisieren Fruchtbarkeit und die beiden Flügel in Höhe der Ohren erinnern an Hermes den Götterboten.

Das Innere des Rathauses war funktional entworfen und eingerichtet. Alle Mitarbeiter waren nett und freundlich, bis Paul direkt nach Ansprechpartnern bezüglich der Artefakte fragte. Eine Mauer des Schweigens und der Verschlossenheit baute sich langsam auf.
„Sehr nette Leute hier, aber sie haben auch eine spürbare Angst zu viel zu sagen", meinte Horst in einem Anflug von Frustration.

*

Alfredo schaute sich mehrmals um. Er wollte nicht, dass die beiden Fremden die Adresse seines Büros erfuhren. Er merkte schnell, dass ein weiterer Fremder mit einer Begleiterin ihm folgte, gezielt oder per Zufall. Alfredo wusste genau, wie er beide durch das Labyrinth der sich an den Marktplatz anschließenden engen Gassen abhängen konnte. Als er schließlich nach Umwegen in seinem Büro ankam, war von den vermeintlichen Verfolgern nichts mehr zu sehen. Er griff nach seinem alten deutschen Wählscheiben-Telefon und wählte die Mobilnummer, über die er seine Geschäfte mit der Organisation abwickelte. Am Telefon war eine nette Frauenstimme.

„Guten Tag, was kann ich für Sie tun?"

„Alfredo Arte, verbinden Sie mich bitte mit dem Geschäftsführer für Kulturtransfers." Ungeduld war merklich in seiner Stimme zu spüren. Nach einigen Momenten meldete sich der Geschäftsführer, er hieß Mario, als ob er Alfredo schon persönlich kennengelernt hätte. „Pronto, Alfredo, was gibt es so Dringendes, dass du mich noch kurz vor Feierabend ansprechen musst?"

Alfredo fasste die Geschehnisse des Vormittags zusammen und wollte schließlich wissen, ob er einen Kontakt mit den beiden herstellen sollte oder nicht, denn er war der Meinung, dass man mit beiden noch mehr Geld generieren könnte, indem man zwischen dem ursprünglichen Auftraggeber und den neuen Interessenten einen Bieterwettbewerb starten würde.

„Dir ist schon klar Alfredo, dass dies ein gefährliches Spiel sein kann. Der Auftraggeber hat vehement betont, dass 250 000 € für ihn der Endpreis ist."

„Ja, ist mir schon klar, aber die sind so scharf auf das Amulett, dass sie bestimmt mehr Geld zahlen."

„Hm, lass mich das mal mit dem Patron besprechen. Ich melde mich heute Abend."

„Okay, dann bis heute Abend."

Alfredo war zufrieden, wenn es so läuft wie er das geplant hat, ist er in ein paar Tagen wieder etwas reicher.

*

Bonifacio saß auf der Terrasse seines Landhauses am Meer in der Nähe der Ortschaft Montallegro. Er war jetzt Mitte Fünfzig, immer noch schlank und hatte kaum graue Haare. Sein Landhaus lag etwa 50 Meter über dem Meer, das höchstens einen Kilometer entfernt brandete. Wenn er genau hinhörte, konnte er an diesem Nachmittag den Wellenschlag der durch den Frühlingssturm von letzter Nacht aufgewühlten See hören. Er liebte diese Melodie der Jahreszeit und er liebte den Rundumblick auf zu dieser Zeit grüne Wiesen und erwachende Felder. Ein Glas schwerer Rotwein trug ebenfalls zur Zufriedenheit bei. Die ruhigen Flammen des Außenkamins spendeten eine wohltuende Wärme, während er die Tageszeitung Giornale di Sicilia studierte. Er schüttelte den Kopf über seinen Bekanntenkreis in Neapel. Der befand sich im latenten Kriegszustand mit den Ermittlern der Generalstaatsanwaltschaft Roms.

Sie sind zu gierig und ihre Geschäftsfelder zu gefährlich, weil sie das Allgemeinwohl gefährden. Unsere Devise leben und leben lassen ist besser und unser Geschäftsfeld „Kulturgüter Im- und Export" betrifft in der Regel nur die Reichen, schmunzelte er. *Unser Weg, Sizilien für den globalen Bürger zu öffnen und hier in Ruhe arbeiten und leben zu lassen, ist sogar für das Allgemeinwohl förderlich.*

Bonifacio war Chef der Organisation Sizilien, der Nachfolgeorganisation von La Grande Famiglia. Als diese im letzten Jahrhundert zerschlagen worden war, war er noch ein ganz junges Clanmitglied. Er hatte damals Glück, bei der Aktion der Carabinieri nicht in Cattolica gewesen zu sein, so entging er einer Festnahme. Kurze Zeit später hatte er das Landhaus erworben, in dem er jetzt die meiste Zeit des Jahres verbrachte. Cattolica war in seinen Augen verflucht, vom Pech verfolgt. Nur selten fuhr er hinauf nach Cattolica, wenn er neue Geschäfte anbahnen oder abwickeln wollte. In der Regel überließ er das operative Geschäft seinen Unterbossen, die die Capos gut dirigierten. In seinem Landhaus befanden sich keinerlei Unterlagen seiner Firma. Jede E-Mail, die er gelesen hatte, wurde sofort von einem speziellen Löschprogramm vernichtet. Man konnte ihm juristisch nicht die Spur eines Rechtsbruchs nachweisen. Auch arbeitete er nur mit Prepaid Handys, die seine Anonymität größtmöglich wahrten.

Gerade als er wieder einen Schluck Rotwein genießen wollte, meldete sich sein Handy.

„Pronto, Mario. Wo drückt der Schuh?"

Mario schilderte kurz die aktuelle Situation um das kürzlich zur zeitlichen Aufbewahrung erworbene Amulett. Bonifacio zögerte mit einer schnellen Antwort. Er besaß die Gabe, je nach Situation, sofort umschalten zu können. Jetzt war er wieder hellwach und gespannt.

„Ich glaube, Alfredo hat recht. Über meine Kontakte in Edinburgh habe ich erfahren, dass es dort in der Umgebung eine Organisation gibt, die sich „Ritter der Wahrheit" nennt. Die haben ein ähnliches Amulett in ihrem Wappen und bei offiziellen Treffen trägt jeder ein solches Retro-Amulett. Ich weiß auch, dass sie einen Templer aufs Festland entsandt haben, der das Amulett beschaffen soll. Vermutlich hat Alfredo per Zufall diesen Templer und seinen Begleiter im Café auf der Piazza Umberto kennengelernt. Alfredo soll ein Treffen arrangieren. Am besten in seinem Büro. Das wird ihm zwar nicht gefallen, aber schließlich wird das Büro ja von uns finanziert. Er muss ja nicht teilnehmen, denn du wirst ab dem Treffen in Alfredos Büro alle weiteren Verhandlungen führen."

Mario fühlte sich geehrt, obwohl er ein gewisses Unbehagen

nicht ablegen konnte. „Aber diese römische Organisation scheint mit Geschäftspartnern, die sie hintergehen wollen, kurzen Prozess zu machen."

„Erstens hintergehen wir sie nicht, zweitens, Rom ist weit weg und drittens, Hintergehen ist ein hässliches Wort. Wir wollen nur nachverhandeln. Und das können wir am besten, wenn dieser Templer und sein Begleiter mit am Verhandlungstisch sitzen und mitbieten. Haben sich die Römer denn schon gemeldet?", wollte Bonifacio wissen.

„Nein, wir müssen uns bei ihnen melden und den Übergabeort mitteilen", antwortete Mario.

„Ja, dann los. Informiere die Römer, dass wir nachverhandeln müssen. Aber teile noch keinen Treffpunkt mit. Alfredo soll die beiden Neuankömmlinge in sein Büro einladen. Du erklärst diesen dann, dass wir eine halbe Million Euro wollen und keinen Cent weniger!"

Mario legte auf. Er hatte immer noch ein ungutes Gefühl.

*

Am nächsten Tag kurz vor 11 Uhr saß Alfredo wieder im Café. Er rauchte eine Zigarette, las scheinbar gelangweilt die Tageszeitung und genoss den morgendlichen Cappuccino. Pünktlich um 11 Uhr erschienen die zwei Fremden und setzten sich wieder auf die Plätze, die sie auch am Tag zuvor eingenommen hatten. Alle drei Besucher taxierten sich gegenseitig mit Blicken, aber es geschah zunächst nichts. Horst und Paul bestellten jeder einen Cappuccino und begannen mit der Wirtin über die beste Uhrzeit zum Genießen von Cappuccino zu plaudern. „Die meisten Italiener trinken nur morgens Cappuccino. Darf ich Ihnen noch etwas bringen?"

„Ja, zwei Croissants, bitte."

„Kommen sofort."

Alfredo drückte seine Zigarette aus und stand auf. Paul und Horst erwarteten nun eine Kontaktaufnahme. Aber überraschend würdigte er sie keines Blickes. Er ging zur Wirtin, zahlte und legte erneut einen Zettel hin.

Er verließ wie einen Tag zuvor wortlos das Café. Nur ein leichtes Nicken zu Horst und Paul signalisierte, dass ihre nonverbalen Botschaften angekommen waren.

„Mein Gott, der macht's aber spannend. Ich wette, wir bekommen wieder einen Zettel, wenn wir zahlen", sagte Paul ungeduldig. Zehn Minuten später zahlten sie.

„Du hast die Wette gewonnen!", meinte Horst, als er den Zettel las, den die Wirtin erneut wunschgemäß übergeben hatte.

„Wenn Sie bezüglich des Amuletts weitere Informationen wollen, lassen Sie bitte Ihre Handys hier im Café, sagen Sie Ihren Begleitern, dass sie im Café auf Sie warten sollen, kommen Sie in die Mitte des Platzes Piazza Umberto. Wir holen Sie ab und bringen Sie zum Treffpunkt und auch wieder zurück. Falls Sie dieser Prozedur nicht zustimmen, vergessen Sie alles."

Horst rief Cecilia und Nino ins Café. "Was darf ich euch bestellen?"

„Ach, das ist nett, dass du an deine Fußtruppen denkst."

„Ja, so bin ich halt und essen kannst du auch gleich hier, sogar mit Nachtisch."

„Aha, was soll das?"

„Ihr wartet hier auf uns, bis wir vom Treffen mit euren Landsleuten zurück sind."

„Ihr wollt da alleine hingehen? Das ist zu gefährlich! Diese Kulturdiebe haben zwar noch niemanden umgebracht, aber ich traue denen nicht über den Weg. Wir werden sofort die Handyortung anfordern."

„Kannst du vergessen, ihr sollt auf unsere Handys hier aufpassen." Beide legten ihre Handys auf den Tisch gegenüber Nino.

„Wenn wir bis heute Nachmittag, 15 Uhr, nicht wieder da sind, kannst du hier im Ort den Kriegszustand ausrufen", sagte Paul bewusst laut in gebrochenem Italienisch zu Nino, in der Hoffnung, dass die Wirtin auch diese Botschaft weitergeben würde.

*

Paul und Horst warteten nun schon zehn Minuten in der Mitte der Piazza. Nichts geschah. „Tja, da stehen wir nun wie bestellt und nicht abgeholt. In einem Agentenfilm würde es nicht anders laufen."

Kaum ausgesprochen, fegte ein schwarzer Fiat Toro SUV zur Mitte des Platzes. Zwei Männer mit Sonnenbrille stiegen aus und prüften mit einem Ortungsgerät, ob Horst und Paul mit Aufnahmegeräten verkabelt waren. Dann verband man ihnen die Augen und bat sie einzusteigen. „Ist das nicht etwas übertrieben?", fragte Paul, erhielt aber keine Antwort.

Der SUV fuhr etwa 20 Minuten lang. Schließlich wurde abrupt gebremst. Beide wurden mit verbundenen Augen in ein Gebäude geführt. Erst dann nahm man ihnen die Augenbinden ab.

„Bon Giorno, die Herren", begrüßte Alfredo sie jetzt mit freundlicher Miene. „Kommen Sie doch mit in mein Büro. Ich glaube, mein Chef und Sie haben viele Informationen auszutauschen."

Alfredos Büro lag im ersten Stock. Auf dem Weg dorthin konnten beide die Architektur des Gebäudes bewundern. Fußböden und Treppe waren mit Marmor gefliest, die Wände und Decken mit opulentem Stuck und aufwendigen Ornamentmalereien verziert. „Vornehm geht die Welt zugrunde!", kommentierte Horst den zur Schau gestellten Wohlstand. Alfredo ging voran, klopfte an die Tür und bat seine Gäste einzutreten, dann verabschiedete er sich.

*

„Bon Giorno, meine Herren. Darf ich Ihnen etwas anbieten? Kaffee, Cappuccino, Mineralwasser?", wurden sie von Mario begrüßt. Horst mochte ein Mineralwasser und Paul wünschte einen Cappuccino.

„Ich habe gehört, Sie beide seien Antikwarenhändler und ein spezielles Amulett habe Sie in unsere kleine, schöne Ortschaft geführt", begann Mario entspannt den Verhandlungsreigen. Horst erwiderte, er habe richtig gehört und verband seine Erwiderung mit einer Frage:

„Wir suchen dieses einem Fisch ähnelnde Amulett, das vor kurzem in einer deutschen Kleinstadt geraubt wurde, wobei eine führende Archäologin schwere Verletzungen erlitt. Können Sie uns da weiterhelfen?"

Mario lehnte sich in seinem Bürosessel zurück. „Ich habe von diesem Amulett gehört, weiß aber nichts von diesen Begleitumständen. Ja, angeblich befindet sich das Amulett hier in der Gegend Agrigent. Ob ich Ihnen da weiterhelfen kann? Nun, lassen Sie es mich so ausdrücken, meine Firma hat noch gestern Kontakt zu den, ich drücke es mal vorsichtig aus, neuen Besitzern aufgenommen. Ihnen wird die Ware zu heiß, sie wollen sie unbedingt weiter veräußern, allerdings mit einem Haken, sie verlangen 500 000 Euro."

Horst lachte lauthals. „Sorry, denen hat wohl die Sonne Siziliens das Hirn verbrannt. 500 000 Euro für das Stück Keramik?"

„Ja, mein Herr, es kommt für Sie noch schlimmer, falls Sie das Teil wirklich kaufen wollen. Es gibt da eine Organisation in Rom, die das Amulett unbedingt haben will und jetzt -sitzen Sie auch stabil? Die haben sogar schon eine Anzahlung von 250 000 Euro geleistet!"

Horst musste sich beherrschen, entgegnete jedoch souverän.

„Sie können sich vorstellen, dass wir erst mit unseren Auftraggebern die neue Lage besprechen müssen. Bei dieser Summe ist es durchaus möglich, dass unsere Auftraggeber das Interesse verlieren."

„Ich kann das nachvollziehen", gab Mario mit Bedauern zu. In diesem Moment klingelten das Festnetz-Telefon und sein Handy fast gleichzeitig. Er nahm den Hörer ab und lauschte gespannte. Nach kurzer Zeit legte er auf.

„Entschuldigung, meine Herren, dieses Telefonat wird unsere Verhandlungen auf ein anderes Niveau heben. Ich bin eben informiert worden, dass die Übersetzungen der beiden Inschriften des Amuletts vorliegen. Unsere Informanten haben von einem theologischen Erdbeben gesprochen, was immer das auch heißt. Dadurch hat sich der Preis des Amuletts selbstverständlich dramatisch erhöht. Wir müssen jetzt weitere Informationen einholen, erst dann können wir die Verhandlungen fortsetzen."

Paul und Horst waren von dieser neuen Entwicklung überrascht worden. „Wir können das verstehen. Wann glauben Sie, können wir uns wieder zusammensetzen?"
„Schwer zu sagen, seien Sie am besten jeden Tag gegen 11 Uhr im Café an der Piazza Umberto, wir nehmen mit Ihnen Kontakt auf.

*

25.   Die Übersetzungen

Beide wurden wieder nach rund 20 Minuten Fahrt kreuz und quer durch Cattolica in der Mitte des Marktplatzes abgesetzt. Horst war sauer. „Wieso weiß Mario schneller Bescheid, dass die Übersetzungen fertig sind, als wir? Ich kann mir das nur so erklären, dass Elos E-Mail gehackt wurde. Wahrscheinlich haben ihr beide Professoren die Übersetzungen geschickt. Und ihr E-Mail-Postfach ist ja nicht geschützt!"

Paul war nachdenklich. „Oder: Hier im Polizeiapparat ist ein Leck. Überleg mal, auch wir sollten die Übersetzungen sofort bekommen und man könnte auch uns gehackt haben. Wir können das ja gleich überprüfen, wenn wir wieder unsere Handys haben."

Schon wenige Minuten später trafen sie Cecilia und Nino im Café. Sie checkten sofort ihre E-Mails und entdeckten jeder zwei Mailkopien der Professoren Aaron Silberstein und Nirved Kumar. Eine Überprüfung der Firewalls beider E-Mail-Postfächer ergab jedoch keinen Hackerangriff.

*

Professor Aaron Silberstein betonte in seiner E-Mail zu Beginn seiner Ausarbeitung, dass in der folgenden Übersetzung von „Jesus, dem Gekreuzigten" gesprochen würde und von einem Josef von Arimathäa, der kurz nach der Kreuzigung verhaftet und ins Gefängnis von Jerusalem überführt worden war. Er überließ es allen Lesern, die in der Übersetzung genannten Personen einem biblisch-theologischen Kontext zuzuordnen, da sein Fachgebiet aramäische Übersetzungen seien, nicht christliche Theologie.

228

Im privaten und nicht öffentlichen Kreis, zu dem auch Horst und Paul zählten, vertrat er allerdings die Ansicht, dass beide Personen im biblischen Kontext gesehen werden sollten, da beide auch in den Apokryphen genannt würden.

Der Text des Amuletts sei kurz und für orientalische Verhältnisse der damaligen Zeit wenig bildlich, was sehr wahrscheinlich dem Platzmangel auf dem Amulett geschuldet sei. Dann übersetzte er im Detail und ergänzte die kurzen Sätze in der Sprache des 21. Jahrhunderts, ohne den ursprünglichen Sinn zu verfälschen.

Die Übersetzung des aramäischen Textes des Amuletts (Syntax in der Sprachenwelt des 21. Jahrhunderts):

„Mein Name ist Bron, Schwager von Josef von Arimathäa, einem Jünger Jesu. Er wurde zu einer langen Gefängnisstrafe verurteilt, weil er angeblich den Leichnam des gekreuzigten Jesu aus der Grabkammer entfernt hat. Josef diktierte mir im zweiten Jahr seiner Gefangenschaft:

„Nachdem meine Helfer und ich Jesus endlich vom Kreuz nehmen durften, tobte noch immer das Unwetter, das kurz nach seinem Tod einsetzte. Deshalb wurden wir auch nicht weiter von den römischen Soldaten kontrolliert. Wir brachten Jesus in die vorbereitete Grabkammer. Beim Reinigen seiner Wunden bemerkte ich als einziger einen ganz schwachen Puls am Hals,

sagte aber nichts zu den Anderen. Die schweren Wundmale an den Händen und Füßen säuberten wir mit Pflanzenextrakten aus Ringelblume, Schafgarbe, Sonnenhut und Ackerschachtelhalm, die geschundene und gegeißelte Haut wickelten wir mit Leinen, getränkt in Johanniskraut-Öl, ein. Dann überließen wir den Körper Jesu der Gnade Gottes. Jesus muss sich erholt haben. Maria Magdalena hat ihn am dritten Tag vor der Grabkammer gesehen. Ich bin also unschuldig."

„Geschrieben, um die Wahrheit zu verkünden, Bron"

*

Auch Professor Nirved Kumar leitete seine Ausarbeitung mit grundlegenden Erläuterungen zur Brahmi-Schrift ein. Er holte weit aus und versuchte die Geschichte der Entwicklung der Brahmi-Schrift zu erklären.
Indoarische Sprachen folgten auf das Altindische. Um diese Sprachen schreiben zu können, wurde die Brahmi-Schrift entwickelt. Die ältesten Zeugnisse dieser Schrift fänden sich auf den Inschriften Kaiser Ashokas, etwa 300 v. Chr. Nirved erklärte, dass es nicht ungewöhnlich sei, dass auf einem Amulett Brahmi-Schrift und Aramäisch nebeneinander stünden, im Falle des vorliegenden Amuletts auf der Vorder- und Rückseite. Das Nebeneinander der beiden Schrifttypen unterstreiche sogar die Hypothese der Sprachwissenschaftler, dass die Entwickler der Brahmi-Schrift Konstrukte der semitischen, aramäischen und auch der griechischen Schrift

übernahmen, wobei letztere sich aus der phönizischen Schrift entwickelt hat.

Auch Professor Nirved übersetzte und ergänzte im Detail die aufgrund des Platzmangels kurzen Sätze auf dem Amulett in der Sprache des 21. Jahrhunderts, ohne den ursprünglichen Sinn zu verfälschen.

Die Übersetzung des Brahmi-Textes des Amuletts (Syntax in der Sprachenwelt des 21. Jahrhunderts):

„Mein Name ist Aarany, Frau des Bron. Mein Clan kam vor 350 Jahren nach Jerusalem, infolge der Wirren nach dem Indienfeldzug Alexanders des Großen. Reisende aus Srinagar im Kaschmir, der Heimat meiner Vorfahren, haben mir im zweiten Jahr der Gefangenschaft Josefs von Arimathäa berichtet:

„Ein sehr weiser Mann aus dem Westen, er nennt sich Jesus, geflohen aus dem römischen Imperium, ist in Srinagar erschienen. An den Füßen und Unterarmen zeugen tiefe, aber verheilte Wundmale von einer Kreuzigung, der gängigen römischen Hinrichtungsmethode. Er hat sie überlebt, dank der Heilkünste Josefs. Er lebt zurückgezogen in den Bergen. Ratsuchende berichteten, dass er alle weltliche Macht ablehne, nur einem Gott, dem Allmächtigen, diene und vehement die Gleichberechtigung von Mann und Frau predige!"

„Geschrieben, um die Wahrheit zu verkünden, Aarany"

Professor Nirved Kumar erlaubte sich kein Urteil, ob dieser weise Mann aus dem Westen, der zurzeit der Kreuzigung Jesu im Kaschmir erschien und sich ebenfalls Jesus nannte, tatsächlich der biblische Jesus der Christenheit sei.

*

Horsts Intellekt erkannte zwar die möglichen Tragweiten dieser Übersetzungen. Da er aber kein bibelfester Christ war, akzeptierte er nicht die Konsequenzen.

„Wegen dieser Übersetzungen musste Elo fast sterben und deine Ritterschaft jagt ihnen schon hunderte von Jahren nach?

Paul schüttelte wegen dieser Frage nur entsetzt den Kopf.

„Mein lieber Horst! Beide Texte würden in der Christenheit ein Beben auslösen. Überleg mal, die Auferstehung hätte es so, wie sie im Neuen Testament beschrieben wurde, nie gegeben und Christi Himmelfahrt würde man heute als Fake bezeichnen. Dann ist da die Aussage zur Gleichberechtigung von Mann und Frau. Sie könnte bedeuten, dass Jesus auch Priesterinnen einsetzen würde. Denke doch diese Aussage zu Ende, letztendlich könnten auch Frauen zum Papst gewählt werden! Das Patriarchat im Vatikan wäre zu Ende. -Von mir aus endlich! -"

Horst wusste, dass seine Überzeugung bezüglich der

mangelnden Dramatik, einer weiteren Argumentation Pauls nicht würde standhalten können. Trotzdem wagte er den Widerspruch.

„Ich bin überzeugt, dass es nur auf die Lehre und Philosophie Jesu ankommt. Auferstanden von den Toten? Wenn es heißen würde „Auferstanden vom Scheintod" -damit könnte ich leben. Jesus predigte absolute Nächstenliebe. Darauf kommt es doch an!"

Paul belehrte Horst:

„Das christliche Fundament ist die Auferstehung, der Sieg Jesu über den Tod. Im Falle der Himmelfahrt ist die Entrückung Jesu zur Seite Gottes ohne einen erneuten Tod gemeint. Ein Mysterium. Wenn diese zwei Mysterien gestürzt würden und die totale Gleichberechtigung von Mann und Frau im Priesteramt eingeführt werden würde, müsste sich das Christentum, aber vor allem die Katholische Kirche, neu definieren!"

„Was wäre daran so schlimm? Der Laden gehört sowieso reformiert", murmelte Horst. „Vergessen wir aber jetzt mal unsere unterschiedliche Meinung. Wir müssen beide Mails nach Mainz schicken und uns Tom Beckmanns Expertise einholen. Wir sollten gleich morgen früh, noch bevor wir wieder um 11 Uhr im Café auf eine erneute Einladung zu einer Zusammenkunft mit den Kulturräubern warten, mit ihm per Videokonferenz sprechen."

*

Dr. Tom Beckmann war wie an jedem Werktag schon gegen 6 Uhr im Büro. Eine frische Tasse Kaffee sollte seine

Lebensgeister wecken, wie allmorgendlich. Nach einem ersten Schluck fuhr er seinen Laptop hoch. Er öffnete sein E-Mail-Postfach und fand eine E-Mail des Kripobeamten Horst und des Schotten Paul. Sie baten ihn, die angehängten Übersetzungen des fischähnlichen Amuletts aus theologischer Sicht zu beurteilen und sich noch vor 11 Uhr per Videokonferenz zu äußern.

Er öffnete den Anhang und schon nach wenigen Minuten entfuhr ihm ein überraschtes, „Auweia, das gibt Ärger". Er las die Übersetzungen und den Begleittext zu Ende. Mittlerweile war sein Kaffee kalt, was ihn allerdings nicht störte.

Mein Gott, der Text ist für die christliche Priesterelite Sprengstoff! Dies und das Alter des Amuletts sowie die gleichzeitige Kennzeichnung durch Bron, den aus den Apokryphen bekannten Schwager Josef von Arimathäas, heben - sollte das alles stimmen- das Amulett auf ein ähnliches Urkundenniveau wie die Funde der Papyri von Nag Hammadi.

*

Auf dem Weg von Agrigent nach Cattolica Eraclea informierte Nino, dass bei der nächsten Kontaktaufnahme eine Drohne eingesetzt werde, um den Ort der Zusammenkunft lokalisieren zu können.

„Mein Chef hat den Drohnenflug bei der Stadtverwaltung als Vermessungsflug angemeldet, damit eine undichte Stelle die Drohne nicht an die Organisation weitermeldet."

Horst nahm diese Maßnahme zur Kenntnis und nickte nur, denn er dachte schon an die bevorstehende Videokonferenz. Nur kurze Zeit später meldete sich Tom Beckmann per

Videoanruf auf Horsts Handy. Dieser schaltete sofort den Lautsprecher an, damit alle mithören konnten.

„Guten Morgen nach Sizilien, ich nehme an ihr habt besseres Wetter als wir hier? Aber kommen wir gleich zum Thema. Die Übersetzungen der Kollegen aus Indien und Israel sind der Hammer - sollten sie stimmen! -"
Tom machte unmissverständlich klar, dass sowohl Gegner der Christen als auch die christliche Priesterelite wohl schon jetzt um das Amulett kämpften. Gleichzeitig verdeutlichte er, dass die Katholische Kirche auch über die Texte dieses Amuletts erhaben hinwegsehen würde, da es schon jetzt sehr viele Bücher, Zeitungsberichte und YouTube Filme zu den Themen:

- „Jesus Leben in Indien"

- „Jesus und sein Verhältnis zu Frauen, speziell Maria Magdalena"

- „Jesus starb in Indien"

- „Jesus überlebte die Kreuzigung"

- „Rettung Jesu durch Josef von Arimathäa"

- Das Grab Jesu in Srinagar, Kaschmir"

gebe.

„Die Arroganz geht soweit, dass man all diese Äußerungen nach der Devise ignoriert, je weniger man darüber spricht,

235

umso eher werden die Texte vergessen oder als Verschwörungstheorien eingestuft. Die Schwachstelle dieser überheblichen Taktik gegenüber dem Rödermärker Artefakt ist das Alter des Amuletts. Dummerweise hat die Kollegin Stallmeister das Alter schon in Zeitungen publiziert. Die Übersetzungen gemeinsam mit dem Alter des Amuletts werden den Streit um dessen Besitz anheizen. Seid also vorsichtig! Ich vermute, dass demnächst noch mehr Interessenten, auch zwielichtige Gestalten, in Cattolica Eraclea auftauchen und der jetzige „Besitzer" den Preis unverschämt in die Höhe schrauben wird."

Horst wollte die Aufregung um die Übersetzungen immer noch nicht anerkennen. „Ich bin da nicht überzeugt. Würde denn das Christentum untergehen, wenn Jesus statt auferstanden und in den Himmel aufgefahren, nach Indien entkommen wäre oder die Gleichberechtigung gelebt werden würde?"
Tom nahm diese Fragen sehr ernst.
„Das Christentum würde nicht untergehen. Untergehen würde die uneingeschränkte Macht des Vatikans über die Einheit der Christen. Es würde zu vermehrten Schismata kommen. Die Kirchenspaltung infolge des Anschlagens der 95 Thesen Luthers an die Kirchentüren der Schlosskirche von Wittenberg 1517 waren dagegen harmlos."
„Ja, dann ist es unsere Aufgabe, den Täter zu suchen, der die Verletzung Elos verursachte und dafür zu sorgen, dass das Amulett nicht in die falschen Hände gerät!", resümierte Horst.

Paul äußerte sich nicht offen und laut dazu. Er dachte sich seinen Teil zur Diskussion.

Ich kenne nur eine Gruppierung auf Erden, die würdig ist, dieses Amulett zu besitzen...

*

26.   Die Verhandlungen

Wie mit Mario besprochen, warteten Horst und Paul um Punkt 11 Uhr im Café am Marktplatz.

„Bon Giorno, Sie sind ja fast schon Stammkunden", wurden sie von der Wirtin wieder freundlich begrüßt. „Heute Morgen lag ein weiterer Zettel in meinem Briefkasten, den ich Ihnen sofort übergeben soll."

Horst nahm ihn entgegen und las, dass sie sich um 11.30 Uhr wieder in der Mitte des Marktplatzes einfinden sollten und sich derselben Prozedur wie einen Tag zuvor unterwerfen müssten.

„Dann bleibt ja noch Zeit für einen Morgen-Cappuccino", meinte Horst erfreut und knüllte das Papier zusammen.

„Kommt sofort!"

„Danke. Und wir zahlen auch sofort."

*

Pünktlich um 11.30 Uhr standen sie am vereinbarten Treffpunkt. Sie wurden von Passanten freundlich gegrüßt. Ihrem fragenden Gesichtsausdruck nach vermuteten sie wohl, dass sie irgendwelche Geschäfte abschließen wollten. Einer blieb sogar stehen und es schien für einen Moment, dass er etwas fragen wollte. Er entschied sich aber dann doch anders und ging weiter. Vielleicht erinnerte er sich sogar an das ungeschriebene Gesetz des Schweigens.

„Schau mal unauffällig nach oben. Da fliegt doch eine Drohne, verdammt hoch. Man sieht sie kaum", entdeckte Paul das Fluggerät.

„Gut, hoffentlich hat die Organisation die Anmeldung eines

Vermessungsflugs geglaubt! Aber ein ganz anderes Problem: Falls wir zu einem Deal mit der Organisation kommen, wie können wir denn das Amulett verifizieren, ob das auch wirklich das Amulett aus Rödermark ist?", formulierte Horst eine neue Hürde.

Paul wusste darauf noch keine gute Antwort.

„Hm, gute Frage. Vielleicht sollten wir uns nochmal Elos Fotos des Amuletts in der Vergrößerung anschauen. Vielleicht sind da gute Marker, die wir wiedererkennen könnten."

Außerdem hoffte er, dass die Spezialisten in Agrigent probate Untersuchungsmethoden besäßen.

Horst nahm diese Ideen kommentarlos entgegen, denn ein Auto steuerte auf sie zu.

*

Und wieder wurden sie 20 Minuten kreuz und quer durch Cattolica kutschiert, bis sie ihr Ziel erreichten. Diesmal wurden sie sorgfältig nach Waffen, versteckten Mikrophonen und Sendern abgetastet.

Horst interpretierte das ernsthaft als gutes Zeichen, denn es sollte wohl ganz offen gesprochen und die finanziellen Forderungen festgelegt werden.

Mario saß, wie schon beim ersten Meeting, ruhig hinter dem Schreibtisch. Wieder bot er zu Beginn Getränke an und kam schnell zum Thema.

Mario stand auf und verschwand kurz im Vorzimmer, um die Getränkewünsche seiner Gäste in Auftrag zu geben. Als er zurückkam, eröffnete er sogleich das Gespräch.

„Ja, meine Herren, machen wir dort weiter, wo wir gestern aufgehört haben. Die jetzigen Besitzer ließen mir mitteilen, dass sich der Wert des Amuletts aufgrund der, sagen wir, delikaten Übersetzungen, dramatisch erhöht hat. Es stehen jetzt 750 000 Euro im Raum."

Paul und Horst schauten sich an und waren außer sich.

„Wir kennen ihn beide nicht, nennen wir ihn jetzt erst mal so, ihren „Zwischenhändler", aber sorry, er scheint einer Irrenanstalt entsprungen zu sein. 750 000 Euro, dafür kann man hier auf Sizilien drei möblierte Häuser in Strandnähe kaufen! Falls er meint, das Amulett sei wegen der Übersetzungen so horrend teurer geworden, soll er doch mal im Netz nachschauen, wie oft man Jesus schon in Indien geortet hat und wie wenig es die Katholische Kirche kümmert, was dort diesbezüglich geschrieben steht. In einer Sache hat er allerdings Recht, das Amulett ist sehr alt, fast so alt wie die Christenheit. Deshalb bieten wir 550 000 Euro, teilen Sie ihm das bitteschön mit. Sie können ihn auch gleich anrufen. Wir warten solange vor der Bürotür."

„Na ja, damit Sie meinen guten Willen erkennen, dann rufe ich ihn sofort an. Sie können dabei ruhig den Cappuccino hier genießen."

Mario wählte eine Nummer. Horst und Paul konnten die Vorwahl nicht erkennen. Sofort meldete sich jemand. Paul, der Italienisch sprach, konstatierte ein sehr hitziges Gespräch. Mario wechselte mehrmals die Gesichtsfarbe, dann legte er auf.

„Er will 600 000 Euro und keinen Cent weniger", sagte Mario, nachdem er den Hörer aufgelegt hatte.

„Dann soll er sich doch das Amulett selbst umhängen oder sonst wohin schieben", regte sich Paul auf.

„Jetzt beruhigen wir uns alle erst mal wieder", schaltete sich Horst ein. „600 000 Euro und wir prüfen das Amulett auf Echtheit, übergeben das Geld, wenn es echt ist, und nehmen es sofort mit."

„Na, das hört sich doch viel freundlicher an." Als Mario aufstehen und per Handschlag den Deal besiegeln wollte, klingelte erneut das Telefon. Paul ahnte eine neue Choreographie.

„Aha, eine Million." Dann legte Mario wieder auf.

„Tut mir leid, aus unserer Absprache von eben wird nichts. Es hat sich ein „Mitbewerber" aus Rom gemeldet. Er bietet eine Million. Der Fairness halber soll ich Ihnen mitteilen, dass Sie morgen gemeinsam mit dem Römer, der persönlich erscheinen wird, final mitbieten dürfen. Wir teilen Ihnen noch heute Abend die Koordinaten des Ortes mit, wo wir uns treffen werden."

Paul und Horst waren entsetzt über den neuen Betrag.

„Ob unsere Auftraggeber jetzt überhaupt noch Interesse haben, ist fraglich. Wir müssen mit ihnen reden. Das ist eine völlig neue Situation. Bringen Sie uns bitte zurück zum Marktplatz."

Das Gespräch wurde frostig beendet. Horst hätte am liebsten den gesamten Laden auffliegen lassen, aber noch war es nicht soweit. Weder das Amulett noch der Verantwortliche für Elos Verletzung waren in Reichweite.

*

Noch auf der Rückfahrt nach Agrigent machte sich Horsts Handy schrill bemerkbar. Auf dem Display wurden Koordinaten und Uhrzeit des nächsten Treffens mitgeteilt.

Nino tippte sie aufgeregt in seine GPS App ein. Nahezu ohne Zeitverlust wurde das Ergebnis angezeigt. Ninos Gesicht verzog sich zu einem Grinsen.

„Na, dann packt morgen die Badehose ein", war sein prompter Kommentar. „Ein ungewöhnlicher Ort für eine Verhandlung um über eine Million Euro. Spiaggia di Bovo Marina, Bovo Marina Strand, 13.30 Uhr. Der Ort ist aber clever gewählt. Zurzeit ist dort niemand, der spazieren geht, denn wir haben ja noch einen kühlen Frühling. Mittags sind die fünf Restaurants dort noch geschlossen und falls sich doch jemand dorthin verirren sollte, wird er schnell merken, dass es besser wäre, woanders zu sein. Außerdem, hinter dem Strand schließt sich ein großes Waldgebiet an. Eine gute Möglichkeit zum Untertauchen. Mich würde es nicht wundern, wenn die „Ehrenwerte Gesellschaft" morgen mit Schnellbooten auftaucht."

„Mich überrascht hier gar nichts mehr und mir reicht es für heute!", hakte ein frustrierter deutscher Kriminalbeamter den Tag ab. Er lehnte sich hinten auf der Sitzbank des SUVs entspannt zurück und versuchte das jüngste Geschehen zu verarbeiten. Gerade als er seine Augen schließen wollte, erhielt Paul einen Anruf Miriams:

„Gute Neuigkeiten…"

*

27.   Elos Rückkehr ins Leben

Einige Tage vor den Geschehnissen in Cattolica Eraclea:

Miriam hatte aufgrund der dramatischen Ereignisse ihre Kräuterfrauen-Freundinnen vernachlässigt. Schlechten Gewissens suchte sie diese in den zwei Hütten im Urberacher Wald auf und weihte sie in alle Details der bisherigen Vorkommnisse ein.

Trotz der kalten Jahreszeit saßen sie im Freien um ein rundes Lagerfeuer herum, eingepackt in dicke, selbstgestrickte Wolldecken. Alle schauten wortlos und in Gedanken versunken ins Feuer. Miriam wünschte sich, dass der Frauenkreis sie mit zum Glauberg begleiten würde, wusste aber nicht so recht, wie sie ihren Wunsch vortragen sollte.

„Wir haben uns ja schon oft darüber unterhalten, wie wohl der Übergang vom Leben in den Tod oder besser gesagt, ins andere Leben danach, vor sich geht. In alten esoterischen Quellen wird dabei oft vom Engel des Todes gesprochen, der die Seelen begleitet. Dieser Engel hat in mir die Rolle einer Schamanin erkannt. Ich soll eine eingeweihte Druidin am Glauberg suchen, die Elo helfen soll, ins Leben zurückzukehren. Ich habe zum ersten Mal Angst, dass mich diese Suche und das Geschehen danach überfordern könnten. Deshalb brauche ich eure Hilfe. Bitte helft mir dabei, auch wenn ihr jetzt noch nicht wissen könnt, wie diese Hilfe aussehen könnte."

Die erste, die sich äußerte, war Christina. „Ich bin dabei, solange du keine Männer suchen musst", ließ sie wie gewohnt ihre Abneigung gegen Männer durchblicken. „Ja, und mir wird es ohne euch langweilig. Außerdem wollte ich schon immer mal den Glauberg besuchen", nahm auch Stefanie

Miriams Wunsch an

„Da wir in Langen eine Patientin zu versorgen haben werden, arbeite ich mich am Glauberg schon mal ein. Ich glaube, ich kann da als Krankenschwester, sorry Christina, wenn ich das so ausdrücke, „meinen Mann stehen"", lachte Dagny. „Also Leute, ich sehe die Reise zum Glauberg und den angestrebten Rücktransfer Elos von ihrer Reise auf der Traumstraße als spirituelle Herausforderung. Außerdem ist der Glauberg, eine Station auf dem Bonifatius-Weg, auch ein historischer Meilenstein. Ich werde mir jede Menge Notizen machen und diese vielleicht eines Tages in ein Buch einbringen. Wann brechen wir auf?", wollte Greta schließlich wissen.

„Ich schlage vor, sofort morgen früh. Ich lese euch dann in Urberach an der Hohen Straße auf. Aber jetzt, lasst uns noch ein paar Züge aus der guten Pfeife nehmen!"

Die Pfeife mit den rauchbaren Kräutern ging reihum und zeigte schon bald ihre berauschende, aber auch entspannende Wirkung. Weit nach Mitternacht zogen sich alle in die beiden Hütten zurück. Miriam konnte aber nicht gleich einschlafen, da ihr zu viele Gedanken durch den Kopf gingen. Als sie irgendwann doch die Augen schloss, träumte sie von Azrael und den Druiden am Glauberg.

*

Wie besprochen, holte Miriam die Freundinnen an der Hohen Straße gegen 10 Uhr ab. Sie hatte einen Kleinbus geliehen in der Hoffnung, auf dem Rückweg eine Person mehr mitnehmen zu können, nämlich die gesuchte Druidin. Alle hatten ihre Rucksäcke nur für ein paar Tage gepackt, länger durfte die Suche nicht dauern, denn je länger sich Elo auf der

Traumstraße befand, desto schwieriger würde die Rückführung ihrer Seele in den Körper werden.

Über die Autobahnen ging es zügig ins Ronneburger Hügelland. Um ein Gefühl für die Gegend zu bekommen, entschieden sie sich zu einer wenige Kilometer langen Wanderung von Düdelsheim zur 277 Meter hoch gelegenen Keltenwelt am Glauberg. Mit ihren Rucksäcken schwer bepackt ging es über asphaltierte Feldwege und schon von weitem konnten sie das dominierende große keltische Hügelgrab mit dem dahinter liegenden, futuristisch anmutenden Museum sowie die große Restaurant-Terrasse erkennen. Nach einer Stunde hatten sie es geschafft.

„Stellt euch vor, wir wären den schattenlosen Weg im Sommer bei 30 Grad bergauf gelaufen oder wären Begleiter des Leichenzuges des heiligen Bonifatius nach Fulda gewesen, mit den damals noch schlechteren Bedingungen", erinnerte Greta an den eigentlichen Ursprung des Bonifatius-Weges, noch immer von der Anstrengung schwer atmend.

„Ich darf da gar nicht dran denken, aber interessant ist die Gegend hier allemal. Kommt, lasst uns etwas trinken und draußen auf der Aussichtsterrasse sitzen, auch wenn es kühl ist", lud Stefanie ein.

Sie tranken ein Glas Glühwein, der schnell seine wärmende Wirkung entfaltete. Der leichte Frühlingswind fing sich mit einem schwachen Summen unter dem Kragbauwerk des Museums und hüllte so alles in eine geheimnisvolle Schwingung.

„Wie beschaffen wir uns nur schnellstens den Kontakt zu einer keltischen Geschichtsgruppe? Irgendwelche Ideen?", fragte Miriam in die Runde. „Ich habe schon im Internet gesucht, ob es hier Ansprechpartner oder Ansprechpartnerinnen gibt. Das Problem ist, dass diese Gruppen die Öffentlichkeit scheuen oder höchstens an keltischen Feiertagen auftreten. Ja, und dann hat sich Elo ja selbst ein Bein gestellt, als sie den keltischen Kulturgruppen den Kampf ansagte und durchsetzte, dass gerade hier am Glauberg keine keltischen Gewänder getragen werden durften und auch keltische Rituale verbannt wurden."

Niemand wusste eine Lösung. Aber irgendwie fühlten sich alle wie von guten Mächten geleitet. Sie schauten ins Tal, hinüber nach Düdelsheim, als ob dort die Antwort läge. Stefanie schaute Miriam fragend an. „Was wohl Elos Seele gerade jetzt macht? Ob sie uns zuschaut? Ob sie nervös wird, weil wir nicht weiterkommen auf der Suche nach einer weisen Druidin?"

Miriam schüttelte den Kopf. „Dort, wo Elo jetzt ist, kann man nicht nervös werden, denn es ist eine zeitlose Dimension, diese Traumstraße."

Plötzlich meldete sich eine ruhige Stimme aus dem Hintergrund.

„Ich höre euch schon eine ganze Weile zu. Ihr seid so sehr an der Lösung eurer Suche interessiert, dass ihr mich nicht habt kommen hören. Und nun weiß ich auch, warum mich meine innere Stimme heute Mittag zu diesem Ort geführt hat. Kommt heute Abend in die Pilger-Herberge für „Bonifatius-Weg-Pilger" nach Düdelsheim. Wenn ihr von hier aus hinunterlauft, Richtung Südosten, kommt ihr automatisch hin. Ihr könnt die Herberge nicht verfehlen."

Die Kräuterfrauen drehten sich zeitversetzt zur Stimme um. Aber sie sahen niemanden mehr. Die Person war verschwunden, oder war sie gar nicht existent?

246

Miriams Schockstarre löste sich langsam.

„Habt ihr eben auch diese Aufforderung gehört?" Alle nickten.

Greta überlegte. „Zwischen dem Ende der Aufforderung und unserem Umdrehen lagen nur wenige Sekunden. Kann man so schnell verschwinden?"

Miriam schüttelte den Kopf. „Ich glaube, dass wir die Lösung nur finden, wenn wir der Aufforderung folgen! Also, gehen wir zurück nach Düdelsheim in die Pilgerherberge."

*

Nach wiederum einer Stunde Wanderung in südöstlicher Richtung erreichten sie den Ortsrand von Düdelsheim. Miriam stach als Erster das Bonifatius-Weg-Symbol ins Auge, ein großes rotes Kreuz auf weißem Grund mit einem diagonal von links unten nach rechts oben eingefügtem Bischofsstab.

„Seltsam, das Symbol ist mir vorhin gar nicht aufgefallen. Und schaut mal dort, da ist die Pilgerherberge. Das Hinweisschild hatte ich auch übersehen. Lasst uns mal dort einkehren, vielleicht können wir dort sogar übernachten."

Sie betraten den Hof der Herberge, der hufeisenförmig von drei Gebäuden aus rotem Sandstein umgeben war. Auf der linken Hofseite führte eine breite Treppe hinauf in den Unterkunftstrakt. Geradeaus schien sich ein privater Haustrakt anzuschließen und rechts konnte man eine alte, aber restaurierte Scheune mit integriertem Kräuterladen erkennen.

„Dann wissen wir jetzt wenigstens, wo wir unsere Rödermärker Kräuter, die auf unserem Markt übrigbleiben, verkaufen können", ließ Stefanie ihren Kaufmannssinn durchblicken. Sie gingen die paar Stufen zum Unterkunftstrakt hinauf.

„Ich glaube kaum, dass jetzt im Frühling schon viele Pilger unterwegs sind. Vermutlich bekommen wir alle einen guten Schlafplatz." Miriam betätigte die Klingel. Die Tür öffnete automatisch und sie wurden mit lautem Stimmengewirr überrascht.

*

An der Rezeption wurden sie schon erwartet.

„Habt Ihr uns doch schon gefunden", wurden sie von einer jungen Frau, etwa 40 Jahre alt, lächelnd begrüßt. Sie hieß Senach, so stand es auf ihrem Namensschild, das sie auf ihrem weißen keltischen Kleid trug. Es war langärmelig und wurde von einem Ledergürtel über den Hüften gerafft. Am Ledergürtel war eine kleine Ledertasche befestigt. Um den Hals trug Senach eine Kette mit einem Anhänger, eine Eule, auf einem Keltenknoten sitzend. Senach war sehr schlank, etwa 1,80 Meter groß und hatte blonde, lange Haare.

Miriam war erstaunt, ließ sich aber nichts anmerken. „Woher wissen Sie, dass wir Sie gesucht haben?"

„Ich habe von euch geträumt und meine Freundinnen und Freunde unserer keltischen Kulturgruppe heute Abend eingeladen. Ihr habt bestimmt eine Menge Fragen."

„Ja, haben wir. Aber zuerst eine ganz andere Frage. „Können wir heute hier übernachten?"

Wieder lächelte Senach. „Natürlich, es sind zurzeit keine Pilger in der Herberge. Ich kann euch ein Zimmer mit fünf Betten, einfache Lagerstätten, oder fünf Einzelzimmer anbieten. Die kosten dann natürlich mehr."

Miriam schaute ihre Freundinnen an. Nickend stimmten sie dem Fünfbett-Zimmer zu. „Wir sind zwar keine Pilger, aber wir nehmen das Fünfer-Pilgerzimmer."

Senach gab Miriam den Schlüssel. „Zimmer 1, oben im ersten Stock, hier hinter der Rezeption die Treppe hoch. Es ist alles vorbereitet!"

„Auch das haben Sie schon gewusst?"

Senach gab keine Antwort, fuhr aber mit der linken Hand über ihr Eulenamulett.

„Können wir hier unten auch eine Kleinigkeit essen?", fragte Greta.

„Natürlich, wir haben eine kräftige Gemüsesuppe vorbereitet."

„Perfekt, wir sind gleich wieder unten."

„Wir warten auf euch und dann vergessen wir das förmliche „Sie". Druidinnen, Schamaninnen und Kräuterfrauen sind Schwestern!"

*

Miriam öffnete die Zimmertür und begann zu stöhnen.

„Wie in einer Jugendherberge. Zwei Stockbetten und ein Einzelbett. Aber alles schon perfekt hergerichtet, kommentierte Dagny."

„Ja, alles sehr mysteriös. Sie wusste schon alles. Die Stimme heute Mittag, oben am Glauberg, klang ähnlich. Habt ihr eben gesehen, wie sie mit der linken Hand ihr Amulett berührte?"

Greta schüttelte den Kopf. „Nein, aber es ergibt schon Sinn. Die Eule ist in der keltischen Mythologie ein Symbol für Weisheit, der Keltenknoten mit den vielen verwobenen Linien stellt die Unendlichkeit dar und wurde von vielen Kelten als Symbol für den Kreislauf von Leben und Tod gesehen."

Miriam sinnierte.

„Ja der Kreislauf von Leben und Tod. Eine enge Verwandtschaft mit Reisen auf der Traumstraße. Kann sein, dass wir unsere Druidin schon gefunden haben. Kommt, lass uns schnell nach unten gehen", drängelte Miriam.

*

Im Aufenthaltsraum saßen heute zwanzig Männer und Frauen, alle in keltischen Trachten, die sich angeregt unterhielten. Als die Rödermärker Kräuterfrauen eintraten, herrschte plötzlich eine kurze Stille, die Senach nutzte, die neuen Gäste vorzustellen. Dann wandte sie sich fürsorglich den Neuankömmlingen zu.

„Wir bringen euch gleich selbstgebackenes Brot und unsere Düdelsheimer Gemüsesuppe. Danach stehen wir für eure Fragen zur Verfügung. In meinem Traum sah ich auch die Professorin, die wir hier nicht gerade in bester Erinnerung haben. Aber, jetzt esst erst mal."

Als ob das Küchenpersonal auf ein Code-Wort gewartet hätte, wurde auch schon eine große dampfende Suppenterrine und ein kleiner Korb mit dunkelbraun gebackenem Brot gebracht.

„Guten Appetit alle zusammen. Ich schaue euch nur zu, denn ich habe schon kurz vor eurem Eintreffen gegessen", leistete Senach ihnen Gesellschaft.

„Wie kommt es, dass ihr euch gerade hier trefft, in einem Haus, das in gewisser Weise an Bonifatius erinnert?", fragte Miriam und fuhr fort.

„Bonifatius hatte zwar nie Krieg mit den Kelten, er lebte ja rund tausend Jahre später, aber er bekämpfte die polytheistische Naturreligion der Germanen, die verwandt war mit dem Glauben der Kelten, der in allem eine durchdringende spirituelle Kraft vermutete. In der Schule haben wir gelernt, dass Bonifatius eine dem Gott Donar geweihte Eiche gefällt hat, um die Machtlosigkeit der germanischen Götter zu demonstrieren. Ist das nicht ein Widerspruch?"

„Ach, weißt du, Bonifatius ist für uns ein Mensch der damaligen Zeit. Wir sind ihm heute nicht böse, weil er einen Baum gefällt hatte. Bonifatius war von seiner Religion überzeugt, genau wie wir heute von unserem Naturglauben überzeugt sind. Wenn man es bis in die letzte Konsequenz durchdenkt, klafft zwischen der Lehre Jesu und unserer Überzeugung keine Kluft. Die Entfremdung entstand ja erst daraus, was seine Nachfolger aus seiner Lehre machten. Aber eine praktische Konsequenz ist doch, dass man in einer Bonifatius-Pilgerherberge niemals den Treffpunkt einer keltischen Folkloregruppe vermuten würde", antwortete Senach.

Und Miriam ergänzte. „Man würde auch niemals darauf kommen, dass die Herbergsmutter eine Druidin ist!"

Senach überhörte diese Anspielung und erzählte aber von Druiden der Gegenwart.

„Ja, es gibt heute wieder Druiden, moderne Druiden. Sie bekommen während ihrer Initiation, ihrer Ausbildung, Einblicke in die uralten Riten der keltischen Druiden, die nur mündlich seit rund 2500 Jahren überliefert werden. Deshalb können nur wenige Druiden eine Ausbildung abschließen. Es gibt wirklich keinerlei schriftlichen Nachlass, keine Lehrbücher. Die Menschheit hat natürlich große intellektuelle Entwicklungssprünge gemacht. Themen wie

Körpersprache, Intuition, emotionale Intelligenz, Fortschritte in den Naturwissenschaften und der Astronomie sind heute vielen zugänglich. Ja, und dann gibt es da noch das große Feld der Psychologie, insbesondere der Parapsychologie, auf dem sich leider viele Scharlatane tummeln. Nicht jeder der sich Druide nennt, ist ein Druide!" Greta meldete sich zu Wort.

„Wir haben eine grundsätzliche Frage an euch alle. Seid Ihr bereit, einem Menschen zu helfen, der euch in der Vergangenheit zutiefst beleidigt hat, indem er eure Kultur und Religion nicht ernst nahm und euch sogar verboten hat, Versammlungen am Glauberg abzuhalten. Ich spreche von Professorin Eleonore Stallmeister, der Hessischen Landesarchäologin a.D.?"

Unter den Älteren setzte sofort heftiges Gemurmel ein. Eine ältere Frau bat um Ruhe. „Nicht alle hier kennen Eleonore Stallmeister. Sie hat uns in der Vergangenheit übel mitgespielt, aber es liegt in unserer Kultur, dass wir verzeihen. Wenn wir können, helfen wir. Was hat sie für Probleme?"

Miriam informierte nun die große Versammlung, wie es dazu kam, dass Elo Stallmeister im Koma läge.

„Wir wissen, dass ihre Seele den komatösen Körper verlassen und sich auf Traumreise begeben hat. Nun ist sie auf der Traumstraße gefangen. Nur eine kundige Druidin, die das Reisen auf der Traumstraße kennt, vor allem die Gefahren dort kennt, kann ihr helfen, in ihren Körper zurückzufinden. Und wir sind hierher zum Glauberg gekommen, um diese Druidin zu finden."

Aus der Versammlung wurden einzelne Stimmen laut. „Einige von uns waren schon auf der Traumstraße unterwegs, nachdem man uns gelehrt hatte, die Traumstraße mit Respekt zu betreten und die dortigen Engel und Geister zu achten.

Aber, sich darauf zu bewegen, ist eine Sache, eine verirrte und gefangene Seele zurück in den Körper zu geleiten, ist weitaus schwieriger. Hier im Raum gibt es nur einen Menschen, dem das gelingen könnte."

Alle Blicke richteten sich nun auf Senach. Sie bemerkte dies und fühlte sich deshalb sogar etwas unwohl, trotzdem gab sie nun einen Teil ihres Wissens preis.

„Sich auf der Traumstraße zu bewegen, ist deshalb so gefährlich, weil es zu verlockend ist, sich immer weiter auf ihr fortzubewegen, mit dem Ziel, die Geheimnisse des Universums zu verstehen. Man entfernt sich immer weiter vom Körper. Je weiter die Entfernung vom Körper, desto eher kann die Silberschnur zwischen Körper und Seele reißen. Wobei die Entfernung nicht unbedingt in Kilometer gemessen wird. „Entfernung" kann dabei auch nur eine mentale Kluft sein. Warum diese Schnur bei manchen Menschen früher reißt, bei anderen gar nicht, weiß ich nicht. Bei einer mentalen Übung ist während meiner Ausbildung eine Schülerin auf der Traumstraße verlorengegangen. Wir suchten sie drei lange Tage und Nächte. Es war verdammt schwer, sie aus den Fängen der Geistwesen zu befreien. Ich vermute, dass es Elo ähnlich ergeht."

Miriam nickte. „Ja, sie hat mir telepathisch vom Engel des Todes berichtet. Er konnte sie nicht ins Jenseits begleiten, weil noch ein Teil ihrer Seele im Körper verweilte."

Senach fuhr fort.

„Wenn sie den Engel des Todes schon spürte, war sie dem Tod ganz nahe. Der Engel des Todes ist ein gutmütiger Engel. Er versucht, den Übergang für die Menschen angenehm zu machen und würde niemals einen Menschen zu früh hinübergeleiten oder in den Sterbeprozess eingreifen.

Außerdem sagte er etwas ganz Entscheidendes: Ein Teil der Seele sei noch in Elos Körper, also muss noch ein hauchdünnes Band der Silberschnur existieren. Liebe Kräuterfrauen, es wird euch jetzt nichts sagen, aber die Erfahrung hat mich gelehrt, dass man die betreffenden Menschen auf die kommenden Geschehnisse vorbereiten kann, wenn man deren Unterbewusstsein aktiviert, das heißt, ihnen sagt, was man vorhat, hört zu:

Im Altai Gebirge wird noch heute ein keltisch skytisches Ritual angewendet, um schwerverletzte komatöse Patienten wieder aufzuwecken. Dieses Ritual haben wir in meiner Ausbildung bei der verlorengegangenen Schülerin angewendet. Fahren wir gleich morgen früh los und versuchen Elo Stallmeister zu retten!"

Miriam konnte nun nicht anders. Sie drückte Senach herzlich und spürte dabei, dass Senach ein ganz besonderer Mensch war. „Danke, Senach, mögen alle guten Engel uns und ganz besonders dich begleiten."

*

Miriam, ihre Freundinnen und Senach saßen schon ganz früh am Frühstückstisch. Alle tranken den gut duftenden Kaffee und aßen das knusprige Brot mit einer selbstgemachten Marmelade. So wurde auch noch der letzte Rest Schläfrigkeit schnell vertrieben, denn die vergangene Nacht war sehr kurz, einmal wegen vieler Diskussionen und natürlich auch wegen der Nervosität und Neugier auf die kommende Zeit.

„Nach Rödermark/Urberach brauchen wir ungefähr eine Stunde Fahrtzeit. Willst du noch heute Elo in Langen besuchen, um dir einen Eindruck zu verschaffen?", wandte sich Miriam an Senach.

Sie nickte. „Ja und könnt ihr den verantwortlichen Arzt informieren? Ich habe schon erlebt, dass Ärzte bei meinem Anblick aggressiv reagierten, weil sie glaubten, ihre Schulmedizin verteidigen zu müssen."

Miriam konnte die Bedenken zerstreuen.

„Keine Angst, Dr. Zelinsky weiß, dass wir eine weise Druidin suchten, ja er hat uns sogar ermutigt, außerordentliche Wege zu gehen. Er ist für Methoden jenseits der Schulmedizin aufgeschlossen. Ich werde ihm sofort nach dem Frühstück eine Nachricht schicken."

„Das ist gut. Eine Bitte habe ich aber noch. Dürfte ich bei euch im Wald in einer eurer Hütten übernachten?", fragte Senach. „Ich will mich heute Abend schon auf die Rettungsmission vorbereiten und das geht am besten in Abgeschiedenheit, im Kreis von Gleichgesinnten.

*

Die Stunde Fahrtzeit nach Rödermark-Urberach ins Lager der Kräuterfrauen verging wie im Fluge.

Senach schaute sich im Lager der Kräuterfrauen um. Ihr Blick ging hinauf zu den Bäumen und verharrte. Sie schloss die Augen und hörte den Vögeln und dem Wind zu, der sich in den Baumkronen fing. Sie nickte und wandte sich den Kräuterfrauen zu. „Ich habe ein gutes Gefühl und spüre nichts Negatives." Sie ging in die Hütte, die man ihr zugewiesen hatte. Sie hatte einen etwas größeren Beutel für Kleidung und einen kleineren für Kräuter, Salze und Talismane dabei, die sie für das keltisch-skytische Ritual benötigen würde. Dann trat sie wieder vor die Hütte.

„Ich bin bereit, Miriam. Du kannst diesen Dr. Zelinsky informieren, dass wir in der nächsten Stunde im Klinikum sein werden."

Miriam zückte ihr Handy.

„Vor 2000 Jahren hätten wir Rauchzeichen oder Brieftauben verwendet. Aber ein Handy tut es auch", meinte Senach augenzwinkernd.

*

Miriam fuhr alleine mit Senach nach Langen. Als sie die Empfangshalle des Krankenhauses betraten, fühlte sich Senach unwohl.

„Ich spüre, dass hier viele Menschen falsch behandelt werden. Nicht falsch im physiologisch-medizinischen Sinn, sondern falsch im psychischen Sinn. Man achtet zu wenig auf die Seelen."

„Dr. Zelinsky ist anders, da kann ich dich beruhigen. Er versucht seine Patienten ganzheitlich zu behandeln, immer Körper und Seele gemeinsam", versuchte Miriam die Skepsis Senachs zu zerstreuen.

An der Rezeption erkundigte sich Miriam, ob Elo Stallmeister noch auf der Intensivstation läge. Ein Blick auf den Bildschirm zeigte der Mitarbeiterin an, dass Elo verlegt worden war, auf eine Station für Langzeitpatienten, die intensiver Pflege bedurften. „Dr. Zelinsky hat Sie schon angekündigt. Nehmen Sie doch bitte noch einen Moment Platz, er holt Sie gleich ab."

Einige Minuten später erschien er auch schon.

„Guten Tag Miriam, guten Tag Kollegin", begrüßte er die beiden Frauen.

„Sie sind der erste Schulmediziner, der in mir eine Kollegin sieht", fühlte sich Senach geschmeichelt.

„Kann sein, aber Sie wissen ja, ich habe es mit Nerven und Seelen zu tun. Da habe ich schon mehr als einmal gemerkt, dass die Schulmedizin nicht alles weiß. Aber ich gebe auch zu, ich habe noch nie mit einer Druidin zusammengearbeitet. Folgen Sie mir beide, ich bringe Sie zu Eleonore Stallmeister."

Sie verließen das Hauptgebäude und betraten das Gebäude in dem die Neurologie und Psychiatrie untergebracht waren.

„Ich habe die Patientin für die nächsten Tage hierher verlegt, denn ich wollte abwarten, ob sie Erfolg haben werden. Erst bei einem Misserfolg lasse ich sie in ein Pflegeheim verlegen."

Sie betraten Elos Zimmer. Es waren weniger Apparate an ihrem Körper angeschlossen als beim letzten Besuch, nur noch Puls, Blutdruck und die Gehirnströme wurden überwacht. Der Port für die Magensonde war nicht sichtbar, da keine Magensonde angeschlossen war.

„Ich lasse Sie jetzt alleine. Wann haben sie denn vor, Professorin Stallmeister intensiv zu behandeln?", richtete Dr. Zelinsky die Frage an Senach.

„Ich verschaffe mir einen Überblick, versuche heute, ihre Reaktionen durch Ansprachen zu testen. Morgen Vormittag wage ich dann, sie zu behandeln. Vielleicht habe ich sofort Erfolg, vielleicht dauert es aber auch länger. Ich glaube fest daran, dass wir sie zurückholen können. Ich habe ein gutes Gefühl."

Dr. Zelinsky schaute auf den Monitor, der die Gehirnströme anzeigte. „Da, schauen Sie beide mal! Ihre Anwesenheit und Worte zeigen schon Wirkung. Sie spürt etwas, zumindest deutet das Enzephalogramm darauf hin.

Treffen wir uns morgen um 10 Uhr, dann bin ich auch mit der Morgenvisite der anderen Patienten durch."

*

„Hallo Elo, kannst du mich hören?" Senach schaute sich im Zimmer um, so als ob sie spüre, dass Elo in der Nähe weilt. Die EEG Wellen zeigten eine leichte Veränderung. Irgendetwas schien Elo zu hören oder zu spüren.

„Wir haben uns vor 16 Jahren bei einer Bürgerversammlung am Glauberg kennengelernt. Leider war unsere Begegnung nur kurz. Wir haben damals heftig gestritten, wie das Gebiet um den Glauberg genutzt werden könnte. Es wurde darüber beraten, ob der Glauberg ein ähnliches Zentrum wie Stonehenge in Groß-Britannien werden sollte. Du hast dich in allen Belangen durchgesetzt und alle Ideen der keltischen Gruppen verworfen. Ich verzeihe dir das, schauen wir nach vorne."

Elos Enzephalogramm schlug nun heftiger aus.

„Ich versuche dich auf der Traumstraße zu finden. Bewege dich nicht weiter weg! Ich werde morgen wiederkommen, dann gehen wir beide gemeinsam zurück zu den Menschen. Grüße alle Geister und Engel von mir. Ich werde sie bitten, uns beiden zu helfen!"

Und wieder bewegten sich die Kurven des EEGs heftiger als zuvor.

Senach war klar, dass Zeitangaben wie „morgen" für Elo derzeit keine Rolle spielten. Trotzdem hatte sie die Vokabel benutzt, um Elo an die Dimension der Menschen zu erinnern. Auch bei der Verabschiedung benutzte Senach Schlüsselwörter, die Elos Erinnerung stärken sollten.

„Elo, ich habe dich eben gespürt. Halte noch einen Tag durch! Wir kommen morgen zu dritt. Miriam, Dagny und ich versuchen, dich heimzuholen."

Bei der Verabschiedung glaubte Senach ein „bis morgen" gehört zu haben.

*

Am nächsten Morgen, standen Senach, Miriam, Dagny und Dr. Zelinsky wieder an Elos Krankenbett.

„Ich nehme mich jetzt ganz zurück und spiele Beobachter. Senach, wenn du von mir während der Behandlung Hilfe benötigst, bin ich jederzeit bereit, dir mit meinem schulmedizinischen Wissen zu assistieren", meinte Dr. Zelinsky.

Senach nickte und legte den kleinen Beutel mit den keltisch-skytischen Utensilien für das Ritual auf einen Stuhl neben Elos Bett.

„Ich möchte mich jetzt selbst auf die Traumstraße begeben und die dort weilenden Engel um ihre gnädige Hilfe bitten. Vielleicht erkenne ich ja auch die Seele Elos und könnte sie vorbereiten."

Miriam war erstaunt. „Ist es so einfach, mal mir nichts dir nichts auf die Traumstraße zu wechseln?"

„Es ist nicht so einfach", antwortete Senach, „wenn man ungeübt ist und gefährlich ist es auch. Aber ich bin schon so oft „drüben" gewesen, dass ich zu allen Engeln, die mir begegnet sind, ein freundschaftliches Verhältnis habe. Alles, was ich benötige, sind fünf brennende Kerzen, die auf einem kleinen Kreis Meersalz stehen, der um meinen Körper herum von mir gezogen wird. Und dann brauche ich noch Ruhe. Es

259

kann sein, dass ich in mich zusammensacke und ohnmächtig werde, das darf euch aber nicht beunruhigen. Ich sterbe so schnell nicht, das hat mir zumindest der Todesengel Azrael vor längerer Zeit auf einer meiner Traumreisen prophezeit."

Sie begannen mit den Vorbereitungen und schoben zunächst Elos Körper mitsamt dem Bett in die Mitte des Raumes. Senach setzte sich im Lotussitz ans Kopfende und zog gekonnt mit dem linken und rechten Arm mit dem Meersalz je einen Halbkreis um sich. Schließlich zündete sie fünf Kerzen an.
„Die Kerzen werden böse Geister fernhalten, die meine Konzentration stören wollen. Habt keine Angst um mich."
Senach fiel in Trance. Sie atmete ruhig und gleichmäßig. Ihre Augen unter den Lidern bewegten sich ganz schnell hin- und her. Auch versuchten ihre Lippen lautlos imaginäre Sätze zu formulieren, so als ob sie sich mit jemandem unterhielt.

*

„Du schon wieder hier!", wurde Senach von Azrael begrüßt.
„Sei gegrüßt, Azrael, Engel des Todes. Ich hoffe, du hast nicht auf mich gewartet?", wollte Senach beim Eintritt in die Traumstraße wissen.
„Nein, auch heute ist deine Stunde noch nicht gekommen. Aber ich erwarte einige Patienten aus dem Krankenhaus, aus dem du gerade aufgebrochen bist. Ich soll sie hinübergeleiten."
Senach erschrak. „Aber du wartest doch nicht etwa auf Elo Stallmeister?"
Azrael begann höhnisch zu lachen. „Nein, auch sie wird heute nicht sterben. Du hast gute Chancen, sie zu retten."

„Wo finde ich sie?", wollte Senach wissen.

„Ich bin zwar ein Engel, aber trotzdem nicht allwissend. Sie vagabundiert. Ja, sie nervt sogar. Auf der einen Seite will sie mit aller Macht in ihren Körper zurück, auf der anderen Seite möchte ein Teil ihrer Seele hierbleiben, da nur hier ihr Verlangen nach großem Wissen gestillt werden kann. Sie wird hier nicht von uns festgehalten, sie blockiert sich selbst und es wird deine schwierige Aufgabe sein, sie zu überzeugen, diese Dimension loszulassen."

Senach entfernte sich von Azrael. Sie rief nach Elo, erhielt aber keine Antwort. „Verdammt Elo, ich habe dir doch gestern geraten, dich nicht zu weit zu entfernen."

Als Senach die Traumstraße frustriert verlassen wollte, machte sich Elo vehement bemerkbar.

„Hier wird nicht geflucht! Ich kann hier in dieser Dimension dein Gesicht zwar nur schemenhaft erkennen, aber du hast schon vor 16 Jahren viel geflucht, als ich euch die Idee mit „Stonehenge" ausreden musste."

Senach war erstaunt, dass Elo die Vergangenheit ansprach und sich nicht auf ihr derzeitiges Problem auf der Traumstraße konzentrierte.

„Elo, ich darf dich doch jetzt so nennen. Die Vergangenheit lassen wir besser ruhen. Wenden wir uns der Gegenwart zu. Azrael hat angedeutet, dass du dir selbst den Weg zurück in deinen Körper versperrst. Ein Teil deiner Seele möchte hierbleiben. Ich werde dir helfen, dass du mit diesem Teil deiner Seele kommunizieren und zurückkehren kannst. Konzentriere dich ganz auf dich selbst, schaue nicht umher, versinke in dir. Ich lasse dich jetzt alleine. Du wirst mich aber hören, wie ich dich von der anderen Seite aus rufe. Wenn du das Rufen vernimmst, folgst du dem Schall und lässt dich durch nichts ablenken. Hast du das verstanden?"

„Ja, ich versuche alles so zu machen, wie du eben vorgeschlagen hast. Wenn es klappt, werde ich euch am Glauberg belohnen."

*

„Wie lange war ich weg?", fragte Senach die Umstehenden. Obwohl sie schon oft zwischen Traumstraße und Realität hin- und herpendelte, hatte sie sich immer noch nicht an die Zeitlosigkeit der jenseitigen Welt gewöhnt.
„Ungefähr eine Stunde. Das war ein kurzer Besuch drüben aber hoffentlich erfolgreich", kommentierte Miriam.
„Das wird sich gleich zeigen. Ich habe Azrael und Elo getroffen. Die gute Nachricht Azraels war, dass Elo zumindest heute nicht sterben wird und wir gute Chancen hätten, sie zu retten. Die weniger gute Nachricht betrifft Elos Starrsinn! Ich habe ihr eindringlich versucht zu erklären, warum sie sich blockiert und nicht zurückkehren kann. Aber, wenn sie auf meine Stimme während dem Ritual hört und sich durch nichts ablenken lässt, auch nicht durch ihr Unterbewusstsein, das lieber zurückbleiben will, könnte es klappen.

*

Senach nahm aus ihrem Medizinbeutel zwei kleinere Beutel, öffnete sie und legte sie links und rechts neben Elos Kopf. Dann kniete sie neben Elos Schulter nieder. Miriam stellte sich mit zwei Kerzen daneben und schloss die Augen. Als sie ihre Augen wieder öffnete, erkannte sie die wahre Größe Senachs: Sie strahlte eine ungeheure Ruhe aus, als sie mit ihrer linken

Hand in den linken Beutel neben Elos Kopf griff. Sie entnahm etwas Salz und streute eine Linie von Elos Stirn bis zum Kinn und von Schläfe zu Schläfe. Dann griff sie mit der rechten Hand in den rechten Beutel, entnahm eine Handvoll dunkler Erde und zog einen kleinen Kreis um das Kreuz aus Salz. Senach atmete tief ein und über dem Körper Elos wieder aus, damit sich ihr Leib erinnerte und die Seele zurückkehren konnte. Miriam reichte Senach eine Kerze, die sie von Elos Kopf bis zu den Füßen bewegte. Immer wieder glitt sie mit der Flamme über Elos Körper. Dann winkelte sie Elos Knie an und beugte den Oberkörper darüber. Schnell schob Senach ihre Hände auf Elos Rücken und schloss die Augen. Ihr Geist ging auf Wanderschaft, er suchte Elo. Dann unterbrach ihre ruhige Stimme die Stille des Raumes:
„Elo, höre mir zu! Folge den Schwingungen meiner Stimme. Konzentriere dich nur darauf! Richte deinen Oberkörper auf und öffne deine Augen."

Nichts geschah.

Als Senachs Begleiterinnen schon aufgeben wollten, bewegten sich jedoch fast unmerklich Elos Augäpfel unter den Lidern.

Langsam, ein schwaches Blinzeln, dann öffnete Elo die Augen, zunächst ohne Orientierung, als wäre sie aus einem bösen Traum erwacht.

Sie schüttelte Erde und Salz von sich und atmete tief. Dann flossen die Tränen der Erleichterung und sie schluchzte:
„Danke euch allen! War ich wirklich in einer anderen Welt oder habe ich mir das alles nur eingebildet? Es war so schön- und jetzt erscheint es mir so unwirklich."

Senach beruhigte Elo.

„Die Eindrücke, die eine Seele in der jenseitigen Welt erfährt, hängen eng mit den Erfahrungen, dem Wissen und der transzendenten Einstellung, der Menschen im hiesigen Leben zusammen. Ein Atheist wird wahrscheinlich ganz andere Eindrücke in der jenseitigen Welt erleben. Du hattest durch deine Auseinandersetzung mit den keltischen Kulturgruppen vieles aus deren Wissensschatz in deinem Unterbewusstsein abgespeichert. Als du dann im Koma warst und deine Seele auf Wanderschaft ging, hast du dich wieder erinnert."

*

Elo schaute sich im Raum um. Langsam erinnerte sie sich. Sie griff an ihren Kopfverband. Ihr erster klarer Gedanke galt dem Amulett.

„Ist das Amulett wieder da?"

Elo konnte sich wie durch einen Nebelschleier an die Erlebnisse ihrer Wanderung auf der Traumstraße erinnern. Verschwommen zwar, aber im Kern klar. „Das Amulett wurde nach Sizilien geschafft. Es muss irgendwo im Agrigent zu finden sein. Ich weiß jetzt wieder ganz deutlich, was die Gangster in diesem Hinterzimmer im Hotel besprochen haben", presste Elo hervor.

Miriam versuchte sie zu beruhigen. „Die Kripo Offenbach in Person von Horst Adler und Paul Sinclair sind schon unten im Agrigent. Sie sind nahe dran an der Wiederbeschaffung des Amuletts. Allerdings müssen sie es der sogenannten Organisation Sizilien wieder abkaufen und der Preis ist durch

264

die Übersetzungen exorbitant auf eine Million Euro in die Höhe geschnellt."

„Eine Million? Etwa wegen der Übersetzungen meiner Kollegen aus Indien und Israel? Was kam denn heraus?", fragte Elo ungläubig.

Bevor Miriam antworten konnte, meldete sich Dr. Zelinsky zu Wort. „Sorry, wenn ich diese Unterhaltung störe. Aber Frau Dr. Stallmeister, vor einigen Minuten waren Sie noch dem Tod ganz nah und jetzt könnte man meinen, dass Sie am liebsten sofort wieder loslegen wollen. Aber ich muss darauf bestehen, dass Sie noch hierbleiben. Aber bitte, entlassen Sie sich nicht selbst."
„Hier will sich keiner selbst entlassen!", beruhigte Elo Dr. Zelinsky.

Miriam schaltete sich wieder ein. „Elo, was genau übersetzt wurde, wissen wir hier noch nicht. Dazu musst du wahrscheinlich deine Mailbox aufrufen oder wir klären das mit einem Telefonat -aber erst morgen."
Elo beruhigte sich nun doch ganz schnell. Ihr wurde erst jetzt bewusst, dass sie wirklich fast tot war. Plötzlich erinnerte sie sich auch wieder an die Begegnung mit Azrael. Demütig nahm sie sich jetzt zurück. „Ihr habt ja so recht, ich bin undankbar. Es gibt nur ganz wenig Menschen, die Azrael gesehen oder gespürt haben und noch am Leben sind. Senach, wie kann ich dir meine Dankbarkeit erweisen? Ich habe dir ja auf der Traumstraße versprochen, dass du etwas gut hast."
Die Druidin lächelte. „Du hast dich auf der Traumstraße daran erinnert, dass du verboten hast, den Glauberg zu einem zweiten Stonehenge zu machen. Nun, wir wollen es dabei

belassen, aber du könntest die Hausordnung des Glauberg-Museums und des gesamten Areals ändern und wieder Besucher in keltischer Tracht zulassen. Außerdem sollten die keltischen Kulturgruppen die Feiertage Samhain und Beltain, also den Beginn des Winterhalbjahres und den des Sommerhalbjahres, oben am Glauberg feiern können."

Elo schluckte. „Ich verspreche dir hier vor allen Zeugen, dass ich mich mit all meiner verbliebenen Autorität beim Hessischen Landesamt für Archäologie dafür einsetzen werde, dass die Hausordnung geändert wird und die zwei Feiertage dort gefeiert werden dürfen."

Senach nahm das Angebot dankbar an. „Nach 16 Jahren wird so eine Prophezeiung wahr, der Kreis von damals, der durch den Bau des Museums am Glauberg begonnen wurde, ist nun geschlossen."

*

Miriam nahm ihr Handy und wählte Pauls Nummer. Sofort war er am Apparat. Man konnte hören, dass er im Auto unterwegs war.

„Gute Neuigkeiten! Wir haben es geschafft, Elos Seele aus der Bewusstlosigkeit zurück in unsere Realität zu holen!"

Schnell erzählte Miriam Paul, wie es gelungen war. Paul war darüber erleichtert. „Eine große Sorge weniger. Wenn sie schon wieder so gut in unserer Realität angekommen ist, eine Frage an Professorin Stallmeister unsererseits. Wir sind guter Hoffnung, morgen das Amulett ersteigern zu können. Wie können wir denn die Echtheit des Amuletts vor Ort ohne Labor überprüfen? Darüber haben wir uns heute Morgen schon den Kopf zerbrochen, sind dann aber abgelenkt worden.“

Elo hatte mitgehört. Sie fühlte sich fit und überhaupt nicht durch ihr langes Delirium beeinträchtigt. Bei ihr waren tatsächlich keinerlei Symptome des sogenannten klinischen Durchgangssyndroms, das oft bei Delirium-Patienten nach deren Aufwachen auftritt und sie bei logischen Schlussfolgerungen behindert, zu bemerken.

„Sehr gute Frage. Ich weiß nun, dass die richtigen Leute nach Sizilien aufgebrochen sind. Bevor Geld fließt, müsst ihr das Amulett zunächst einer visuellen Kontrolle unterziehen und dann verschiedene Maße mit einer Schieblehre nehmen und bestimmte Verhältnisse bilden.

Das Amulett hat vier Einkerbungen und ein als Auge symbolisiertes Loch, durch das die Halskette gezogen ist. Der Übergang vom Hauptkörper zum Fischschwanz ist mit einem Andreas-Kreuz verstärkt, in dessen Mittelpunkt eine kleine Vertiefung angebracht ist. Eine weitere Vertiefung findet ihr in der Mitte des Hauptkörpers. Diese Vertiefung befindet sich ebenfalls exakt in der Mitte der Strecke von linker Einkerbung zu rechter Einkerbung. An den Einkerbungen und Vertiefungen setzt ihr die Schieblehre an.

Und nun zu den Punkten der zur Verifizierung notwendigen Messungen:

1. Das Fischauge muss exakt einen Durchmesser von 1,15 Zentimeter aufweisen.

2. Die Entfernung zwischen der Einkerbung an der Fischkopfspitze und der Einkerbung am Schwanzflossenende sollte genau 18,06 Zentimeter sein,

dividiert durch das Produkt von fünfmal dem Augendurchmesser muss die „Kreiszahl Pi" auf mindestens zwei Stellen genau hinter dem Komma ergeben, also 3,14

3. Dann messt ihr die Entfernung der Einkerbung an der Fischkopfspitze zum Mittelpunkt des Andreaskreuzes. Es muss 15,71 Zentimeter sein.

4. Die Strecke Mittelpunkt des Fischkörpers zur linken oder rechten Einkerbung muss 9,71 Zentimeter betragen.

5. Dann dividiert ihr das Maß 15,71 Zentimeter durch 9,71 Zentimeter und ihr erhaltet die Zahl des sogenannten „Goldenen Schnittes Phi" gleich 1,618.

Falls nur ein Maß nicht mit den Angaben übereinstimmt, habt ihr eine Fälschung vor euch. So einfach ist das."

Noch ein Tipp:
„Wenn möglich, besorgt euch eine Schieblehre mit elektronischer Maßanzeige, dann müsst ihr euch nicht mehr mit der messtechnischen Raffinesse der Nonius-Skala beschäftigen."

Vielleicht noch ein wichtiger Hinweis:
„All diese Messwerte könnte man aber in einem gefälschten Keramikteil abbilden. Allerdings benötigt ein Fälscher dazu Zeit, die er nicht hatte. Aber, um ganz sicher zu gehen, dass ihr nicht doch eine Fälschung vor euch habt, solltet ihr noch ein portables Röntgenfluoreszenz-Spektrometer besorgen und mitnehmen. Damit könnt ihr die Keramikbestandteile analysieren, die nur in Keramiken aus der Zeit der römischen Besetzung Palästinas Verwendung fanden. Tom Beckmann

kann euch die Keramiktabelle schicken."

Horst verstand in etwa, was Elo erläuterte.
„Unsere italienischen KTU-Kollegen haben sicherlich eine elektronische Schieblehre und sie werden mich bestimmt gut einweisen und da Agrigent eine archäologische Hochburg ist, gibt es dort mit Sicherheit auch portable Röntgenfluoreszenz-Spektrometer. Wir brauchen also „nur" diese Messgeräte. Wie bist du auf diese Zahlen und Systematik gekommen?"

„Nicht ich bin auf diese Zahlen gekommen. Die Entwickler des Amuletts waren so clever. Ich musste nur noch messen. Die Zahl Fünf habe ich durch Intuition gefunden. Ich dachte an die Hexenprozesse und da schoss mir plötzlich das Pentagramm durch den Kopf. Und dieser Stern hat wie viele Zacken? Genau fünf!

Und noch eine Erklärung, um die Genialität der antiken Amulett-Künstler hervorzuheben:

Sie wussten, dass der Umfang von Kreisen dividiert durch deren Durchmesser immer exakt ein und dasselbe Maß ergibt, egal in welcher Einheit. Wahrscheinlich lehnten sie sich an den Mathematiker Archimedes von Syrakus an, der diese Berechnungen formulierte. Zentimeter kannten sie ja noch nicht. Vermutlich bezogen sie ihr Ergebnis auf römische Grund-Längenmaße, etwa ein Viertel Fingerbreit gleich 18,5 Millimeter oder ein Viertel Handbreit gleich 74 Millimeter. Ja, und der „Goldene Schnitt", also die dimensionslose irrationale Zahl Phi, ist schon seit Euklid bekannt. Sie findet ihre Anwendungen in der Kunst, kann aber auch in vielen natürlichen Geometrien abgeleitet werden."

Der Historiker in Paul war tief beeindruckt.

„Egal, wie die Amulett-Künstler es berechneten und wie sie darauf kamen. Es war brillant. Und auch brillant von Ihnen, den Zusammenhang in der Geometrie des Fisches zu entdecken. Ich verneige mein Haupt.

*

28. Bovo Marina Strand, Montallegro, Süd-Sizilien

Der Strand von Bovo Marina war wie erwartet menschenleer. Eine frische Brise vom Meer her wirbelte den Sand auf, so dass ab und zu bizarre, wellenförmige Muster am Boden entstanden. Auch war die Umgebung durch den angrenzenden Wald und die sich darin in den Ästen der Nadelbäume brechenden Windböen in eine unwirkliche Geräuschkulisse getaucht. Vereinzelte wilde Hunde stromerten neugierig bellend an der Wasserlinie und im Wald umher. Die fünf dort ansässigen Restaurants öffneten um diese Jahreszeit normalerweise erst gegen 17 Uhr. An diesem Tag waren allerdings alle, ganztägig geschlossen. Das „Riva Verde" war aber für die finale Versteigerung des Amuletts angemietet worden, und zwar für den ganzen Tag. Der Besitzer hatte die Miete bar auf die Hand erhalten und hielt sich an das Gesetz des Schweigens.

Kurz vor 13 Uhr erschien am Horizont ein kleines Schnellboot. Die Zufahrt zum Strand und auch die Umgebung des Restaurants war vom Personal der Organisation Sizilien blockiert worden. Das Personal war durchweg leger gekleidet, jedoch verrieten die Sonnenbrillen und in Achselhöhe ausgebeulte Windjacken, wer hier für die nächsten Stunden das Sagen hatte. Jeder trug zusätzlich ein Headset, so dass die Kommunikation mit allen Einheiten sichergestellt war.

*

Aber nicht nur die Organisation hatte sich vorbereitet. In einer Lagebesprechung der Kripo Agrigent mit der Kriminalpolizei Rom, dem zuständigen Dezernat für

271

organisierte Verbrechensbekämpfung, war festgelegt worden, dass drei Hubschrauber der GIS, der Gruppo di Intervento Speciale, die Ermittler vor Ort unterstützen sollten. Zusätzlich war ein Polizeizug der GIS über Nacht unauffällig und getarnt in das Waldgebiet um Bovo Marina Strand zur Absicherung eingesickert. Der Plan sah vor, dass die Besatzung eines Hubschraubers auf der Zufahrtsstraße zum Strand landen und den Gegner mit Betäubungsgas ausschalten sollte. Die beiden anderen Hubschrauber sollten auf dem Strand vor dem Restaurant landen und es im Handstreich nehmen. Dabei setzte die Einheit auf das Überraschungsmoment. Die Spezialeinheit war in der Lage, Cecilia, Nino, Paul und Horst von der gegnerischen Seite zu unterscheiden, da ihre Kleidung mit einem Spray imprägniert worden war, das die Wärmeabstrahlung im Infrarotbereich auf einer genau definierten Wellenlänge veränderte und nur von der Spezialeinheit erkannt werden konnte. Cecilia und Nino verließen weit vor dem Strandabschnitt Bovo Marina Paul und Horst. Sie sollten sich durch das Gestrüpp und den Wald unbemerkt dem Strand nähern und, wenn nötig und durch die Spezialeinheit angefordert, etwaige Flüchtende gemeinsam mit dem Polizeizug festnehmen.

*

Paul und Horst fuhren alleine die zwei Kilometer lange Landstraße zum Strand hinunter. Ein flaues Gefühl machte sich in der Magengegend breit, als sie die Straßensperre erkannten. Sie wurden angehalten.
Paul betätigte den Motor der Seitenscheibe des Wagens. Er schaute in ein noch sehr junges Gesicht.

„Wir nehmen an der finalen Bieterrunde teil", klärte Paul auf. „Ja, wir haben Ihre Gesichter schon von weitem gescannt. Abhöranlagen und Funksysteme haben Sie auch keine dabei. Sie können passieren. Parken Sie ganz vorne am Kreisel und zwar so, dass Sie bei Aufforderung schnell verschwinden können."

Paul fuhr im Schritttempo weiter. Nach 200 Metern war er an besagtem Kreisel und parkte wie befohlen. Das „Riva Verde" befand sich nur 100 Meter Luftlinie vom Parkplatz entfernt, rechts, in Richtung Meer. „Schade, dass so junge Menschen auf die schiefe Bahn geraten. Das schnelle Geld ist zu verführerisch." Horst nickte zwar, war aber mit seinen Gedanken schon bei der finalen Bieterrunde.

Am Eingang des Restaurants wurden sie, wie erwartet, noch einmal generell abgetastet. Sie führten die elektronische Schieblehre, das portable Röntgenfluoreszenz-Spektrometer und einen Laptop zur Überweisung des Geldes mit und erklärten die Geräte auch. Dann durften sie endgültig eintreten und wurden gebeten, Platz zu nehmen.

Der mysteriöse Mitbieter aus Rom war noch nicht eingetroffen und von Mario war auch noch nichts zu sehen. „Was nicht ist, kann noch werden", flüsterte Horst Paul zu. Kaum gesagt, ging die Tür auf und eine priesterlich gekleidete Person betrat das Restaurant. Sie nickte Paul und Horst lächelnd zu und schien zu wissen wer überboten werden sollte.

*

Die GIS wurde 1978 gegründet und ist eine Spezialeinheit der italienischen Carbinieri. Ihre Hauptaufgaben sind die Terrorismusbekämpfung, Geiselbefreiungen und die

Bekämpfung der organisierten Kriminalität. Mitglieder der GIS sind ausnahmslos Elitesoldaten des 1. Carabinieri-Fallschirmjäger-Regiments Tuscania in Livorno. Für den Einsatz am Strand von Bovo Marina war Major Marco Agosti mit drei Hubschraubern nach Agrigent abkommandiert worden. Er hatte seine Befehle einen Tag vorher erhalten und mit den Besatzungen der Hubschrauber besprochen. Die Hubschrauber waren seit einer halben Stunde unterwegs und sollten bald am Einsatzort sein. Major Agosti stand in Funkkontakt mit allen Gruppenführern. Sie gingen noch einmal den Einsatz durch, als einer der Piloten einen weiteren Hubschrauber meldete, der sich dem GIS-Schwarm anschloss. Major Agosti funkte den unbekannten Hubschrauber an.

„Unbekannter Hubschrauber, bitte verlassen Sie unsere Alarmrotte oder identifizieren Sie sich mit Nennung Ihres Auftrages."

Sofort meldete sich der Neuankömmling.

„Hier Spezialeinsatzkommando NOCS, Nucleo Operativo Centrale di Sicurezza der Staatspolizei, Polizia di Stato. Wir haben den Auftrag, Sie beim Sturm auf das Restaurant zu unterstützen. Das Innenministerium in Rom möchte, dass die Operation mit dem geringstmöglichen Risiko für alle ausgeführt wird. Deshalb die Verstärkung. Natürlich haben Sie weiter den Oberbefehl, Major Agosti."

Major Agosti war irritiert, stand aber auch unter Zeitdruck. Irritiert, weil er nicht informiert worden war. Jetzt konnte er unmöglich in Rom erfragen, ob der fremde Hubschrauber tatsächlich von der Staatspolizei geschickt worden war, denn der Einsatz stand unmittelbar bevor. Auf der anderen Seite war er beruhigt, denn der Offizier der „Staatspolizei" wusste über das Restaurant Bescheid und seinen Namen, den nur vollständig informierte Einsatzleiter wissen konnten.

„Okay NOCS, bleiben Sie in der Alarmrotte, Sie kennen den Einsatzplan!"
„Ja, wir kennen den Plan, viel Glück!"

*

Während die Alarmrotte der Hubschrauber noch eine halbe Flugstunde entfernt war, erreichte das kurz vor 13 Uhr am Horizont erschienene Schnellboot den Strand.

Mario und zwei seiner Kollegen gingen ohne sich umzusehen zum Restaurant „Riva Verde". Einer der Begleiter trug einen kleinen Metallbehälter. Mario war gut gelaunt, denn er war sich sicher, für die Organisation Sizilien heute eine hohe Summe verbuchen zu können.
„Einen wunderschönen guten Tag die Herren aus Deutschland, Schottland und natürlich dem Monsignore aus Rom. Wollen wir sofort mit der Bieterrunde beginnen oder möchten Sie vorher eine kleine Erfrischung zu sich nehmen?"

Horst wollte Zeit gewinnen. Er musste sich überzeugen, dass das Amulett wirklich vorhanden war, es auch authentisch war und schließlich sollten die Hubschrauberbesatzungen exakt dann eingreifen, wenn das Amulett überprüft worden war. Da Horst und Paul weder Funkgeräte noch Handys bei sich trugen, musste ein exakter Zeitplan eingehalten werden. Man hatte vereinbart, dass der Angriff exakt um 13.30 Uhr geschehen solle. Bis dahin musste die Organisation hingehalten werden und das Amulett überprüft worden sein.
„Ein Cappuccino wäre nett. Außerdem möchte ich das Amulett auf Echtheit prüfen."

Mario bestellte die Getränke. Wie Paul das Amulett prüfen wollte, überstieg Marios Horizont. Paul packte die elektronische Schieblehre aus und wollte die Verifizierung beginnen. Mario war sehr gespannt, wie das Ergebnis ausfallen würde.

Paul maß den Augendurchmesser des Fischamuletts, multiplizierte ihn mit Fünf und dividierte schließlich das Längenmaß von Fischkopfspitze zu Schwanzende mit dem Produkt.

„Wow, das erste Maß ist korrekt. Die Kreiszahl Pi mit exakten zwei Nachkommastellen."

Mario verzog keine Miene. Er wollte sich keine Blöße geben.

„Können wir jetzt mit dem Bieten anfangen?"

Paul blockte das Drängeln ab. Es war erst 13.20 Uhr.

„Einen Moment noch. Da müssen noch weitere Maße stimmen und der Röntgenfluoreszenz-Spektrometer kommt auch noch zum Einsatz. Erst dann können wir beginnen."

Paul ließ sich Zeit. Bedächtig nahm er alle Maße, wie Elo es beschrieben hatte. Auch die Zahl für Phi, des „Goldenen Schnittes", ermittelte er auf drei Nachkommastellen genau und der Röntgenfluoreszenz-Spektrometer bestätigte alle Keramikbestandteile aus der Zeit um Jesus.

Paul sah in die Runde. Er hob den Daumen. „So, wie ich das hier bestimmen kann, ist das Amulett echt."

„Sag ich doch. Warum vertraut mir niemand?" war Mario genervt.

„Das erste Gebot liegt bei einer Million Euro, geboten von dem Monsignore aus Rom. Was bietet die deutsch/schottische Gemeinschaft?", eröffnete Mario souverän das Bieten.

Unauffällig blickte Paul auf seine Armbanduhr:

13.28 Uhr.

„1,1 Millionen", hob er die Hand.

„1,2 Millionen", der Römer hob nur lässig-leicht die Hand.

Paul täuschte einen Hustenanfall vor.

„Verdammt, dann eben 1,3 Millionen!"

Die Uhr sprang auf 13.30 Uhr.

*

Die Wachen am Strand erkannten am Horizont die anfliegenden Hubschrauber. Da aber eine Militärbasis in der Nähe öfters Übungsflüge durchführten, beachteten sie diese deshalb nicht weiter.

Eine katastrophale Fehleinschätzung.

Eine Explosion und das kleine Schnellboot am Strand löste sich in seine Hauptbestandteile auf. Die Bordrakete eines Hubschraubers war eingeschlagen und machte eine Fluchtmöglichkeit übers Meer zunichte. Alle Piloten hatten die Hubschrauber bis kurz vors Ziel im Lautlos-Modus geflogen, um so wenig wie möglich Aufmerksamkeit zu erregen. Dann, über dem Ziel, ließen sie die Hubschrauber per

Autorotation der Rotorblätter, aber mit im Leerlauf heulenden Triebwerken, wie Steine, schnell, aber mit infernalisch-ohrenbetäubendem Lärm auf den vorgesehenen Plätzen landen. Die Besatzung eines Hubschraubers schaltete in Minutenschnelle die Wachen an der Zufahrtstraße zum Strand aus. Die drei anderen wirbelten so viel Sand am Strand auf, dass nur die aus dem Hubschrauber stürmenden Spezialisten in ihren schweren, gegen Schuss- und Stichwaffen gepanzerten Kampfanzügen und den Schutzmasken den Überblick bewahren konnten. Das Restaurant wurde umstellt und die Wachen im Handstreich ausgeschaltet. Blend- und Tränengasgranaten wurden ins Innere des Restaurants geworfen, alle Personen im Innenraum waren sofort für Sekunden geblendet und durch das Tränengas handlungsunfähig gemacht.

Der Priester aus Rom war aber auf den Angriff vorbereitet. In seinem Koffer mit dem Messequipment hatte er eine Atemschutzmaske und eine Schutzbrille gegen Blendgranaten verborgen, die vom Kontrollpersonal nicht entdeckt werden konnten. Schon beim ersten Geräusch der Hubschrauber zog er Maske und Brille über. Nach dem Einsatz der polizeilichen Kampfmittel kroch er am Boden zu einem Hinterausgang. Er hatte eine erstaunlich gute Kenntnis der Umgebung. Ihm gelang die Flucht in den angrenzenden Wald und darüber hinaus, ohne von Cecilia, Nino oder dem Polizeizug gesehen zu werden.

Mario und seine zwei Begleiter wurden in Handschellen von Sanitätern der Spezialeinheit behandelt und unter Protest abgeführt.

Noch während Paul und Horst von Sanitätern behandelt wurden, hob am Strand jener Hubschrauber ab, der sich kurz vorher als Spezialkommando NOCS identifiziert hatte.

Major Agosti ging zu Horst und Paul.

„Nochmals Entschuldigung, dass wir Sie beide in den Angriff einbeziehen mussten. Geht es ihren Augen wieder besser?"

Paul nickte. „Schon gut. Hauptsache, wir haben das Amulett!"

„Da haben Sie vollkommen recht. Zeigen Sie mir doch bitte das gute Stück, für das wir drei Hubschrauber und noch einen Hubschrauber der Staatspolizei eingesetzt haben!"

Horst wurde blass, Paul glaubte den Boden unter den Füssen zu verlieren. „Sie wollen uns doch jetzt nicht sagen, dass Sie das Amulett gar nicht gesichert haben?"

„Unser Auftrag lautete, Ausschalten und die Zielpersonen festsetzen. Das Amulett sollten wir nicht sichern, das sollten Sie machen, so wurde es uns zumindest mitgeteilt."

Für Horst und Paul tat sich nun ein Abgrund auf. „Verdammt, als die Blendgranaten fielen und das Tränengas geworfen wurde, haben wir für einen kurzen Augenblick den Überblick verloren. Wir haben nur noch wahrgenommen, wie sich dieser Römer aus dem Staub machte, ohne Amulett. Aber zwei Soldaten eines Einsatzteams bargen die kleine Kiste mit dem Amulett und brachten sie weg."

„Moment, das haben wir gleich!", warf Major Agosti ein.

Ein Pfiff und eine Ansage des Majors durch ein Megaphon an seine Spezialeinheiten. „Alle Mann des Strandkommandos vor den Hubschraubern antreten!"

Sofort bildete sich vor jedem Hubschrauber eine Reihe.

„Hat eine Einheit eine kleine Kiste geborgen?"

Keines der Einsatzteams hatte besagtes Objekt geborgen …

*

Horst war zwar froh, dass ein Schlag gegen die Organisation Sizilien gelungen war und keine menschlichen Verluste zu beklagen waren. Andererseits war er zutiefst enttäuscht, ohne Amulett und ohne den Täter des Überfalls auf Elo nach Rödermark zurückkehren zu müssen.

Alfredo Arte war untergetaucht, spurlos verschwunden, sein Büro in der Altstadt von Cattolica Eraclea war noch nachts, von Unbekannten ausgeräumt worden.
Das Amulett blieb verschwunden, schlimmer noch, sogar spurlos verschwunden. Fest stand, dass der unbekannte Bieter aus Rom ebenfalls leer ausgegangen war.

Auf einem verlassenen Flugfeld der italienischen Luftwaffe, in der Nähe Trapanis, wurde jener Hubschrauber gefunden, dessen Besatzung sich am Sturm auf das Restaurant beteiligt hatte. Die Kriminalpolizei Agrigents untersuchte den voll funktionsfähigen Hubschrauber auf Fingerabdrücke und DNA-Spuren, ohne Ergebnis. Nur die Kiste wurde gefunden mit einer Botschaft an Paul:

„Lieber Paul,
bitte lesen. In einer Minute löst sich dieser Brief in Rauch auf, so dass alle Spuren endgültig verwischt sein werden. Das Amulett ist bei uns bestens aufgehoben. Es ist gut so für die Christenheit.“

- **Perfectionem per imperium**
  Nec spem nec timorem
  Dare? Numquam!

- **Vollkommenheit durch Kontrolle**
  Weder Hoffnung noch Schrecken
  Aufgeben? Niemals!

Paul wirkte erleichtert.

Ja, Gott sei Dank. Ihr habt mich zwar nicht eingeweiht, aber ihr habt das gut gemacht! Mir wird jetzt erst klar, warum ich von Zeit zu Zeit ins Hauptquartier nach Rosslyn berichten sollte.

Gerade als auch Horst den Brief lesen wollte, löste er sich in Rauch auf. Horst ahnte, wer den Brief geschrieben hatte, stellte aber keine weiteren Fragen.

*

29.   Rosslyn Chapel, zwei Monate später

Aus Rosslyn Chapel drangen mystischee Gregorianische Gesänge in den umgebenden Garten. Die Ritter der Wahrheit zelebrierten wie immer am 18. Tag des Monats ihre Zusammenkunft. In diesem Monat war es allerdings eine öffentliche Veranstaltung, zu der Paul Sinclair Bürger der Umgebung und auch Ehrengäste eingeladen hatte.

Paul Sinclair war schon kurze Zeit nach seinem Einsatz auf Sizilien zum neuen Großmeister aller schottischen Templer gewählt worden. Mit dieser Ernennung wurden seine jahrelangen Verdienste um die Beschaffung des zweiten fischähnlichen Amuletts gewürdigt.

Ja, das zweite Amulett...

Es fand seinen Platz in der Rosslyn Chapel-Gruft, geschützt hinter Panzerglas in einer Mauernische. Es stand in dieser Nische auf einer kleinen, motorbetriebenen Drehscheibe, die sich per Knopfdruck langsam drehte und so einen Blick auf die antike Beschriftung von Vorder- und Rückseite freigab. Die Übersetzungen waren auf Metallplatten eingraviert, die außerhalb der Nische platziert waren. Der Hinweis, dass das Amulett leider nur eine Nachbildung und das Original auf Sizilien bei einem Polizeieinsatz geraubt worden sei, wurde von den meisten Besuchern bedauernd zur Kenntnis genommen. Einige Ehrengäste jedoch, allen voran Professorin Elo Stallmeister, bezweifelten diese Aussage. Aber auch sie schwieg dazu, genauso wie Horst und Miriam.

Paul hatte zur Versammlung eine große Abordnung seiner

neuen Freunde aus Rödermark und Umgebung eingeladen, denn es sollte an diesem Tag die Stadt Rödermark mit ihrer großen Geschichte des Klosters Rotaha zur Partnerstadt der Ortschaft Rosslyn ausgerufen werden. Der Bürgermeister Rödermarks überbrachte die besten Wünsche und die Zustimmung seiner Stadtverordnetenversammlung zur Verschwisterung. Gemeinsam sollten er, der Bürgermeister von Rosslyn und Paul die Städtepartnerschaftsurkunde nach der monatlichen Zelebration feierlich unterschreiben.

Der Gesang verstummte. Das Innere Rosslyn Chapels war nur von Kerzenlicht erhellt. In den ersten Reihen hatten die Ehrengäste, direkt dahinter die Ritter, Männer und Frauen in dunklen Roben, ganz hinten Einwohner von Rosslyn sowie Touristen Platz genommen.

Seit Pauls Rückkehr aus Sizilien hatte es eine Neuerung gegeben. Hatte früher nur ein fischähnliches großes Wappen neben dem Rednerpult gestanden, stand da jetzt auch die Nachbildung des zweiten fischähnlichen Wappens.

Paul schritt zum Rednerpult. Er sah prüfend in die gut gefüllten Zuschauerreihen. Gerade als er die Ehrengäste begrüßt hatte, verharrte sein Blick auf einem Besucher in der letzten Reihe. Er begann von den Ereignissen auf Sizilien zu erzählen und leitete eloquent zur Städtepartnerstadt mit Rödermark über. Ganz allmählich steigerte er seine Lautstärke, immer jenen Besucher fest im Blick:

„Meine sehr verehrten Damen und Herren, speziell dem Herrn dort hinten in der letzten Reihe gelten meine Worte, übermitteln Sie die folgenden Sätze an Ihren Auftraggeber. Der Verständlichkeit halber übersetze ich sie gleichzeitig in Ihre Amtssprache:

Viae Dei sunt inscrutabiles.
Non omnis, qui malus proscribitur, malus est.
Nos non ardebit amplius.

Gottes Wege sind unergründlich.
Nicht jeder, der als schlecht geächtet wird, ist schlecht
Wir werden nicht mehr brennen."

Horst drehte sich um. Er glaubte, in der letzten Reihe den mysteriösen Mitbieter um das Amulett erkannt zu haben. Dieser stand bei den letzten, für viele Anwesende kryptischen Sätzen Pauls auf und verließ Rosslyn Chapel. Draußen übermittelte er umgehend Pauls Worte zu seinen 1500 Kilometer südlich beheimateten Auftraggebern.

Die Antwort ließ nicht lange auf sich warten:

„Elegantiores hodie sunt modi quam ignes!"

„Es gibt heute elegantere Methoden als Scheiterhaufen!"

*

Zeittafel zur Orientierung:

- **356 v. Chr. - 323 v. Chr.** Alexander der Große

- **326 v. Chr.** Indienfeldzug Alexanders des Großen

- **ca. 30 - 33** Kreuzigung Jesu

- **764** Gründung des Klosters Lorsch

- Um **786** erste Erwähnung des Klosters Rotaha im Lorscher Codex, des gleichnamigen Klosters, jedoch wahrscheinliche Gründung um 700

- ca. **700 bis 800,** auf dem Gelände der heutigen Kirche St. Nazarius in Rödermark/Ober-Roden entsteht die erste Holzkirche

- **1069 bis 1099** der erste Kreuzzug

- **1118 bis 1121** Gründung des Templerordens

- **1147 bis 1149** der zweite Kreuzzug

- **1189 bis 1192** der dritte Kreuzzug

- **1202 bis 1204** der vierte Kreuzzug

- **1228 bis 1229** der fünfte Kreuzzug

- **1232 bis 1250** das Kloster Rotaha erlischt bzw. ist

schon erloschen

- **1248 bis 1254** der sechste Kreuzzug

- **1270** der siebte Kreuzzug

- **14. September 1307** geheimer Befehl Philipps IV. zur Verhaftung der Templer

- **13. Oktober 1307** Gefangennahme aller Templer in Frankreich

- **18. März 1314** Jacques de Molay, der letzte Großmeister des Templerordens, wird zusammen mit Geoffroy de Charnay auf dem Scheiterhaufen in Paris verbrannt

- **ca. 1350** auf dem Gelände der heutigen Kirche St. Nazarius in Rödermark/Ober-Roden entsteht die erste Steinkirche auf dem Grundriss der um 700 – 800 erbauten Holzkirche

- **1564** Aufhebung des Klosters Lorsch durch das Kurfürstentum Kurpfalz

Nachwort

Auch in diesem Roman „Das Amulett der Ketzerin" könnten beschriebene Personen mit lebenden Personen verwechselt werden. Eine festgestellte Ähnlichkeit wäre dann aber nur rein zufällig. Personen mit realen Namen gaben ihre Zustimmung zur Nennung im Roman. Ihnen sei nochmals herzlichst gedankt.

Die gesamte Handlung ist Fiktion, wobei der historische Rahmen mit der Geschichte Rödermark/Ober-Rodens, speziell um das Kloster Rotaha sowie der Kreuzzüge und der Templer, der Wahrheit entspricht.

Danksagung

Ich bedanke mich ganz herzlich bei meiner Frau Sabine, die es immer wieder geduldig akzeptiert hat, dass ich auch mit diesem vierten Buch unzählige Stunden mit Recherchen und dem Schreiben verbracht habe.

Besonders bedanke ich mich bei Elisabeth Legel für viele wertvolle Tipps aus der Sicht einer Lektorin sowie bei meinen Freundinnen und Freunden des Rödermärker Autoren- und Musikerkreises. Die Autorinnen Jenny Roters, alias Verena Rot, und Christiane Lotz, alias Chrismegan, seien hier besonders erwähnt.

Mein Dank gilt ebenfalls dem treuen Testleser Dr. rer. nat. Herbert Wallner. Es machte Spaß, mit ihm über die rechnerische Verifikation des Amuletts zu diskutieren, dabei schließlich die Kreiszahl Pi, den „Goldenen Schnitt" zu berücksichtigen.

Unterstützt wurde ich vom Amt für Kultur und Europa der Stadt Rödermark, Herrn Moersdorf, sowie Professor Egon Schallmayer, der unbürokratisch die Genehmigung zum Abdruck der beiden Umgebungsskizzen Rotahas erteilte.

Das Cover des Buches wurde von Sonja Jochem kreiert. Vielen Dank auch hierfür.

Arno Mieth

Rödermark Ober-Roden, im November 2024

Bisher erschienen:

Jonathan Saunders, ein amerikanischer Frontsoldat im Ersten Weltkrieg, und Armin Laqua, ein Ingenieur Anfang des 21. Jahrhunderts, entdecken zufällig und unabhängig voneinander einen Weg, die Evolution der Menschheit über gezielte Bewusstseinserweiterung durch posthypnotisch ausgelöste Erinnerungen nach Reinkarnationen zu beschleunigen.

Dabei geraten sie zwischen die Fronten zweier Mächte, die sich seit Beginn der Zeiten bekämpfen.

Eine gute Macht fördert die gezielte Reinkarnation, eine böse diabolische Macht versucht, sie mit allen Mitteln zu verhindern.

Es beginnt für Jonathan Saunders und Armin Laqua sowie deren Begleiter ein Abenteuer durch die Zeit, durch Zwischenwelten und über Kontinente hinweg. Geschehnisse in Vergangenheit und Gegenwart, wie die Pilgerbewegung nach Santiago de Compostela, Kriege, Aufrüstung und Attentate, auch jenes auf John F. Kennedy, erscheinen vor dem Hintergrund des Konfliktes in einem anderen Licht.

Der hinduistische Priesteranwärter Himanshu entdeckt in der Palmblattbibliothek von Haridwar in Indien ein Palmblatt-Dokument, aus dem er Rückschlüsse auf globale, radikale politische Strömungen zieht. Er will dies seinem Lehrer Harminder mitteilen, wird aber noch in der Bibliothek ermordet und das Palmblatt geraubt. Im Todeskampf schafft es seine Seele, sich Harminder mitzuteilen, bevor sie in die Zwischenwelt eintritt.

Der Mörder nimmt auch den Lehrer ins Visier. Ihm gelingt allerdings die Flucht nach New Delhi und später zu seinen Freunden nach Europa, zur Allianz der Seelenwanderer, beschützt durch einen geheimnisvollen Fremden.

Zeitgleich geschehen mysteriöse Angriffe und Morde im

Vatikan, die von der Allianz im Zusammenhang mit dem geraubten Palmblatt gesehen werden.
Auch ein Angriff auf die bevorstehende Konferenz der Weltreligionen auf amerikanischem Boden wird befürchtet.

Wer steckt dahinter?

Obwohl die Feinde verborgen sind, sind sie doch gefährlich nah und letztlich schon bekannt.

Die Psychologin Zivar Kurz und ihr Mann Henry Kurz werden im März 1999 in ihrem Haus in der hessischen Kleinstadt Rödermark/Ober-Roden brutal ermordet.

23 Jahre später ist der Fall noch immer nicht geklärt und verharrt in den „Cold Case"-Akten der Kriminalpolizei Offenbach unter Leitung von Hauptkommissar Eric Schwab.

Dann ist da die junge Rödermärker Biologiestudentin Sarah Winter. Sie leidet plötzlich unter grässlichen Bauchschmerzen. Die Schulmedizin ist ratlos. Hilfe findet sie bei Professorin Chrissi Roth, Leiterin des Freiburger Instituts zur Erforschung von Reinkarnationsphänomenen. Hypnotische Rückführungen in frühere Leben ergeben:

Zivars und Sarahs Seelen sind identisch.

Sarah Winter und Hauptkommissar Eric Schwab rollen deshalb gemeinsam den Doppelmord neu auf. Sie finden Henrys Reisetagebuch, das er kurz vor seiner Ermordung geschrieben hat. Eine geheimnisvolle Höhle in Rumänien sowie die Jagd von CIA, Vatikan und Pharmaindustrie nach den Geheimnissen der Höhle scheinen mit dem Doppelmord zusammenzuhängen ...

Arno Mieth wurde 1955 in Ober-Roden/Hessen geboren und lebt mit seiner Frau Sabine in Rödermark.

Nach dem Abitur 1974 und seiner Zeit als Wehrpflichtiger studierte Arno Mieth Maschinenbau an der TU Darmstadt.
Von 1982 bis 2016 arbeitete er in einem großen, internationalen Elektrokonzern, zunächst in der Nukleartechnik und ab 1989 als Gesamtprojektleiter im konventionellen Kraftwerkbau.

Mit dem Roman „Das Amulett der Ketzerin" bewegt er sich auf historischen und geheimnisvollen Pfaden.